JN412369

빵샘과 함께 읽는
교과서 소설 중3 1권

빵샘과 함께 읽는 교과서 소설(중3)

초판 1쇄 인쇄 | 2012년 8월 20일
초판 1쇄 발행 | 2012년 8월 27일
지은이 | 방민호
펴낸이 | 최병수
펴낸곳 | 예옥
등록 | 제 2005-64호(등록일 2005년 12월 20일)
주소 | 서울시 마포구 동교동 홍익인간 오피스텔 921호
전화 | 02. 325. 4805
팩스 | 02. 325. 4806
이메일 | yeokpub@naver.com

ISBN 978-89-93241-27-3 (43810)

빵샘과 함께 읽는 교과서 소설 중3 1권

• 방민호 엮고씀 •

예옥

머리말

소설 읽는 힘이 생각하는 힘입니다

소설을 배우는 일은 쉽지 않은 일입니다. 소설이란 동화와는 달리 생각이 성숙한 사람들을 위한 이야기이기 때문입니다.

소설을 읽으면 머리가 아프다고 말하는 분들도 있지만, 소설을 읽는 일이 그렇게 어려운 것만은 아닙니다. 한 편의 작품이라도 깊이 읽고 많이 생각하다 보면 어느새 소설을 읽는 힘이 생겨나기 때문입니다. 따라서 어려서부터 소설을 자주 읽고 그 내용을 음미할 수 있게 된다면 생각도 늘고 공부도 잘할 수 있게 될 것입니다.

이 책은 여러분들이 어떻게 하면 소설을 잘 읽을 수 있을까 하고 고민한 끝에 만든 책입니다. 조만간 중학교에 들어가게 될 분, 어제 막 중학교에 들어와 국어 공부를 새로 시작하게 된 분, 중학교 2학년, 3학년이 되어 소설에 대해서 더 잘 알고 싶은 분들을 위해 이 책을 만들었습니다.

또 이 책은 새롭게 바뀐 교육 과정에 따라 중학교 국어 교과서에 실린 소설이 아주 달라졌다는 점을 고려하여 만들었습니다.

새로운 교육 과정에 따라 만들어진 국어 교과서들의 가장 큰 특징은, 에전 같으면 고등학교나 중학교 고학년에 실리던 작품들이 1학년 교과서에 버젓이 수록되어 있다는 사실입니다. 그것은 작품들의 난이도를 새로 평가한 결과이기도 하지만, 그만큼 소설을 읽는 힘을 더 많이 요구하고 있기 때문입니다.

새 국어 교과서에 실린 소설들을 이 책에 실었습니다. 어렵게 느껴지는 이 작품들을 어떻게 하면 쉽게 읽고 익힐 수 있을까? 이러한 고민 끝에 저는 이 책에 몇 가지 방법을 적용해 보았습니다.

첫째, 하나의 작품을 읽기 전에 간단한 생각 거리를 제시하여, 그 작품의 주제에 대해 미리 생각해 볼 수 있도록 한 것입니다. 미리 생각해 보는 연습을 하고 작품의 내용을 예상해 보면 작품을 더 쉽게 읽을 수 있겠지요.

둘째, 작품의 줄거리와 그 작품을 쓴 작가에 대해 자세한 설명을 해주어, 작품에 대한 이해를 높이고자 했습니다. 간략하게 몇 줄만 소개한 줄거리나 작가에 대한 추상적인 정보만으로는 그렇지 않아도 어려운 소설에 흥미를 붙이기 쉽지 않을 테니까요.

셋째, 각각의 작품과 관련이 깊으면서도 중학교 소설 공부에 꼭 필요한 개념을 익힐 수 있는 이야기를 실어 소설을 깊이 이해하는 힘을 기를 수 있도록 했습니다. 예를 들어 인물이니, 사건이니, 배경 같은 말들은 쉬우면서도 얼마나 어렵습니까? 이런 개념들이 쉽게 다가올 수 있는 책을 만들고자 했습니다.

넷째, 이 책에 실린 작품들뿐만 아니라 중학생이 꼭 알아야 할 또 다른 작품들에 대해서도 접할 수 있는 공간을 마련했습니다. 예를 들어 각 소설가들의 대표적인 작품 중에서 중학생이 꼭 알아 두어야 할 작품들을 선별하여 그 작품의 줄거리와 주제를 함께 익힐 수 있도록 했습니다.

마지막으로, 요즘 학교 교육에서 중요하게 평가하는 점을 고려했습니다. 그것은 바로 여러분이 스스로 생각하고 쓸 줄 아는 능력입니다. 대학에서 논술 시험이 시행되는 것도 이러한 능력을 중요하게 여기기 때문입니다. 이 책에 실린 각 작품 끝에는 각각의 작품을 읽은 내용을 토대로 하여 이런저런 세상 문제를 생각해 보는 자리를 마련해 놓았습니다.

이 책의 이점을 여러 가지로 설명했습니다만, 저는 무엇보다도 이 책이 재미있는 책이 되기를 바랍니다. 학교 공부를 떠나, 소설 공부를 떠나, 재미있는 친구와 같은 책이 된다면 얼마나 좋을까요? 이 책이 그러한 친구가 되었으면 합니다.

이 책의 원고를 작성하는 과정에서 많은 도움을 주신 정유리, 정여림, 이은경 씨에게 감사의 뜻을 전합니다.

2012. 8.
방민호 씀

작품의 시대 배경(1권, 2권 통합)

개화기

〈금수회의록〉(안국선)

일제강점기

〈배따라기〉(김동인) | 〈운수 좋은 날〉(현진건) | 〈행복〉(이태준) | 〈오월의 훈풍〉(박태원) | 〈나비를 잡는 아버지〉(현덕) | 〈치숙〉(채만식) | 〈만무방〉(김유정)

해방 이후

〈오발탄〉(이범선) | 〈흰 종이수염〉(하근찬) | 〈흑산도〉(전광용) | 〈땔감〉(윤흥길) | 〈요람기〉(오영수)

1970년대

〈난쟁이가 쏘아 올린 작은 공〉(조세희)

1990년대 이후

〈눈사람 속의 검은 항아리〉(김소진) | 〈허생전을 배우는 시간〉(최시한) | 〈시인의 꿈〉(박완서)

차 례

: 일러두기 :

- 7차 개정 중학교 교과서(3학년)에 수록된 소설 중에서 단편소설 17편을 선정하여, 1권에 9편을 싣고 2권에 8편을 실었습니다.
- 각 작품 앞에는 〈생각해 볼까요?〉, 작품 뒤에는 〈이야기 흐름〉, 〈소설 산책〉, 〈소설 교실〉, 〈또 다른 이야기〉, 〈생각하기(같이 생각하기)〉로 구성되어 있습니다.
- 장편소설 제목과 신문 및 잡지 이름은 '《 》'으로 표시하고, 단편소설 제목은 '〈 〉'으로 표시하였습니다.
- 표기 방식에서 맞춤법 띄어쓰기는 현재 사용되는 표준어 맞춤법에 따랐으나, 대화 속의 사투리 또는 작가가 선택한 비표준어는 원문대로 하였습니다.
- 작품 이해에 필요한 낱말은 한자와 함께 각주로 설명해 놓았습니다.
- 이 책에는 작품 해설에 필요한 사진들을 게재하였습니다. 연락처를 알 수 없어 미리 허락을 구하지 못한 사진에 대해서는 연락이 닿는 대로 허가 절차를 따르겠습니다.

오월의 훈풍

: 박태원 :

생각해 볼까요?

친한 친구일수록 오해하기도 쉽고 자주 다투기도 하죠. 서로 믿고 의지하는 마음이 크기 때문입니다.

여러분은 혹시 자신의 잘못으로 인해 친구와 멀어진 경험이 있나요? 그때의 기억을 떠올리면 어떤 감정을 느끼게 되나요? 우연히 그 친구를 만나게 된다면 미안했던 마음을 어떻게 전달할지 생각하면서 〈오월의 훈풍〉을 읽어 봅시다.

1

토요일 오후 —

멋 없도록이나 맑게 갠 날이다.

누구나 그대로 집안에 붙박혀 있지 못할 날이다.

볼 일도 없건만, 공연스리 거리를 휘돌아다니고 싶은 날이다.

철수는 양말을 두 켤레 사서, 그것을 아무렇게나 양복 주머니에 처넣고, 화신상회◆를 나왔다.

그러나 그곳을 나와서 집으로밖에는 어디라 갈 곳을 가지지 못한 철수였다.

양말을 살 것이 오늘의 사무였었고, 그 사무는 이미 끝났다.

그는 백화점 앞에 가 서서, 물끄러미 종로 네 거리를 오고 가는 사람들을 바라보고 있었다.

그러자 뜻하지 않고 그의 머리에 '기순'이 생각이 떠올랐다.

우리는 곧잘 뜻하지 않은 때에 뜻하지 않은 사람을 생각하는 일이 있다.

지금 기순이 생각을 한 철수의 경우가 바로 그러하다.

2

십오 년 전의 오월 —

서울 '수전동'◆ 골목 안에 모여 노는 아이들 틈에서 열세 살 먹은 '은식'이는 가

◆ **화신상회** 1929년 9월에 종로에 세워진 최초의 현대식 백화점.

◆ **수전동** 종로구 종로2가 · 인사동 · 공평동에 걸쳐 있던 마을로, 수전골이라고도 불렀다.

장 자랑스러웠다.

철없는 부러움을 가지고 대하는 아이들에게 향하여, 자기가 입은 이 백일흔댓 냥짜리 양복을 한껏 뽐낼 수 있었던 은식이였던 까닭이다.

더욱이 '우미관'◆에서 보고 온 '명금'◆ 놀이를 흉내내어 놀 때에, 은식이는 언제든 '후레데리꾸 백작'◆ 이 될 수 있었다.

까닭에, 그가 골목 안에서 첫손 꼽아 어여쁜 계집아이 순남이가 분장한 '기지꾸레'◆ 와, 손을 맞잡고, '싸치오 백작'◆ 의 무리를 피하여 옆 골목으로 몸을 숨길 때, '로로'◆ 의 소임을 맡은 만돌이는 입술 위에까지 흘러내린 시퍼런 코를 훌쩍 들이마실 것도 잊고, 그 어린 양복쟁이의 멋진 뒷모양을 한참이나 멀거니 바라보기조차 하였다…….

그날은, 그러나 공교롭게 순남이가 어머니를 따라 외갓집으로 나들이를 가고 없었다.

순남이가 없더라도 명금 놀이는 하여야만 하였다.

누구를 순남이 대신에 기지꾸레를 삼을까 하는 것이 잠깐 동안 문제였었다.

복순이?

옥희?

갓난이?

……

여주인공 선거는 쉽사리 결정을 보지 못하였다.

그러자, 그때, 옆에서 동정만 살피고 있던 기순이가, 피선거권도 가지지 못한 어여쁘지 못한 그 계집애가, 망설거리며 망설거리며 자청을 하였다.

제가 기지꾸레가 되면 어떻겠냐고…….

그러나 그 신청은 그 즉시 각하◆ 되었다.

'소년 배우'들의 — 그 중에서 특히 은식이의 의견에 의하면 기지꾸레의 소임은 무엇보다도 첫째 얼굴이 어여뻐야만 맡을 수 있었다.

기순이 같은 아이가 그 소임을 자원한다는 것은, 이를테면 기지꾸레의 모독이었고, 아울러 '미'의 모독이었다.

그래 은식이는 말하였다.

"넙죽이가, 씰룩이가, 되지두 못하게 기지꾸레가 돼볼려구. 얘애, 아서라 넙죽이, 씰룩이."

넙죽이라는 것은 기순이 얼굴이 둥글넓적해서 이르는 말이고, 씰룩이라는 것은 걸핏하면 씰룩씰룩 울기를 잘하는 까닭에 하는 말이다.

다른 때 같으면 그렇게까지는 짓궂지 않은 은식이었으나, 그 전날 그가 순남이와 단둘이 우미관 앞 왜떡 가게에서 '모찌'◆를 한 개씩 사 먹었을 때, 기순이가 '사내 처—. 기집애 처—.' 하고 놀렸던 것을, 순간에, 은식이는 기억에서 찾아내었던 까닭이다.

기순이는 얼굴 전체를 씰룩거렸다.

모욕당한 여성의 분노가, 역시, 그의 두 눈에 있었다.

성난 얼굴이란 누구에게 있어서든 좀 더 보기 싫은 것임에 틀림없었다.

그래 은식이는 또 놀렸다.

"넙죽이, 씰룩이. 씰룩씰룩 울어라."

그러나 기순이는 채 울지 않았다.

한없는 굴욕 앞에 울음을 억제하려는 무던한 노력이, 가만히 경련하는 그의 입

◆ **우미관** 1910년 일본인에 의해 종각 부근에 세워진 한국 최초의 상설 영화관.
◆ **명금名金** 1915년 미국에서 제작된 랜시스 포드 감독의 추격 영화. 원 제목은 〈The Broken Coin〉.
◆ **후레데리꾸 백작** 〈명금〉의 남자주인공 프레데릭 백작.
◆ **기지꾸레** 〈명금〉의 여자주인공 키티 그레이.
◆ **싸치오 백작** 〈명금〉의 악역 사치오 백작.
◆ **로로** 〈명금〉에서 주인공들을 도와주는 인물.
◆ **각하却下** 물리침.
◆ **모찌もち** 찹쌀떡.

술에 보였다.

"돈 한 푼 줄게 울어라. 씰룩이, 넙죽이."

그러자 기순이는 별안간 소리쳤다.

"양복쟁이, 피— 아이노꾸◆, 아이노꾸."

보통학교도 다니지 않는 기순이가, 대체, '아이노꾸'라는 말은 어디서 배웠는지 알 길 없지만 양복을 입었을 따름으로 '아이노꾸' 소리를 들은 은식이는 왈칵 치밀어 오르는 격렬한 감정을 억제하지 못하였다.

"무어, 어쩌구 어째?"

은식이는 기순이를 떠다밀었다.

그러나 기순이는 그 통에 비슬비슬 뒤로 물러났을 뿐이요, 넘어지지도 울지도 않았다.

"아이노꾸, 아이노꾸."

그리고 기순이는 갑자기 울 가망◆이 되어 몸을 돌쳐 달음질쳤다.

용서하지 않고 은식이가 뒤를 쫓았다.

후레데리꾸 백작은 특히 걸음이 빨랐다.

'안수문장' 집 앞에 우물이 하나 있었다.

그 앞에 이르러, 등을 떠다밀려 은식이가 팔을 내민 것과, 기순이가 앞으로 폭! 고꾸라진 것과, 같은 순간의 일이었다.

은식이는 이름 모를 공포 속에서 잠깐 그곳에 가 망연히 서 있었다.

기순이는 기가 나서 울었다.

은식이는 달아날까— 하고 생각하였다.

누가 어른이라도 본다면, 물론 시비는 가리지도 않고, 은식이를 나무랄 게다.

그러나 이 경우에, 달아나는 것은 비겁한 행동인 듯싶었다.

그래 은식이는 좀 더 그곳에 버티고 섰었다.

그러자 기순이가 우물가에서 몸을 일으켰다.

그 순간, 은식이의 온몸에 소름이 쭉! 끼쳤다.

아마 넘어질 때 우물전◆의 모진 돌에다 부딪혔던 게지……. 기순이의 이마가 세로 한일자로 째어지고 피가 자꾸 솟아 흘렀다.

은식이는 겁 집어먹은 눈을 하여 가지고, 잠깐 동안, 그대로 그렇게 서 있었다.

그러다가 다음 순간, 은식이는 얼굴이 새파랗게 질려 가지고 집으로 달음질쳤다.

문을 박차고 들어가, 허둥지둥 대문에 빗장을 지르고 이리저리 숨을 곳을 찾다가, 그는 드디어 뒷간 속으로 들어갔다.

몸이 쉴 사이 없이 떨리고, 위아랫니가 자꾸 마주쳤다.

장난을 하다가 잘못하여 병 하나를 깨뜨려도 무서운 매를 맞지 않으면 안 되었던 은식이라, 남의 집 아이 이마를 깨뜨려 놓은 이번 일의 결과는 빤한 듯싶었다.

얼마나 한 혹독한 형벌이 이제 그에게 나릴 것이랴……?

그것을 생각하니 저도 모를 사이에 눈물조차 두 줄, 그의 뺨 위를 흘러내린다…….

3

그러나 뜻밖에 은식이는 아무런 형벌도 받지 않았다.

◆ **아이노꾸**あい-の-こ 혼혈아.
◆ **가망**可望 될 만하거나 가능성이 있는 희망.
◆ **우물전** 우물을 둘러막아 쌓아 올렸거나 방틀을 짜 놓은 윗부분.

한마디의 꾸지람조차 집안에는 없었다.

은식이의 '범행'이 뜻밖에 컸었던 까닭인 듯싶었다.

은식이는 다른 때나 마찬가지로, 골목 안에서 아이들 패의 대장 노릇을 하였다.

그러나 물론 명금 놀이는 다시 두 번 안 하였다.

기순이 이마에 완연하게 남아 있는 생채기 흔적을 보았을 때, 은식이에게는 그러할 용기가 없었던 것이다.

뿐만 아니라 그 뒤에 외삼촌 아주머니가,

"기순이가 이제 저 생채기 자국 때문에 좋은 데로는 시집을 못 갈 게다."

하고 말하였을 때, 은식이는 풀이 죽지 않을 수 없었다.

"정말 그럴까요?"

"그럼 계집애는 얼굴이 질◆인데 더구나 이마 한복판에가 그렇게 큰 생채기가 났으니 어떡허니."

은식이는 만약 정말 그렇게 된다면, 그것은 전혀 나의 책임이 아닌가? 하고 그런 것을 생각하지 않을 수 없었다.

그리고 때때로,

"정말 그렇다면 내가 기순이에게로 장가를 들지 않으면 안 되지 않을까? 그밖에 다른 도리는 없지 않은가?"

하고 비장한 생각조차 은식이는 하였다.

4

얼마 안 있다 기순이네 집은 새문◆ 밖으로 떠나 버렸다.

여름에 약박골◆ 물이나 먹으러 가기 외에는 별로 새문턱을 넘을 기회가 은식이에게는 없었다.

또 설혹 새문 밖을 자주 드나든다 하더라도, 이제는 낫살◆ 찬 처녀라, 응당 집안에 들어앉았을 기순이와 길에서라도 만날 길은 전연 없었을 게다.

그러나 그렇다고 해서 기순이 생각이 은식이의 머리에서 사라지란 법은 없었다.

이마에다 만들어 준 생채기에 대한 책임감 말고도, 은식이는 기순에게 장가를 들까? 하는 생각을 가끔 하여 보는 것이다.

결코 어여쁘지 못한 기순이의, 둥글넓적한 얼굴이, 일종 형언할 수 없는 매력을 가지고 그의 마음을 끌었다.

그러나 물론 그것들은 아무런 행동으로도 나타나지 않았다.

그러는 동안에 은식이는 철수라고 개명을 하고, 중학을 마친 다음에 동경으로 건너갔다.

그리고 그가 예과◆를 마치고서 대학 영문학부에 학적◆을 두던 바로 그 봄에, 기순이는 시집을 가고 말았다.

여름에 철수가 집으로 돌아왔을 때, 어머니가 무슨 이야기 끝에 그에게 말하였다.

"참, 기순이가 시집을 갔지."

"기순이가? 어디루요?"

◆ **질** '제일'이라는 뜻.
◆ **새문** '돈의문'의 다른 이름. 숭례문, 흥인문 따위보다 늦게 새로 지었다는 뜻.
◆ **약박골** 옛날 서대문 구치소 뒤에 있던 약수터의 이름.
◆ **낫살** '나잇살'의 준말.
◆ **예과豫科** 본과에 들어가기 위한 예비 과정.
◆ **학적學籍** 학교에 비치하는 학생에 관한 기록.

철수는 일종 애틋한 감정을 맛보지 않을 수 없었다.

"한 동리에 사는 사람이라드라. 연초◆ 공장에 다닌다지, 아마……."

"나이는 몇 살이게요?"

"서른아홉이라든가 갓 마흔이라든가?"

"갓 마흔요? 기순이는 올에 스물밖에 안 되지 않었에요?"

"얘길 들으면 후취◆ 라드라……."

철수는 문득 기순이의 이마에 죽을 때까지 남아 있을 생채기 자국을 생각하고, 어째 마음이 선득하였다.

혹은 그 까닭에 남의 후취로밖에는 다른 좋은 혼처가 없었던 것인지도 모를 일이다.

"그래 먹을 것은 넉넉한가요?"

"넉넉할 거야 무에 있겠니? 연초 회사 다니는 사람이……."

"직공◆ 인가요?"

"아니, 직공은 아니라드라. 저……."

"그럼, 감독인가요?"

"감독두 아니야. 저어, 거시키…… 오오, 뚜— 하는 사람이라드라."

"뚜— 하는 사람이요? 뚜— 하는 사람이라니요?"

"왜, 연초 회사에서 뚜—뚜 하지 않니? 그 뚜— 하는 사람이라드라."

그러나 남자가 뚜- 하는 사람이든 직공 감독이든 그런 것은 아무렇든 좋았다.

갓 스물짜리 처녀가 마흔이나 된 사나이의 후취로 들어갔다는 것이 그의 마음을 적잖이 불쾌하게 만들어 주었다.

만약 그곳으로 시집을 갈 수밖에 없었던 것이, 전혀 이마의 생채기 까닭이라면, 그리고 그의 결혼 생활이 불행하다면, 여자는 응당 체경◆을 대할 때마다 자기를 원망할 게다.

그것을 생각하면, 철수는 은근히 마음이 아프기조차 하였다.

그리고 그러할 때마다 그는, 사실은, 기순이가 비록 넉넉지 못한 살림살이 속에서도, 자기네들의 행복을 발견하고 있는 것이기를 굳이 믿으려 들었다.

그러나 그 생각은 언제든 실감을 상반◆하지 않아, 철수의 마음을 불안하게 하여 주었다.

5

그 기순이 생각을 철수는 바로 지금 종로 네거리에서 한 것이다.

그 뒤로 기순이 소식을 듣지 못하기 이미 사 년이다.

기순이는 지금 어쩌고 있을까?

남편은 그저 연초 공장에서 '뚜—' 하고 있을까?

그들은 행복일까?

이러한 생각을 잠깐 하다가, 철수는 언제까지든 그곳에 가 그렇게 서서 그따위 생각만을 하고 있을 수 없는 것을 깨닫고, 날씨가 하도 좋으니 한강으로라도 나갈까? 하고 마침 온 전차를 탔다.

그러나 그것은 의주통◆을 돌아, 경성역◆으로 가는 전차였다.

철수는 만원에 가까운 전차 안에서 손

◆ **연초** 담배.
◆ **후취後娶** 아내를 여의었거나 아내와 이혼한 사람이 다시 장가가서 아내를 맞이함.
◆ **직공職工** 공장에서 일하는 사람.
◆ **체경體鏡** 몸 전체를 비추어 볼 수 있는 큰 거울.
◆ **상반相伴** 서로 짝을 이룸. 또는 서로 함께함.
◆ **의주통** '의주로'의 일제 강점기 당시 명칭.
◆ **경성역** 서울역.

잡이에 손을 걸치고, 혼자 싱거운 웃음을 웃었다.

그러자 전차가 의주통에 가 닿았을 때, 철수는 사람들 틈에 끼어 전차에 오르는 한 여인을 보고 그리로 고개를 돌렸다.

그 아낙네는 세 살이나 그 밖에 더 안 된 사내아이를 안고 있었다.

철수는 그가 바로 요전 순간까지, 자기가 생각하고 있던 기순인 것을 알고 희한하게 놀랐다.

그러나 그렇다고 선선히 알은체를 할 사이는 물론 아니었다.

흘낏 보았으니, 물론, 장담은 할 수 없는 노릇이나, 하얗게 바른 분 덕에 이마의 생채기는 쉽사리 알아낼 수 없었다.

철수는 약간 안도에 가까운 감정을 맛보며, 그대로 그곳에 가 서 있었다.

아무도 그들 모자를 위하여 자리를 내주는 사람이 없었다.

젊은 아낙네는 아이를 안은 채, 사람들에게 밀려 철수의 옆에까지 왔다.

그러자 전차 창밖에 돌연 벽돌집이 나타났다.

철수는 그것을 보자, 저도 모르게 흘낏 옆에 선 어렸을 때의 동무를 돌아보았다.

이제는 한 아이의 어머니인 옛날의 기순이는 자기 곁에 철수가 있는 것도 모르고, 한 손에 치켜안은 어린 아들에게 창밖 전매국◆ 공장을 손가락질하였다.

"저게 어디지? 우리 귀남이는 알지?"

그러나 귀남이는 눈을 동그랗게 뜬 채, 쉽사리 알아내지를 못하였다.

"엄마가 아르켜 줄까?"

"……."

"아빠 계신 데. 뚜— 하시는 데."

그제야 귀남이는 갑자기 깨달은 듯이 두 손을 좋아라고 내흔들며 소리쳤다.

"아빠 뚜—. 아빠 뚜—."

철수는 그 소리를 듣자, 저도 모르게 사람들을 헤치고, 차장대로 나와, 달려가는 전차에서 뛰어내렸다.

그리고 그가 아무렇게나 되는 대로 거리를 걸어갔을 때, 그의 가슴 속에 기쁨이 치밀어 올랐다.

'그는 행복이다. 그는 지금 행복이다.'

철수는 큰길을 피하여 골목을 찾아들었다.

'그는 행복이다. 아들 낳고, 딸 낳고까지는 알 수 없어도, 이제 분명히 어머니의 기쁨이 그에게 있을 게다.'

이런 생각을 하며 그가 그 골목을 왼손 편으로 꺾으려 할 때,

"뚜—."

하고 연초 회사의 석 점 뛰—◆가 불었다.

철수는 저도 모르게 걸음을 멈추고, 몸을 돌이켜 지붕 너머로 연초 회사 굴뚝을 쳐다보았다.

이윽이 그곳에 서 있다가 철수는 어느 틈엔가 입가에 떠오른 빙그레 웃음 그대로 띤 채, 다시 골목을 걸어 나갔다.

오월의 향기로운 바람은 그 골목 안에도 가득하다.

그가 그렇게 걷고 있을 때, 저도 모르게

◆ **전매국** 전매청의 옛이름. 담배 및 인삼에 관련된 사업을 수행하는 민영기업.
◆ **석 점 뛰** 세시 정각을 알리는 신호음. 여기서 점點이란 예전에 시각을 나타내는 단위.

가만한 음향이 그의 입술 사이를 새어 나왔다.

뚜-

뚜-

뚜, 뚜-

박태원

朴泰遠, 1910~1986

서울에서 태어나고 자란 구보仇甫 박태원은 그 어떤 소설가보다도 서울의 문화와 환경에 친숙했습니다. 그는 중학교 시절, 작가가 되고 싶어 숙부의 소개로 춘원 이광수를 만나 문학 수업을 받았습니다.

박태원은 1919년 경성사범보통학교에 들어가 4학년을 마치고, 1923년 경성제일고등보통학교에 입학했습니다. 그리고 1930년 일본 호세이대학교法政大學 예과에 입학했으나 2학년 때 중퇴하고 돌아왔습니다.

박태원은 1926년 《조선문단》에 시 〈누님〉이 당선되었고, 1930년 《신생》에 단편 소설 〈수염〉을 발표했습니다. 박태원은 순수문학을 확립하는 데 크게 기여한 단체 구인회九人會의 일원이기도 했습니다. 구인회는 1933년 김기림, 이효석, 이종명, 김유영, 유치진, 조용만, 이태준, 정지용, 이무영 등의 문학가들이 만든 문학 단체인데, 아홉 명의 문학가들이 모였다고 해서 지어진 이름입니다. 이 구인회의 구성원은 시간이 흐르면서 조금씩 달라졌지만 아홉 명이라는 숫자에는 변함이 없었습니다.

박태원과 가장 절친한 벗은 〈날개〉를 쓴 이상으로, 박태원 소설이 신문에 연재될 때 이상이 직접 삽화를 그려 주기도 했습니다.

박태원은 주로 경성에서 살아가는 도시 서민들의 다채로운 삶을 묘사했습니다. 또한 언어에 대한 뛰어난 감각을 지녀, 긴 문장을 거침없이 구사하거나 실험적인 표현을 보여주기도 했습니다. 박태원 특유의 개성적인 문장미가 발휘된 작품은 다양한 사람과 상황을 관찰하는 형식으로 쓴 〈소설가 구보 씨의 일일〉과 《천변풍경》입니다.

오월의 향기로운 바람은 그 골목 안에도 가득하다

1934년에 발표된 〈오월의 훈풍〉은 행복한 어머니가 되어 있는 옛 동무를 우연히 만난 화자가 어린 시절의 죄책감을 씻어 버리게 된다는 이야기입니다.

철수는 토요일 오후 화신상회에서 양말을 두 켤레를 산 뒤, 종로 네거리에 오가는 사람들을 바라보다가 문득 어린 시절의 동무 기순이를 떠올립니다. 15년 전 5월 수전동, 열세 살의 은식이는 비싼 양복을 입고 다니는 덕분에 명금 놀이를 할 때마다 남자 주인공 역할을 하였습니다. 그런데 늘 여주인공을 하던 순남이가 외갓집으로 가고 없는 날, 여자 주인공을 누구에게 맡길까를 의논하던 중 기순이가 여자 주인공을 하겠다고 나섭니다. 은식이는 기순에게 '넙죽이' '씰룩이'라며 놀려 댔고, 모욕을 당한 기순이는 '아이노코(잡종)'라고 소리 지른 뒤 달아났습니다. 은식이가 달려가 기순이의 등을 떠밀려는 순간 기순이는 무언가에 걸려 고꾸라지고 말았습니다. 은식이는 기순이의 이마에 세로로 길게 난 상처를 본 겁에 질려 달아났습니다.

기순이의 상처가 자신의 탓인 것 같아 그날 이후로 은식이는 명금 놀이를 하지 않았습니다. 게다가 기순이는 얼굴의 상처 자국 때문에 좋은 데로 시집을 못 갈 것이라는 외삼촌 아주머니의 말에 은식이는 죄책감을 느끼고, 자신이라도 기순이에게 장가를 들겠다는 비장한 마음을 먹습니다.

얼마 후 기순이네 집은 새문 밖으로 떠나 버렸습니다. 기순이를 마음속에 두고 있던 은식이도 어느새 중학을 마치고 동경으로 유학을 떠납니다. 그 사이에 '철수'라는 이름으로 바꾼 은식이 대학 영문학부에 다니던 무렵, 스무 살의 기순이는 나이 많은 남자의 후취자리로 시집을 갔습니다. 집으로 돌아왔을 때 그 소식을 듣게 된 철수는, 시집간 기순이 불행하다면 얼굴에 상처를 내게 만든 자신을 원망할 것이라고 생각하며 가슴 아파합니다.

종로 네거리에서 기순을 떠올리던 철수는 경성역으로 가는 전차를 탑니다. 그리고 그 전차 안에서 우연히도 사내아이를 안고 있는 기순이를 보게 됩니다. 기순이와 아이의 행복한 모습을 바라보던 철수는 달리는 전차에서 급히 내립니다. 어머니의 기쁨이 그에게 있을 것이라 생각하며 걸어가는 골목 안에 오월의 향기로운 바람이 가득합니다.

현대식 문화 공간, 화신백화점과 우미관

세계 최초의 백화점은 1852년 파리에 개설된 봉마르셰Bon Marché입니다. 한국 최초의 백화점은 일본 미쓰코시 백화점이 서울 충무로1가에 세운 지점이며, 한국인이 설립한 최초의 백화점은 독립운동가였던 김윤배 씨가 세운 김윤백화점입니다.

종로2가에 자리한 김윤백화점은 사실 도자기와 철물류를 판매하는 잡화점 수준이었습니다. 그러다가 1934년 새로운 현대식 백화점이 등장하는데, 그것은 바로 당시의 여러 소설작품에 빈번하게 등장하는 화신백화점입니다. 원래 화신백화점은 1929년 박흥식 씨가 종로2가에 설립한 화신상회였으나, 화재로 무너진 다음해에 신식 백화점으로 건립하여 일본인 백화점과 경쟁하게 되었습니다.

우미관은 한국 최초의 상설 영화관입니다. 1910년 종각 부근(서울 종로구 관철동)에 '고등연예관'이라는 이름으로 세워졌다가 1915년 '우미관'으로 이름이 바뀌었습니다. 일본인이 지은 이 극장은 2층 벽돌 건물에 1,000명가량이 관람할 수 있는 긴 나무의자가 마련되어 있었으나, 늘 2,000명이 넘는 관람객이 몰려들어 '우미관 구경 안 하고 서울 다녀왔다는 말은 거짓말'이라는 말이 생길 정도로 유명해졌습니다. 1948년 광복 때까지도 일류 개봉극장으로 전성기를 누렸던 우미관은 서서히 퇴조하여 1982년 문을 닫았습니다.

화신상회

우미관

내면의식의 탐구

문학작품은 읽는 이에 따라 각자 느낌과 감동이 다릅니다. 작가의 성향을 어느 정도 알고 있는지, 당대의 문화를 얼마나 이해하고 있는지, 또 인간의 복잡한 심리를 얼마나 헤아릴 수 있는지 등에 따라 작품 해석도 차이가 많습니다.

박태원의 〈오월의 훈풍〉은 주인공이 우연히 전차 안에서 어린 시절의 동무를 발견하고 15년 전 느꼈던 자책감으로부터 벗어난다는 간결한 스토리를 담고 있습니다. 하지만 이 작품의 시대적 배경이 일제강점기라는 사실과, 박태원이라는 작가가 당시의 우울한 시대 풍경을 묘사한 지식인이라는 점을 생각하면서 읽는다면 작품을 더 깊게 이해할 수 있습니다. 이것은 작품 속에 깃든 작가의 내면의식을 이해하는 것입니다.

이 작품 속에서 주인공이 토요일 오후에 해야 할 일이란 양말 두 켤레를 사는 것입니다. 그는 구입한 양말을 양복 주머니에 아무렇게나 집어넣고선 "집으로밖에는 어디라 갈 곳을 가지지 못한" 채 종로 네거리에 서 있습니다. 그는 동경대학 영문학과를 졸업한 지식인이지만 왠지 무기력해 보입니다.

이와 같이 소설의 도입부에 묘사된 주인공의 모습에는 작가의 내면의식이 깔려 있습니다. 식민지라는 현실 속에서 자유롭게 뜻을 펼칠 수 없는 지식인의 우울을 표출하고 있는 것입니다. 그러한 바탕을 이해할 때 이야기의 감동은 달라집니다. 즉 행복한 어머니의 표정을 짓고 있는 어린 시절의 동무를 발견하고 자신의 죄책감을 씻어 버리게 된다는 이야기를 통해 우리는 우울한 시대를 견뎌 내려는 작가의 의도를 엿볼 수 있는 것입니다. 이와 같이 소설 작품 속에는 문장으로써 표현되지 않은 작가의 내면의식이 있고, 그러한 부분을 이해함으로써 작품의 깊이를 느끼게 되는 것입니다.

딱지본(구활자본) 소설 〈명금名金〉

미국에서 제작된 연속 영화 〈명금 The Broken Coin〉(1915)은 우리나라에서는 1916년 6월 우미관에서 개봉되었습니다. 총 22부(상영시간 440분)로 구성된 〈명금〉은 당시 큰 인기를 끌어서 구활자본(딱지본) 소설로 두 차례나 간행되었고, 변사(서상호)가 영화 해설을 녹음한 유성기 음반이 발매되기도 하였습니다.

박태원의 〈오월의 훈풍〉에서 수전동 아이들이 했던 명금 놀이는 바로 영화 〈명금〉의 등장인물들을 흉내 낸 놀이입니다.

황금이 숨겨져 있는 장소가 새겨진 금화 반쪽씩을 갖고 있는 프레데릭 백작과 키티 그레이는 상대편의 금화 반쪽을 손에 넣기 위해 전세계를 누비며 갖가지 모험을 펼치게 됩니다. 프레데릭 백작의 명령으로 로로는 키티 그레이의 금화 반쪽을 빼내려다가 실패한 채 피투성이가 되어 길거리에 버려지게 됩니다. 이때 키티 그레이가 로로를 극진히 간호해 주자, 로로는 키티 그레이의 부하가 되어 그녀를 돕습니다. 한편 악당 사치오 백작은 프레데릭 백작과

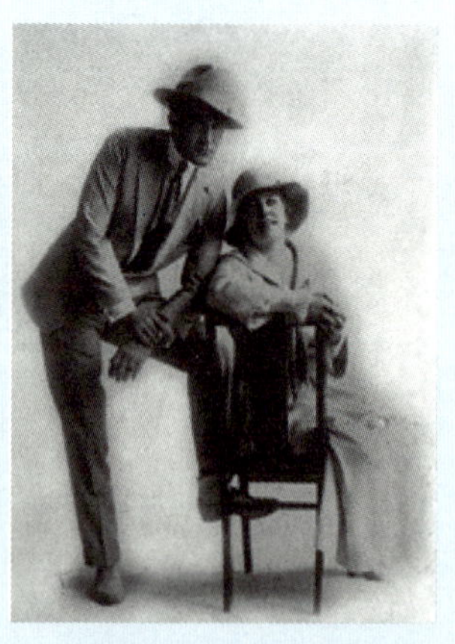

미국의 연속영화 〈명금(The Broken Coin)〉(프레데릭 백작 역의 프란시스 포드와 키티 그레이 역의 그레이스 쿠나드)

딱지본 소설 〈명금〉 표지

키티 그레이의 금화를 빼앗기 위해 온갖 수작을 벌이게 되는 것이 이 영화의 전체적인 줄거리입니다.

또 다른 이야기 2

1930년대 도시인들의 삶, 〈영수증〉

《소설가 구보씨의 일일》과 《천변풍경》의 작가로 유명한 박태원은 성인뿐만 아니라 아이들을 위한 소설도 여러 편 발표했습니다. 《소년 삼국지》, 《소년 김유신》, 〈어린이일기〉, 《손오공》 등입니다.

〈영수증〉은 주인공 노마의 눈에 비친 주변 인물들의 다양한 모습을 통해 1930년대 고단한 도시인들의 생활을 보여주고 있습니다.

'노마'는 부모도 없고 집도 없이 우동집에서 심부름을 하는 아이로, 힘들 때 기댈 수 있는 친척은 오로지 '아저씨'뿐입니다. 하지만 공장에 다니는 아저씨도 넉넉하지 못한 처지라서 노마는 우동집에 기거하면서 고단한 일상을 살아가고 있습니다. 게다가 얼마 전 근처에 큰 우동집이 들어서면서부터 노마가 일하는 가게는 장사가 잘 되지 않습니다. 노마의 월급은 두 달치나 밀려 있고 가게는 문을 닫아야 할 처지입니다.

비 내리는 한겨울, 노마는 아저씨의 집에 찾아갑니다. 아저씨는 월급을 받지 못한 노마를 걱정해 주고는 외출을 합니다. 그러나 노마의 우산을 아저씨가 무심코 들고 나가는 바람에 노마는 아저씨가 돌아올 때까지 마냥 기다릴 수밖에 없습니다. 술을 마시고 저녁에 돌아온 아저씨는 우동집 주인을 야단쳐 두었으니 곧 월급을 받게 될 것이라고 말하지만, 노마는 주인에게 혼이 날까 걱정스럽습니다. 막상 가게로 돌아와서 주인아저씨가 힘없이 술을 마시고 있는 모습을 본 노마는 가여움을 느낍니다.

노마의 생일날, 주인은 노마에게 우동을 끓여 주고는 가진 돈을 털어 사 원을 건네줍니다. 밀린 월급을 다 못주게 되어 미안하다며 대신 외상값을 받아 가지라고 합니다. 노마와 주인은 우동 그릇을 앞에 두고 엉엉 울고 맙니다. 주인아저씨는 가게 문을 닫고 떠나고, 노마는 남은 외상값을 받으러 오 서방을 찾아갑니다. 여러 차례 헛걸음을 한 노마가 여섯 번째 찾아갔을 때 오 서방은 영수증을 써 오라고 합니다. 노마는 서툰 글씨로 영수증을 작성해서 다시 찾아가지만 오 서방은 끝내 나타나지 않습니다. 마침내 노마는 어두운 길목에서 영수증을 찢어 버리고 울음을 터뜨립니다.

● 이 작품에서 은식이는 왜 수전동 아이들의 부러움을 받았나요?

① 명금 놀이를 잘하기 때문에

② 비싼 양복을 입었기 때문에

③ 공부를 잘 하기 때문에

④ 잘생겼기 때문에

● 이 작품에서 기순이는 자신을 놀려대는 은식에게 '아이노꾸'라고 외칩니다. 기순이가 '혼혈'이라는 뜻의 일본어를 내뱉은 이유는 무엇일까요?

① 은식의 외모가 서양인 같아서

② 명금 놀이가 〈명금〉이라는 서양 영화였기 때문에

③ 은식이 서양인들이 입는 양복을 늘 차려입고 다녔기 때문에

- 이 이야기 속에서 철수는 전차 안에서 우연히 아이를 안고 있는 기순이를 보았을 때 가슴속에 기쁨이 치밀어 오르는 감정을 느낍니다. 그 이유가 무엇 때문인지 설명해 보세요.

- 철수는 어린 시절의 한 기억으로 인해 기순이에 대한 죄책감을 간직해 왔습니다. 이처럼 특별한 사고는 아니지만 마음속 깊이 각인된 일이 여러분에게도 있을 겁니다. 어린 시절, 남에게 어떤 상처를 주었는지 생각하여 써 봅시다.

● 이 작품에서 은식이는 왜 수전동 아이들의 부러움을 받았나요?

① 명금 놀이를 잘하기 때문에

② 비싼 양복을 입었기 때문에

③ 공부를 잘 하기 때문에

④ 잘생겼기 때문에

답 ②번.

● 이 작품에서 기순이는 자신을 놀려대는 은식에게 '아이노꾸'라고 외칩니다. 기순이가 '혼혈'이라는 뜻의 일본어를 내뱉은 이유는 무엇일까요?

① 은식의 외모가 서양인 같아서

② 명금 놀이가 〈명금〉이라는 서양 영화였기 때문에

③ 은식이 서양인들이 입는 양복을 늘 차려입고 다녔기 때문에

답 ③번.

● **이 이야기 속에서 철수는 전차 안에서 우연히 아이를 안고 있는 기순이를 보았을 때 가슴속에 기쁨이 치밀어 오르는 감정을 느낍니다. 그 이유가 무엇 때문인지 설명해 보세요.**

철수는 스무 살의 기순이가 갓 마흔의 남자와 결혼을 했으며, 그것도 후취 자리였다는 소식을 듣고 마음 아파합니다. 만약 이마의 상처 때문에 그곳으로 시집을 갈 수밖에 없었고, 결혼 생활이 불행하다면 그것은 전적으로 자신의 책임이라고 생각했습니다. 그리고 그럴 때마다 철수는 기순이가 넉넉지 못한 살림살이 속에서도 자기네들의 행복을 발견하고 있기를 바라 왔습니다. 그런데 전차에서 기순이를 만났을 때 아이를 안고 있는 기순이의 모습에서 철수는 그녀가 지니고 있는 '어머니의 기쁨'을 확인하게 됩니다. 기순이가 행복한 결혼생활을 하고 있다는 안도감에 철수는 기쁨을 느낀 것입니다.

● **철수는 어린 시절의 한 기억으로 인해 기순이에 대한 죄책감을 간직해 왔습니다. 이처럼 특별한 사고는 아니지만 마음속 깊이 각인된 일이 여러분에게도 있을 겁니다. 어린 시절, 남에게 어떤 상처를 주었는지 생각하여 써 봅시다.**

누구나 어린 시절에는 남에게 상처가 되는 실수를 하곤 합니다. 자신의 부주의로 가족이나 친구를 다치게 한 사건이 있을 수도 있고, 상대에게 마음의 상처가 되는 말일 수도 있습니다. 그 기억들을 떠올려 보고 그 일을 떠올리는 지금 자신의 마음은 어떠한가요.

운수 좋은 날

: 현진건 :

생각해 볼까요?

여러분이 사랑하는 가족이 병에 걸렸을 때를 생각해 봅시다. 예를 들어 어머니가 아프신데 아무 것도 해줄 수 없다면 학교에 있어도 불안하고 초조하겠죠. 더욱이 수업이 끝난 뒤 집으로 가지 못하고 엉뚱한 곳을 헤맬 수도 있습니다. 늦도록 친구네 집에서 게임을 하거나 길거리를 쏘다니는 심정은 어떤 것일까요? 아마도 어머니의 병이 더 깊어지지 않았을까 하는 두려움 때문일 겁니다. 그러한 복잡한 심정을 상상하면서 〈운수 좋은 날〉을 읽어 봅시다.

새침하게 흐린 품◆이 눈이 올 듯하더니, 눈은 아니 오고 얼다가 만 비가 추적추적 내렸다.

이날이야말로 동소문◆ 안에서 인력거꾼 노릇을 하는 김 첨지에게는 오래간만에도 닥친 운수 좋은 날이었다. 문안◆(거기도 문밖은 아니지만)에 들어간답시는 앞집 마나님을 전찻길까지 모셔다 드린 것을 비롯으로 행여나 손님이 있을까 하고 정류장에서 어정어정하며 내리는 사람 하나하나에게 거의 비는 듯한 눈결을 보내고 있다가, 마침내 교원인 듯한 양복쟁이를 동광학교까지 태워다 주기로 되었다.

첫째 번에 삼십 전, 둘째 번에 오십 전. 아침 댓바람에 그리 흉하지 않은 일이었다. 그야말로 재수가 옴 붙어서 근 열흘 동안 돈 구경도 못한 김 첨지는 십 전짜리 백통화◆ 서 푼, 또는 다섯 푼이 찰깍 하고 손바닥에 떨어질 제 거의 눈물을 흘릴 만큼 기뻤다. 더구나 이날 이때에 이 팔십 전이라는 돈이 그에게 얼마나 유용한지 몰랐다. 컬컬한 목에 모주◆ 한 잔도 적실 수 있거니와, 그보다도 앓는 아내에게 설렁탕 한 그릇도 사다 줄 수 있음이다.

그의 아내가 기침으로 쿨룩거리기는 벌써 달포◆가 넘었다. 조밥◆도 굶기를 먹다시피 하는 형편이니 물론 약 한 첩 써본 일이 없다. 구태여 쓰려면 못 쓸 바도 아니로되, 그는 병이란 놈에게 약을 주어 보내면 재미를 붙여서 자꾸 온다는 자기의 신조에 어디까지나 충실하였다. 따라서 의사에게 보인 적이 없으니 무슨 병인지는 알 수 없으되 반듯이 누워 가지고 일어나기는커녕 새로로도

- ◆ **품** 행동이나 말씨에 드러나는 것.
- ◆ **동소문** '혜화문'을 달리 이르는 말. 동쪽에 있었던 데서 유래한다.
- ◆ **문안** 사대문 안.
- ◆ **백통화** 백통으로 만든 돈.
- ◆ **모주母酒** 재강에 물을 타서 뿌옇게 걸러낸 탁주.
- ◆ **달포** 한 달이 조금 넘는 기간.
- ◆ **조밥** 맨 좁쌀로 짓거나 입쌀에 좁쌀을 많이 두어서 지은 밥.

모로도 못 눕는 걸 보면 중증은 중증인 듯. 병이 이대도록 심해지기는 열흘 전에 조밥을 먹고 체한 때문이다.

그때도 김 첨지가 오래간만에 돈을 얻어서 좁쌀 한 되와 십 전짜리 나무 한 단을 사다 주었더니 김 첨지의 말에 의지하면, 오라질◆ 년이 천방지축으로 냄비에 대고 끓였다. 마음은 급하고 불길은 달지 않아 채 익지도 않은 것을 그 오라질 년이 숟가락은 고만두고 손으로 움켜서 두 뺨에 주먹덩이 같은 혹이 불거지도록 누가 빼앗을 듯이 처먹더니만 그날 저녁부터 가슴이 당긴다, 배가 켕긴다고 눈을 홉뜨고◆ 지랄병을 하였다. 그때 김 첨지는 열화와 같이 성을 내며,

"에이, 오라질 년, 조롱복◆은 할 수가 없어. 못 먹어 병, 먹어서 병, 어쩌란 말이야! 왜 눈을 바루 뜨지 못해!"

하고 앓는 이의 뺨을 한 번 후려갈겼다.

홉뜬 눈은 조금 바루어졌건만 이슬이 맺혔다. 김 첨지의 눈시울도 뜨끈뜨끈하였다.

이 환자가 그러고도 먹는 데는 물리지◆ 않았다. 사흘 전부터 설렁탕 국물이 마시고 싶다고 남편을 졸랐다.

"이런 오라질 년! 조밥도 못 먹는 년이 설렁탕은. 또 처먹고 지랄병을 하게!"

라고 야단을 쳐보았건만, 못 사주는 마음이 시원치는 않았다.

인제 설렁탕을 사줄 수도 있다. 앓는 어미 곁에서 배고파 보채는 개똥이(세 살배기)에게 죽을 사줄 수도 있다. 팔십 전을 손에 쥔 김 첨지의 마음은 푼푼하였다.◆

그러나 그의 행운은 그걸로 그치지 않았다. 땀과 빗물이 섞여 흐르는 목덜미를 기름 주머니가 다 된 광목 수건으로 닦으며, 그 학교 문

을 돌아 나올 때였다. 뒤에서 "인력거!" 하고 부르는 소리가 났다. 자기를 불러 멈춘 사람이 그 학교 학생인 줄 김 첨지는 한 번 보고 짐작할 수 있었다. 그 학생은 다짜고짜로,

"남대문 정거장까지 얼마요?"

라고 물었다. 아마도 그 학교 기숙사에 있는 이로 동기 방학◆을 이용하여 귀향하려 함이리라. 오늘 가기로 작정은 하였건만, 비는 오고 짐은 있고 해서 어찌할 줄 모르다가 마침 김 첨지를 보고 뛰어나왔음이리라. 그렇지 않다면 왜 구두를 채 신지 못해서 질질 끌고, 비록 '고쿠라'◆ 양복일망정 노박이로◆ 비를 맞으며 김 첨지를 뒤쫓아 나왔으랴.

"남대문 정거장까지 말씀입니까……."

하고, 김 첨지는 잠깐 주저하였다. 그는 이 우중에 우장◆도 없이 그 먼 곳을 철벅거리고 가기가 싫었음일까? 처음 것, 둘째 것으로 그만 만족하였음일까? 아니다. 결코 아니다. 이상하게도 꼬리를 맞물고 덤비는 이 행운 앞에 조금 겁이 났음이다. 그리고 집을 나올 제 아내의 부탁이 마음에 켕겼다. 앞집 마나님한테서 부르러 왔을 제 병인◆은 그 뼈만 남은 얼굴에 유일◆의 생물 같은 유달리 크고 움푹한 눈에다 애걸하는 빛을 띠며,

"오늘은 나가지 말아요. 제발 덕분에 집에 붙어 있어요. 내가 이렇게 아픈데……."

라고 모깃소리같이 중얼거리며 숨을 걸그렁걸그렁하였다. 그래도 김 첨지는 대수롭지 않은 듯이,

◆ **오라지다** 상당히 마음에 맞지 아니함을 비속하게 이르는 말.
◆ **흡뜨다** 눈알을 위로 굴리고 눈시울을 위로 치뜨다.
◆ **조롱복** 아주 짧게 타고난 복력福力.
◆ **물리다** 다시 대하기 싫을 만큼 몹시 싫증이 나다.
◆ **푼푼하다** 모자람이 없이 넉넉하다.
◆ **동기冬期 방학** 겨울 방학.
◆ **고쿠라** 고쿠라 지방에서 나는 두터운 바탕의 무명 옷감.
◆ **노박이로** 줄곧 계속적으로.
◆ **우장雨裝** 비를 맞지 아니하기 위해서 차려 입음. 또는 그런 복장.
◆ **병인病人** 병자.
◆ **유일唯一** 오직 하나밖에 없음.

"아따, 젠장맞을 년. 별 빌어먹을 소리를 다 하네. 맞붙들고 앉았으면 누가 먹여 살릴 줄 알아."

하고 훌쩍 뛰어나오려니까 환자는 붙잡을 듯이 팔을 내저으며,

"나가지 말라도 그래, 그러면 일찍이 들어와요."

하고 목멘 소리가 뒤를 따랐다.

정거장까지 가잔 말을 들은 순간에 경련적으로 떠는 손, 유달리 큼직한 눈, 울 듯한 아내의 얼굴이 김 첨지의 눈앞에 어른어른하였다.

"그래 남대문 정거장까지 얼마란 말이오?"

하고 학생은 초조한 듯이 인력거꾼의 얼굴을 바라보며 혼잣말같이,

"인천 차가 열한 점에 있고, 그다음에는 새로 두 점이던가."

라고 중얼거린다.

"일 원 오십 전만 줍시오."

이 말이 저도 모를 사이에 불쑥 김 첨지의 입에서 떨어졌다. 제 입으로 부르고도 스스로 그 엄청난 돈 액수에 놀랐다. 한꺼번에 이런 금액을 불러라도 본 지가 그 얼마 만인가! 그러자, 그 돈 벌 용기가 병자에 대한 염려를 사르고 말았다. 설마 오늘 안으로 어떠랴 싶었다. 무슨 일이 있더라도 제1, 제2의 행운을 곱친◆ 것보다도 오히려 갑절이 많은 이 행운을 놓칠 수 없다 하였다.

"일 원 오십 전은 너무 과한데……."

이런 말을 하며 학생은 고개를 기웃하였다.

"아니올시다. 이수◆로 치면 여기서 거기가 시오 리가 넘는답니다. 또 이런 진 날에는 좀 더 주셔야지요."

하고 빙글빙글 웃는 차부◆의 얼굴에는 숨길 수 없는 기쁨이 넘쳐흘렀다.

"그러면 달라는 대로 줄 테니 빨리 가요."

관대한 어린 손님은 그런 말을 남기고 총총히 옷도 입고 짐도 챙기러 갈 데로 갔다.

그 학생을 태우고 나선 김 첨지의 다리는 이상하게 가뿐하였다. 달음질을 한다느니보다 거의 나는 듯하였다. 바퀴도 어떻게 속히 도는지 구른다느니 마치 얼음을 지쳐 나가는 스케이트 모양으로 미끄러져 가는 듯하였다. 언 땅에 비가 내려 미끄럽기도 하였지만.

이윽고 끄는 이의 다리는 무거워졌다. 자기 집 가까이 다다른 까닭이다. 새삼스러운 염려가 그의 가슴을 눌렀다.

'오늘은 나가지 말아요. 내가 이렇게 아픈데.'

이런 말이 잉잉 그의 귀에 울렸다. 그리고 병자의 움쑥 들어간 눈이 원망하는 듯이 자기를 노리는 듯하였다. 그러자 엉엉 하고 우는 개똥이의 곡성◆도 들은 듯싶다. 딸국딸국 하고 숨 모으는 소리도 나는 듯싶다.

"왜 이러우? 기차 놓치겠구먼."

하고 탄 이의 초조한 부르짖음이 간신히 그의 귀에 들어왔다. 언뜻 깨달으니 김 첨지는 인력거 채를 쥔 채 길 한복판에 엉거주춤 멈춰 있지 않은가.

"예, 예."

하고 김 첨지는 또다시 달음질하였다. 집이 차차 멀어 갈수록 김 첨지의 걸음에는 다시금 신이 나기 시작하였다. 다리를 재게◆ 놀려야만 쉴 새 없이 자기의 머리에 떠오르는 모든 근심과 걱정을 잊을 듯

◆ **곱치다** 곱절로 잡아 셈하다.
◆ **이수里數** 거리를 '리里'의 단위로 나타낸 수.
◆ **차부車部** 마차나 우차 따위를 부리는 사람.
◆ **곡성哭聲** 곡소리. 제사나 장례를 지낼 때에 우는 소리.
◆ **재다** 동작이 재빠르다.

이…….

정거장까지 끌어다 주고 그 깜짝 놀랄 일 원 오십 전을 정말 제 손에 쥠에 말마따나 십 리나 되는 길을 비를 맞아 가며 질퍽거리고 온 생각은 아니하고, 거저 얻은 듯이 고마웠다. 졸부나 된 듯이 기뻤다. 제 자식뻘밖에 안 되는 어린 손님에게 몇 번 허리를 굽히며,

"안녕히 다녀옵시오."

라고 깍듯이 재우쳤다◆.

그러나 빈 인력거를 털털거리며 이 우중에 돌아갈 일이 꿈밖이었다. 노동으로 하여 흐른 땀이 식어지자 굶주린 창자에서, 물 흐르는 옷에서 어슬어슬 한기가 솟아나기 비롯하매 일 원 오십 전이란 돈이 얼마나 괜찮고 괴로운 것인 줄 절절히 느꼈다.

정거장을 떠나는 그의 발길은 힘 하나 없었다. 온몸이 옹송그려지며◆ 당장 그 자리에 엎어져 못 일어날 것 같았다.

"젠장맞을 것! 이 비를 맞으며 빈 인력거를 털털거리고 돌아를 간담. 이런 빌어먹을 비가 왜 남의 상판을 딱딱 때려!"

그는 몹시 화증◆을 내며 누구에게 반항이나 하는 듯이 게걸거렸다.◆ 그럴 즈음에 그의 머리엔 또 새로운 광명이 비쳤나니, 그것은 '이러구 갈 게 아니라 이 근처를 빙빙 돌며 차 오기를 기다리면 또 손님을 태우게 될는지도 몰라.'란 생각이었다. 오늘 운수가 괴상하게도 좋으니까 그런 요행이 또 한 번 없으리라고 누가 보증하랴. 꼬리를 무는 행운이 꼭 자기를 기다리고 있다는 내기를 해도 좋을 만한 믿음을 얻게 되었다. 그렇지만 정거장 인력거꾼의 등쌀이 무서우니 정거장 앞에 섰을 수는 없었다. 그래 그는 이전에도 여러 번 해본 일이라 바로 정거장에서 조금 떨어져서 사람 다니는 길과 전찻길 틈에 인력

거를 세워 놓고, 자기는 그 근처를 빙빙 돌며 형세를 관망하기로 하였다. 얼마 만에 기차는 왔고 수십 명이나 되는 손◆이 정류장으로 쏟아져 나왔다. 그 중에서 손님을 물색하던 김 첨지의 눈에 양머리◆에 뒤축 높은 구두를 신고 망토까지 두른 기생 퇴물◆인 듯, 난봉◆ 여학생인 듯한 여편네의 모양이 띄었다. 그는 슬금슬금 그 여자의 곁으로 다가들었다.

"아씨, 인력거 아니 타시랍시오?"

그 여학생인지 뭔지가 한참은 매우 태깔◆을 빼며 입술을 꼭 다문 채 김 첨지를 거들떠보지도 않았다. 김 첨지는 구경하는 거지나 무엇같이 연해 연방◆ 그의 기색을 살피며,

"아씨, 정거장 애들보담 아주 싸게 모셔다 드리겠습니다. 댁이 어디신가요?"

하고 추근추근하게도 그 여자의 들고 있는 일본식 버들고리짝◆에 제 손을 댔다.

"왜 이래, 남 귀찮게 굴어."

소리를 벽력같이 지르고는 돌아선다. 김 첨지는 어럽쇼, 하고 물러섰다.

전차는 왔다. 김 첨지는 원망스럽게 전차 타는 이를 노리고 있었다. 그러나 그의 예감은 틀리지 않았다. 전차가 빽빽하게 사람을 싣고 움직이기 시작하였을 제 타고 남은 손 하나가 있었다. 굉장하게 큰 가방을 들고 있는 걸 보면 아마 붐비는 차 안에 짐이 크다 하여 차장에게 밀려 내려

◆ **재우치다** 빨리 몰아치거나 재촉하다.
◆ **옹송그리다** 춥거나 두려워 몸을 궁상맞게 몹시 옹그리다.
◆ **화증火症** 걸핏하면 화를 왈칵 내는 증세.
◆ **게걸거리다** 상스러운 말로 소리를 지르며 불평스럽게 자꾸 떠들다.
◆ **손** 손님.
◆ **양머리** 서양식으로 단장한 여자의 머리.
◆ **퇴물退物** 어떤 직업에서 물러난 사람을 낮잡아 이르는 말.
◆ **난봉難捧** 허랑방탕한 짓.
◆ **태깔** 교만한 태도.
◆ **연해 연방連-連放** 끊임없이 잇따라 자꾸.
◆ **버들고리짝** 키버들의 가지로 결어 만든 상자. 주로 옷을 넣는 데 쓴다.

온 눈치였다. 김 첨지는 대어섰다.

"인력거를 타시랍시오."

한동안 값으로 실랑이를 하다가 육십 전에 인사동까지 태워다 주기로 하였다. 인력거가 무거워지매 그의 몸은 이상하게도 가벼워졌고 그리고 또 인력거가 가벼워져서 몸은 다시금 무거워졌건만, 이번에는 마음조차 초조해 온다. 집의 광경이 자꾸 눈앞에 어른거려 이젠 요행을 바랄 여유도 없었다. 나무등걸이나 무엇 같고 제 것 같지도 않은 다리를 연해 꾸짖으며 갈팡질팡 뛰는 수밖에 없었다.

저놈의 인력거꾼이 저렇게 술에 취해 가지고 이 진 땅에 어찌 가노 하고, 길 가는 사람이 걱정을 하리만큼 그의 걸음은 황급하였다. 흐리고 비 오는 하늘은 어둠침침한 게 벌써 황혼에 가까운 듯하다. 창경원 앞까지 다다라서야 그는 턱에 닿는 숨을 돌리고 걸음도 늦추 잡았다. 한 걸음 두 걸음 집이 가까워 올수록 그의 마음은 괴상하게 누그러졌다. 그런데 이 누그러짐은 안심에서 오는 게 아니요, 자기를 덮친 무서운 불행을 빈틈없이 알게 될 때가 박두한◆ 것을 두려워하는 마음에서 오는 것이다.

그는 불행이 닥치기 전 시간을 얼마쯤이라도 늘리려고 버르적거렸다.◆ 기적에 가까운 벌이를 하였다는 기쁨을 할 수 있으면 오래 지니고 싶었다. 그는 두리번두리번 사면을 살폈다. 그 모양은 마치 자기 집, 곧 불행을 향하여 달려가는 제 다리를 제 힘으로는 도저히 어찌할 수 없으니 누구든지 나를 좀 잡아 다오, 구해 다오 하는 듯했다.

그럴 즈음에 마침 길가 선술집에서 그의 친구 치삼이가 나온다. 그의 우글우글 살진 얼굴은 주홍◆이 오른 듯, 온 턱과 뺨을 시커멓게 구레나룻이 덮었거늘, 노르탱탱한 얼굴이 바짝 말라서 여기저기 고랑이 파이고 수염도 있대야 턱밑에만 마치 솔잎 송이를 거꾸로 붙여 놓은 듯한 김 첨지의 풍채하고는 기이한 대상對相을 짓고 있었다.

"여보게 김 첨지, 자네 문안 들어갔다 오는 모양일세그려. 돈 많이 벌었을 테니 한잔 빨리게."

뚱뚱보는 말라깽이를 보자마자 부르짖었다. 그 목소리는 몸짓과 딴판으로 연하고 싹싹하였다. 김 첨지는 이 친구를 만난 게 어떻게 반가운지 몰랐다. 자기를 살려 준 은인이나 무엇같이 고맙기도 하였다.

"자네는 벌써 한잔한 모양일세그려. 자네도 재미가 좋아 보이."

하고 김 첨지는 얼굴을 펴서 웃었다.

"아따, 재미 안 좋다고 술 못 먹을 낸가. 그런데 여보게, 자네 온 몸이 어째 물독에 빠진 생쥐 같은가? 어서 이리 들어와 말리게."

선술집은 훈훈하고 뜨뜻하였다. 추어탕을 끓이는 솥뚜껑을 열 적마다 뭉게뭉게 떠오르는 흰 김, 석쇠에서 빠지짓 빠지짓 구워지는 너비아니 구이며, 제육이며, 간이며, 콩팥이며, 북어며, 빈대떡……. 이 너저분하게 늘어놓은 안주 탁자에 김 첨지는 갑자기 속이 쓰려서 견딜 수 없었다. 마음대로 할 양이면 거기 있는 모든 먹음먹이를 모조리 깡그리 집어삼켜도 시원치 않았다. 하되, 배고픈 이는 우선 분량 많은 빈대떡 두 개를 쪼이기로 하고 추어탕을 한 그릇 청하였다.

주린 창자는 음식 맛을 보더니 더욱더욱 비어지며 자꾸자꾸 들이라 들이라 하였다. 순식간에 두부와 미꾸라지 든 국 한 그릇을 그냥 물같이 들이켜고 말았다. 첫째 그릇을 받아들었을 제 데우던 막걸리 곱배기 두 잔이 더웠다. 치삼이

◆ **박두하다** 기일이나 시기가 가까이 닥쳐오다.

◆ **버르적거리다** 고통스러운 일이나 어려운 고비에서 벗어나려고 팔다리를 내저으며 큰 몸을 자꾸 움직이다.

◆ **주흥酒興** 술을 마신 뒤에 취하여 일어나는 흥취.

와 같이 마시자 원원이◆ 비었던 속이라 찌르르 하고 창자에 퍼지며 얼굴이 화끈하였다. 눌러 곱배기 한 잔을 또 마셨다.

김 첨지의 눈은 벌써 개개풀리기◆ 시작하였다. 석쇠에 얹힌 떡 두 개를 숭덩숭덩 썰어서 볼을 볼룩거리며 또 곱배기 두 잔을 부어라 하였다.

치삼은 의아한 듯이 김 첨지를 보며,

"여보게 또 붓다니, 벌써 우리가 넉 잔씩 먹었네. 돈이 사십 전일세."

라고 주의시켰다.

"아따 이놈아, 사십 전이 그리 끔찍하냐. 오늘 내가 돈을 막 벌었어. 참 오늘 운수가 좋았느니."

"그래 얼마를 벌었단 말인가?"

"삼십 원을 벌었어, 삼십 원을! 이런 젠장맞을, 술을 왜 안 부어…… 괜찮다, 괜찮아. 막 먹어도 상관이 없어. 오늘 돈 산더미같이 벌었는데."

"어, 이 사람 취했군, 그만두세."

"이놈아, 이걸 먹고 취할 내냐? 어서 더 먹어."

하고는 치삼의 귀를 잡아채며 취한 이는 부르짖었다. 그리고 술을 붓는 열다섯 살 됨직한 중대가리에게로 달려들며,

"이놈, 오라질 놈, 왜 술을 붓지 않어."

라고 야단을 쳤다. 중대가리는 히히 웃고 치삼이를 보며 문의하는 듯이 눈짓을 하였다. 주정꾼이 이 눈치를 알아보고 화를 버럭 내며,

"이 오라질 놈들 같으니, 이놈! 내가 돈이 없을 줄 알고?"

하자마자 허리춤을 훔칫훔칫하더니 일 원짜리 한 장을 꺼내어 중대가리 앞에 펄쩍 집어던졌다. 그 사품◆에 몇 푼 은전이 잘그랑하며 떨

어진다.

"여보게, 돈 떨어졌네. 왜 돈을 막 끼얹나."

이런 말을 하며 일변◆ 돈을 줍는다. 김 첨지는 취한 중에도 돈의 거처를 살피는 듯이 눈을 크게 떠서 땅을 내려다보다가 불시에 제 하는 짓이 너무 더럽다는 듯이 고개를 소스라치자 더욱 성을 내며,

"봐라, 봐! 이 더러운 놈들아, 내가 돈이 없나. 다리 뼉다구를 꺾어 놓을 놈들 같으니."

하고 치삼이 주워 주는 돈을 받아,

"이 원수엣 돈! 이 육시◆를 할 돈!"

하면서 팔매질을 친다. 벽에 맞아 떨어진 돈은 다시 술 끓이는 양푼에 떨어지며 정당한 매를 맞는다는 듯이 쨍하고 울었다.

곱배기 두 잔은 또 부어질 겨를도 없이 말려가고 말았다. 김 첨지는 입술과 수염에 묻은 술을 빨아들이고 나서 매우 만족한 듯이 그 솔잎 송이 수염을 쓰다듬으며,

"또 부어, 또 부어."

라고 외쳤다.

또 한 잔 먹고 나서 김 첨지는 치삼의 어깨를 치며 문득 껄껄 웃는다. 그 웃음소리가 어찌나 컸던지 술집에 있는 이의 눈이 모두 김 첨지에게로 몰렸다. 웃는 이는 더욱 웃으며,

"여보게 치삼이, 내 우스운 이야기 하나 할까? 오늘 손을 태우고 정거장에까지 가지 않았겠나."

"그래서?"

◆ **원원이** 본디부터.
◆ **개개풀리다** 졸리거나 술에 취해서 눈에 정기가 흐려지다.
◆ **사품** 어떤 동작이나 일이 진행되는 바람이나 겨를.
◆ **일변一邊** 한편.
◆ **육시戮屍** 이미 죽은 사람의 시체에 다시 목을 베는 형벌을 가함.

"갔다가 그저 오기가 안됐데그려, 그래 전차 정류장에서 어름어름 하며 손님 하나를 태울 궁리를 하지 않았나. 거기 마침 마나님이신지 여학생이신지, 요새야 어디 논다니◆와 아가씨를 구별할 수가 있던가. 망토를 두르시고 비를 맞고 서 있겠지. 슬근슬근 가까이 가서 인력거를 타시랍시오 하고 손가방을 받으랴니까 내 손을 탁 뿌리치고 핵 돌아서더니만 '왜 남을 이렇게 귀찮게 굴어!' 그 소리야말로 꾀꼬리 소리지, 허허!"

김 첨지는 교묘하게도 정말 꾀꼬리 같은 소리를 냈다. 모든 사람은 일시에 웃었다.

"빌어먹을 깍쟁이 같은 년, 누가 저를 어쩌나. '왜 남을 귀찮게 굴어!' 어이구 소리가 체신도 없지, 허허!"

웃음소리들은 높아졌다. 그런 그 웃음소리들이 사라지기 전에 김 첨지는 훌쩍훌쩍 울기 시작하였다.

치삼은 어이없이 주정뱅이를 바라보며,

"금방 웃고 지랄을 하더니 우는 건 무슨 일인가?"

김 첨지는 연해 코를 들이마시며,

"우리 마누라가 죽었다네."

"뭐, 마누라가 죽다니, 언제?"

"이놈아 언제는. 오늘이지."

"예끼 미친놈, 거짓말 말아."

"거짓말은 왜, 참말로 죽었어…… 참말로. 마누라 시체를 집에 뻗쳐 놓고 내가 술을 먹다니, 내가 죽일 놈이야, 죽일 놈이야."

하고 김 첨지는 엉엉 소리 내어 운다.

치삼은 흥이 조금 깨어지는 얼굴로,

"원 이 사람아, 참말을 하나 거짓말을 하나. 그러면 집으로 가세, 가."

하고 우는 이의 팔을 잡아당겼다.

치삼의 끄는 손을 뿌리치더니 김 첨지는 눈물이 글썽글썽한 눈으로 싱그레 웃는다.

"죽기는 누가 죽어."

하고 득의가 양양.

"죽기는 왜 죽어, 생때같이◆ 살아만 있단다. 그 오라질 년이 밥을 죽이지. 인제 나한테 속았다."

하고 어린애 모양으로 손뼉을 치며 웃는다.

"이 사람이 정말 미쳤단 말인가. 나도 아주먼네가 앓는단 말은 들었는데……."

하고 치삼이도 어떤 불안을 느끼는 듯이 김 첨지에게 또 돌아가라고 권하였다.

"안 죽었어, 안 죽었대도 그래."

김 첨지는 화증을 내며 확신 있게 소리를 질렀으되 그 소리엔 안 죽은 것을 믿으려고 애쓰는 가락이 있었다. 기어이 일 원어치를 채워서 곱배기를 한 잔씩 더 먹고 나왔다. 궂은 비는 의연히 추적추적 내린다.

김 첨지는 취중에도 설렁탕을 사 가지고 집에 다다랐다. 집이라 해도 물론 셋집이요, 또 집 전체를 세든 게 아니라 안과 뚝 떨어진 행랑방 한 칸을 빌려 든 것인데 물을 길어대고 한 달에 일 원씩 내는 터이다. 만일 김 첨지가 주기◆를 띠지 않았던들 한 발을 대문에 들여놓았을 제 그곳을 지배하는 무시무시한 정적, 폭풍우가 지나간 뒤의

◆ **논다니** 웃음과 몸을 파는 여자를 속되게 이르는 말.
◆ **생때같다** 몸이 튼튼하고 병이 없다.
◆ **주기酒氣** 술기운.

바다 같은 정적에 다리가 떨렸으리라.

쿨룩거리는 기침 소리도 들을 수 없다. 그르렁거리는 숨소리조차 들을 수 없다. 다만 이 무덤 같은 침묵을 깨뜨리는, 깨뜨린다느니보다 한층 더 침묵을 깊게 하고 불길하게 하는 빡빡 하는 그윽한 소리, 어린애의 젖 빠는 소리가 날 뿐이다. 만일 청각이 예민한 이 같으면, 그 빡빡 소리는 빨 따름이요 꿀떡꿀떡 하고 젖 넘어가는 소리가 없으니 빈 젖을 빤다는 것도 짐작할는지 모르리라.

혹은 김 첨지도 이 불길한 침묵을 짐작했는지도 모른다. 그렇지 않으면 대문에 들어서자마자 전에 없이,

"이 난장 맞을 년, 남편이 들어오는데 나와 보지도 않아. 이 오라질 년."

이라고 고함을 친 게 수상하다. 이 고함이야말로 제 몸을 엄습해 오는 무시무시한 증을 쫓아 버리려는 허장성세◆인 까닭이다.

하여간 김 첨지는 방문을 왈칵 열었다. 구역을 나게 하는 추기◆……. 떨어진 삿자리◆ 밑에서 나온 먼지내, 빨지 않은 기저귀에서 나는 똥내와 오줌내, 가지각색 때가 켜켜이 앉은 옷내, 병인의 땀 섞은 내가 섞인 추기가 무딘 김 첨지의 코를 찔렀다.

방 안에 들어서며 설렁탕을 한구석에 놓을 사이도 없이 주정꾼은 목청을 있는 대로 다 내어 호통을 쳤다.

"이런 오라질 년, 주야장천 ◆누워만 있으면 제일이야! 남편이 와도 일어나지를 못해."

라는 소리와 함께 발길로 누운 이의 다리를 몹시 찼다. 그러나 발길에 채는 건 사람의 살이 아니고 나무등걸과 같은 느낌이 있었다. 이때에 빡빡 소리가 응아 소리로 변하였다. 개똥이가 물었던 젖을 빼어 놓고 운다. 운대도 온 얼굴을 찡그려 붙여서 운다는 표정을 할 뿐이

다. 응아 소리도 입에서 나는 게 아니고, 마치 뱃속에서 나는 듯하였다. 울다가 목도 잠겼고 또 울 기운조차 시진◆한 것 같다.

발로 차도 그 보람이 없는 걸 보자 남편은 아내의 머리맡으로 달려들어 그야말로 까치집 같은 환자의 머리를 꺼들어◆ 흔들며,

"이년아, 말을 해, 말을! 입이 붙었어, 이 오라질 년!"

"……."

"으응, 이것 봐, 아무 말이 없네."

"……."

"이년아, 죽었단 말이냐, 왜 말이 없어?"

"……."

"으응, 또 대답이 없네, 정말 죽었나 보이."

이러다가 누운 이의 흰 창이 검은 창을 덮은, 위로 치뜬 눈을 알아보자마자,

"이 눈깔! 이 눈깔! 왜 나를 바루 보지 못하고 천장만 바라보느냐, 응?"

하는 말끝엔 목이 멨다. 그러자 산 사람의 눈에서 떨어진 닭똥 같은 눈물이 죽은 이의 뻣뻣한 얼굴을 어룽어룽 적셨다. 문득 김 첨지는 미친 듯이 제 얼굴을 죽은 이의 얼굴에 한데 비벼대며 중얼거렸다.

"설렁탕을 사다 놓았는데 왜 먹지를 못 하니, 왜 먹지를 못하니…… 괴상하게도 오늘은 운수가 좋더니만……."

◆ **허장성세虛張聲勢** 실속은 없으면서 큰 소리치거나 허세를 부림.
◆ **추기** 추깃물. 송장이 썩어서 흐르는 물.
◆ **삿자리** 갈대를 엮어서 만든 자리.
◆ **주야장천晝夜長川** 밤낮으로 쉬지 않고 잇달아서 한다는 한자성어.
◆ **시진澌盡** 기운이 빠져 없어짐.
◆ **꺼들다** 잡아 쥐고 당겨서 추켜들다.

현진건

玄鎭健, 1900~1943

경상북도 대구에서 태어난 빙허憑虛 현진건은 일본의 세이조 중학교를 졸업한 후, 중국 상하이로 건너가 외국어학교에서 대학공부를 하였습니다.

1920년 잡지 개벽에 단편 〈희생화〉를 발표하며 문단에 등단했지만 그의 작품은 평론가들로부터 혹평을 받았습니다. 많은 독서와 습작을 거친 끝에 1921년 단편소설 〈빈처〉를 발표하여 문단의 주목을 받았습니다.

1915년 그는 이상화, 백기만 등과 동인지 《거화》를 창간하였고, 1922년에는 박종화·홍사용 등과 함께 《백조》의 동인으로 문학 활동을 펼치면서 조선일보, 시대일보, 동아일보의 기자로 활동하였습니다. 1936년 동아일보에서 사회부장으로 일하던 무렵, 베를린 올림픽에서 금메달을 딴 손기정 선수의 사진에서 일장기를 지운 사건에 연루되어 체포되기도 했습니다.

현진건은 사회 현실을 꾸밈없이 자세히 그리는 '사실주의' 를 대표하는 근대 소설가로서, 그 작품 경향은 크게 둘로 나뉩니다. 하나는 지식인의 삶의 모습을 사실적으로 그리는 경향(〈빈처〉)이며, 또 하나는 가난한 사람들의 모습을 통해 당시의 현실을 있는 그대로 보여주는 경향(〈운수 좋은 날〉)입니다. 이렇듯 현실에 대한 인식을 바탕으로 그는 해방을 갈망하는 마음을 담아 《무영탑》《적도》 등의 역사 장편소설을 출간하기도 했습니다. 현진건의 또다른 작품으로는 〈술 권하는 사회〉, 〈B사감과 러브 레터〉, 〈고향〉 등이 있습니다.

"설렁탕을 사다 놓았는데 왜 먹지를 못하니. 괴상하게도 오늘은 운수가 좋더니만."

1924년 발표된 〈운수 좋은 날〉은 가난한 인력거꾼이 운 좋게도 돈을 많이 번 날 병든 아내가 죽게 된다는 이야기로, 일제강점기 빈민층의 생활상을 극명하게 그린 작품입니다.

오늘은 김 첨지에게 매우 운수 좋은 날입니다. 열흘 가까이 돈 구경을 못한 김 첨지에게 이상하리만큼 손님이 끊이지 않는 것입니다. 비가 추적추적 내리는 아침부터 앞집 마나님을 전찻길까지 모셔다 드린 뒤 양복쟁이를 학교까지 태워다 주고 대번에 80전을 벌었습니다. 김 첨지는 눈물이 날 만큼 기분이 좋습니다. 달포 전부터 앓고 있는 아내에게 약 한 첩 지어 주지도 못한 터에, 사흘 전부터 먹고 싶어 했던 설렁탕을 사다 줄 수 있게 되었기 때문입니다.

김 첨지의 행운은 그것으로 그치지 않고 남대문 정거장까지 가자는 학생을 태웠습니다. 잠시 '오늘은 나가지 말라'고 애원하던 아내의 모습이 떠올랐으나 1원 50전에 흥정이 나자 김 첨지의 발걸음은 나는 듯 가벼웠습니다. 그러나 아픈 아내와 울고 있을 어린 자식 개똥이가 눈에 밟혀 점점 다리가 무거워졌습니다. 그런데도 김 첨지는 집으로 돌아가지 않고 전차 타는 곳에서 손님을 더 태웁니다. 무서운 불행이 닥칠 것 같은 예감에 김 첨지는 선술집으로 향합니다. 그는 불행을 조금이라도 늦추려고 버르적거리는 심정으로 치삼이와 함께 술을 마십니다.

추어탕 세 그릇과 막걸리 곱배기를 연이어 들이부은 김 첨지는 또 술을 시킵니다. 치삼이 그를 말리자 김 첨지는 오늘 돈을 많이 벌었다며 큰소리로 떠들며 웃어 제칩니다. 그러고는 곧 아내가 죽었다며 훌쩍거리다가 "죽기는 누가 죽어" 하면서 손뼉을 치며 웃는 것입니다.

술에 취한 김 첨지는 설렁탕을 사 가지고 집에 돌아옵니다. 아내의 기침 소리는 들리지 않고 아이의 젖 빠는 소리만이 들립니다. 방 안에 들어선 김 첨지는 아내의 몸을 발로 걷어차 보지만 아내의 몸은 나무등걸처럼 굳어 있습니다. 울다가 목이 잠긴 개똥이는 간신히 응아 소리를 낼 뿐입니다. 김 첨지는 눈도 감지 못한 채 죽은 아내에게 달려들어 소리 지릅니다. "설렁탕을 사다 놓았는데 왜 먹지를 못하니, 괴상하게도 오늘은 운수가 좋더니만."

1920년대 인력거가 다니던 시절

인력거는 1869년 일본인이 서양마차를 본떠 개발한 것으로, 우리나라에 처음 들어온 것은 1894년입니다. 하나야마라는 일본인이 수입한 인력거 10대로 서울 시내에서 운행을 시작한 이후 부산, 평양, 대구 등에 보급되었습니다. 〈운수 좋은 날〉이 발표된 1920년대 경성에는 가장 많은 인력거꾼이 활동하고 있었습니다.

당시 인력거는 주로 일본인, 일본인 기생, 한국의 부유층들이 사용하는 교통수단이었습니다. 1923년 인력거 영업이 가장 활발했으며, 이후 택시가 보급되자 인력거는 점차 줄어들기 시작하여 한국전쟁 이후에는 보기 드물게 되었습니다. 그러나 인도 등의 아시아에는 아직도 '릭샤'라는 이름의 인력거가 운행되고 있습니다.

이 작품 속에서 김 첨지의 인력거가 어디를 다녔는지, 그 동선을 살펴

볼까요? 김 첨지는 지금의 혜화문에서 첫 일을 시작합니다. 교원인 양복쟁이를 싣고 동광학교로 갑니다. 동광학교는 지금 송파구에 있는 보성고등학교로 통합되었으나, 당시에는 혜화문 근처로 짐작됩니다. 그 후 김 첨지는 학생 손님을 받아 남대문 정거장까지 이동하지요. 그다음 또 손님을 태워 종로 쪽으로 넘어와서는 인사동으로 가게 됩니다. 이렇게 마지막 손님을 내려주고 창경원(지금의 창경궁) 인근에서 친구 치삼과 함께 술을 마십니다.

반어적 제목의 효과

〈운수 좋은 날〉은 김 첨지의 비극을 통해 일제 치하에서 생활고에 시달리는 하층민의 애환을 잘 표현한 작품입니다. 이때 비극성을 돋보이게 하는 것은 제목으로, 반어적 구조의 효과를 살린 것입니다.

'반어反語'라는 것은 표현의 효과를 높이기 위하여 실제와 반대되는 뜻을 내세우는 것입니다. 예를 들어, 실수나 잘못을 했을 때 "잘한다, 잘해"라고 하는 말이 칭찬이 아닌 것과 같습니다. 그리하여 '운수 좋은 날'이라는 제목은 김 첨지의 아내가 죽게 되는 '가장 슬픈 날'을 반대적으로 표현하는 효과를 줍니다. 물론 김 첨지가 돈을 많이 벌었다는 면에서는 운수 좋은 날이었지만, 아내가 그토록 먹고 싶었던 설렁탕조차 먹지 못한 채 죽은 현실을 생각할 때 돈을 번 것은 허사일 뿐입니다.

이 작품은 행운이 거듭될수록 불행의 그림자가 교차하면서 절정으로 치닫게 되는 구성을 통해 소설의 극적 효과를 더하고 있습니다. 여기에 비가 오는 배경은 김 첨지의 불안과 비극적인 결말을 돕는 역할을 합니다.

선술집 풍경

김 첨지가 치삼이와 함께 술을 마신 곳은 선술집은 어떤 곳일까요? 선술집이란 술청이 놓여 있는 술집으로, '서서 술을 마시는 집'이라는 뜻입니다. 여기서 '술청'이란 널빤지로 만든 긴 탁자인데, 요즘 음식점처럼 테이블이 각각 놓여 있는 것이 아니라 길게 한 줄로 되어 있습니다.

선술집을 찾는 손님들은 김 첨지 같은 인력거꾼을 비롯한 가난한 사람들로 국밥과 막걸리 등을 먹곤 했습니다. 하루의 피곤을 술과 함께 풀어내는 가난한 사람들의 애환이 어린 장소라고 할 수 있지요.

선술집은 '목로주점木爐酒店'이라고 표현하기도 합니다. '목로'란 널빤지를 뜻하는 술청의 한자어 표현으로, 프랑스의 유명한 소설가 에밀 졸라의 대표 소설 중에 《목로주점》이라는 소설이 있습니다. 이 소설 역시 파리 하층민의 비참한 삶을 사실적으로 묘사하고 있습니다.

선술집

- **이 작품에 대한 설명으로 옳지 않은 것은 무엇일까요?**

① 일제시대 도시 하층 노동자의 비참한 삶을 다루고 있다.

② 서술자는 주인공의 행동을 객관적인 태도로 그리고 있다.

③ 갑작스런 행운과 불안감이 교차하면서 극적 긴장감을 주고 있다.

④ 시간의 흐름에 따라 사건이 전개되고 있다.

- **이 작품의 주인공인 김 첨지에 대한 설명으로 옳지 않은 것은 무엇인가요?**

① 김 첨지는 가난한 인력거꾼이다.

② 김 첨지에게는 아내와 어린 자식이 있다.

③ 김 첨지는 아내를 사랑하지 않는다.

④ 김 첨지는 여리고 착하지만 겉으로 잘 표현하지 못한다.

- **김 첨지는 일찍 들어오라는 아내의 부탁을 무시하고 밤늦도록 술을 마셨습니다. 그가 집으로 곧장 가지 않은 이유는 무엇일까요?**

- 김 첨지가 인력거를 끌고 다니는 동안 내내 비가 내렸습니다. 선술집에서 술을 마시는 중에도, 설렁탕을 사들고 집으로 갈 때도 비가 내립니다. 이 작품의 배경이 되는 날씨가 주는 효과는 무엇일까요?

- 비극적인 이 작품의 내용과 달리 제목을 '운수 좋은 날'로 정했을 때 어떤 효과를 주는지 설명해 보세요.

- 돈이란 우리의 생활을 편리하게 하는 중요한 수단입니다. 좀 더 안락하고 편리하고 만족스럽게 살 수 있게 하기 때문입니다. 그러한 '돈'이 쓸모없어지는 순간이 있다면 어떤 순간일지 생각하여 써 봅시다.

● 이 작품에 대한 설명으로 옳지 않은 것은 무엇일까요?

① 일제시대 도시 하층 노동자의 비참한 삶을 다루고 있다.
② 서술자는 주인공의 행동을 객관적인 태도로 그리고 있다.
③ 갑작스런 행운과 불안감이 교차하면서 극적 긴장감을 주고 있다.
④ 시간의 흐름에 따라 사건이 전개되고 있다.

답 ②번.

● 이 작품의 주인공인 김 첨지에 대한 설명으로 옳지 않은 것은 무엇인가요?

① 김 첨지는 가난한 인력거꾼이다.
② 김 첨지에게는 아내와 어린 자식이 있다.
③ 김 첨지는 아내를 사랑하지 않는다.
④ 김 첨지는 여리고 착하지만 겉으로 잘 표현하지 못한다.

답 : ③번.

● 김 첨지는 일찍 들어오라는 아내의 부탁을 무시하고 밤늦도록 술을 마셨습니다. 그가 집으로 곧장 가지 않은 이유는 무엇일까요?

김 첨지는 인력거를 끄는 동안 내내 병든 아내를 걱정했습니다. 아내의 증상이 예사롭지 않은 것을 알고 있었고, 약 한 첩 지어 주지 못해서 아내가 죽게 될까 봐 두려웠습니다. 최악의 상황에 맞닥뜨리고 싶지 않은 심정으로 인해 김 첨지는 다리 힘이 다 빠질 때까지 인력거를 끌었고, 술집에서 취하도록 술을 마신 것입니다. 즉 김 첨지는 자신이 가장 두려운 순간을 맞는 것을 최대한 지연시키고 싶었던 것입니다.

● 김 첨지가 인력거를 끌고 다니는 동안 내내 비가 내렸습니다. 선술집에서 술을 마시는 중에도, 설렁탕을 사들고 집으로 갈 때도 비가 내립니다. 이 작품의 배경이 되는 날씨가 주는 효과는 무엇일까요?

추적추적 내리는 비는 김 첨지의 심리 상태를 반영하는 것이라고 할 수 있습니다. 비는 주로 우울하거나 슬픈 분위기를 주기 때문에 이 작품의 비극적인 결말을 암시하는 장치가 됩니다. 또한 아내를 걱정하는 불안한 심리를 효과적으로 뒷받침하고 있습니다.

● 비극적인 이 작품의 내용과 달리 제목을 '운수 좋은 날'로 정했을 때 어떤 효과를 주는지 설명해 보세요.

이날은 평소와 달리 김 첨지에게 행운이 계속되었습니다. 손님을 연이어 태워서 돈을 많이 벌 수 있었기 때문입니다. 하지만 이날은 실제로는 가장 운수 나쁜 날이었습니다. 왜냐하면 아내가 그토록 먹고 싶다던 설렁탕을 사다 줄 수 있었는데, 막상 아내는 설렁탕을 먹지 못한 채 죽었기 때문입니다. 이처럼 운수가 따르긴 했지만 그 운수로써 행복을 누릴 수 없게 되었을 때 슬픔은 극대화됩니다.

● 돈이란 우리의 생활을 편리하게 하는 중요한 수단입니다. 좀 더 안락하고 편리하고 만족스럽게 살 수 있게 하기 때문입니다. 그러한 '돈'이 쓸모없어지는 순간이 있다면 어떤 순간일지 생각하여 써 봅시다.

이 작품에서 김 첨지는 돈을 많이 벌었지만 아내의 죽음으로 인해 돈의 가치는 무용지물이 돼버립니다. 이처럼 돈이란 어떤 대가를 받을 수 있을 때만 가치가 있는 것입니다. 불치병에 걸렸다면 돈이 아무리 많아도 행복을 누릴 수 없습니다. 사람의 마음도 마찬가지입니다. 진정한 사랑과 우정을 나누고자 하는 이에게 돈이란 오히려 장애물이 될 수 있습니다.

행복

: 이태준 :

생각해 볼까요?

우리는 일상생활 속에서 '행복'이라는 표현을 자주 쓰곤 합니다. 주로 어떤 희망과 기대를 표현할 때 '~하면 얼마나 행복할까' 라고 하죠.

지금 여러분이 기다리는 행복은 어떤 것인가요? 행복이란 사람마다 각자 다르기 때문에 크고 작은 차이도, 높고 낮은 차이도 없습니다. 예를 들어 가족들과 함께 집에서 밥을 먹는 것이 보통 사람들에게는 일상일 뿐이지만 어떤 이에게는 간절히 원하는 행복일 수 있습니다. 늙고 외로운 노인에게 행복은 어떤 것일까 생각하며 이 작품을 읽어 봅시다.

대구 정거장을 나서 큰길 바른편으로 파출소가 있는 것은 대구역을 한번 내려본 사람이면 누구나 기억할 것이다.

그리고 그 파출소 옆엔 초가을부터 군밤 장사들이 서너 곳에 벌이고 앉은 것도 군것질을 좋아하는 사람들은 기억할는지도 모른다.

이 서너 곳이나 되는 군밤 장사들 속에 아침마다 제일 먼저 나와서 밤마다 제일 늦게 들어가는 그 파출소에서 제일 가까이 벌여 놓은 늙은이가 하나 있다.

때는 벌써 가을이 지나고 초겨울이라도 동지 때와 같이 추운 어느 날 아침, 아직 해도 안 퍼진 길 위에 이 늙은 군밤 장사는 벌써 나앉았던 것이다.

석유 상자 하나를 가로눕혀 놓고 그 위엔 신문지를 펴 놓고 그리고 그 위에단 배꼽 딴 생밤을 한 무더기 꽂아 놓고 뒤에 구부리고 앉아 지금 불을 피우고 있는 것이다.

반이 쩍 갈라진 질화로를 새끼로 밖을 동이고◆ 진흙으로 안을 바른데다 모아 놓은 숯 부스러기를 두 손으로 움킬 듯이 휩싸고 불을 불고 있는 것이다.

그 털이라고는 다 닳아 떨어지고 때에 전 가죽 오리◆만 남아 붙은 남바위◆, 그 밑에서 서너 오리씩 바람에 날리는 서리 앉은 머리털, 얼굴엔 거미줄을 그린 것 같이 가로세로 엉킨 주름살, 그 뿌연 눈알 밑에 추워서 질벅질벅한 눈물, 콧물, 그 우긋하고 험 많고◆ 시퍼런 힘줄이 고깃밸◆ 같이 엉킨 손등과 손가락, 혹은 빠

◆ **동이다** 끈이나 실 따위로 감거나 둘러 묶다.
◆ **오리** 실, 나무, 대 따위의 가늘고 긴 조각.
◆ **남바위** 추운 계절에 머리에 쓰는 쓰개. 겉의 아래 가장자리에 털가죽을 둘러 붙였고 앞은 이마를 덮고 뒤는 목과 등을 덮는다.
◆ **우긋하고 험 많고** 안으로 조금 우그러진 듯하고 '흠'이 많은.
◆ **고깃밸** 고기 배알. 고기 창자.

지고 혹은 시커멓게 멍이 박힌 손톱들, 누가 보든지 그가 나이 육십에 가까운 것이나 그의 과거 일평생 거친 의식과 힘든 일에 이날 이때까지 죽지 못해 살아가는 불행한 신세인 것을 일견에 판단할 수 있을 것이다. 또 만일 찬찬한 아낙네가 그의 앞에 발길을 멈춘다면 저고리는 헌 양복때기를 겉에 입었으니 그만두고, 그의 바지만 보더라도 해지고 떨어진 구멍을 기워 입지 못하고 이 오리 저 오리 맞동여 놓은 것이나, 그가 묶은 대님이 짐 동이는 새파란 노끈인 것을 보아서 그에겐 자식도 마누라도 없는 외로운 홀아비 늙은이인 것까지도 추측할 수 있을는지도 모른다.

그는 과연 외로운 늙은이다.

눈이 어두워 부엌 심부름도 제대로 못하던 그의 마누라는 벌써 오륙 년 전에 주인집 애기 첫돌 때 고깃점이나 집어먹은 것이 체해서 그날 저녁으로 급사◆하고 말았다.

자식은 만석이라고 하는 삼십에 가까운 장정 아들이 하나 있으나 이 영감은 어디 가서나 결코 자식 있는 체하지 않을뿐더러 누가 '자식이나 있소' 하고 묻더라도 '내 팔자에 무슨 자식이 있겠소' 하고 한숨을 내쉴 뿐 아니라 '자식이 있고 없고 댁이 무슨 걱정이오' 하고 대들고 싶도록 그 소리가 불쾌하였다. 이 불쾌가 자식 없는 사람들과 같이 자격지심에서 일어나는 불쾌도 아니었다. 자식이라고 하나밖에 없는 자기 아들이 남과 같이 오륙◆이 성하거든 한 푼 벌이라도 착한 마음으로 벌어먹지 못하고 절도질, 강도질, 그러다 이태씩 삼 년씩 징역이나 살고 돌아다니는 것을 생각할 때 차라리 자식이나 없었던들 하고 얼굴에 똥칠이나 한 것처럼 불쾌하였다.

그러나 마누라가 죽은 뒤부터, 더구나 이번은 만석이가 붙잡히지도 않고 종적을 감춘 때부터는 몇 해 후면 놓여 나오리라는 희망도 없는 것이라 남이 듣는 데는 '인전 그놈이 종신 징역 살지요. 살아 나오면 무엇 하오, 내 단매◆에 때려 죽일걸…….' 하면서도 속으로는 은연히 그 자식이 그리웠다. 그러면서도 만석이를 기다리지는 않았다. 이왕 달아난 놈이요 젊은 놈이니 어디 가서든지 붙잡히지나 말고 제 한 몸이나 잘 살아 갔으면 하는 부모 된 애정뿐이었다.

그러므로 그는 바람 찬 길거리에 나와 군밤을 팔고 앉아 있는 것도 남과 같이 살아 가기 위한 장사가 아니었다. 임자도 없을 송장이라 단 몇 푼이라도 주머니가 비지 않아야…… 하고 죽으려는 준비요 죽기 위한 벌이었다.

이 늙은이가 불도 다 피우기 전이다.

'만석 아부지' 하고 그에게로 뛰어와 뒷짐 지고 우뚝 섰는 여남은◆ 되어 보이는 계집애가 하나 있었다.

"밤 많이 구웠수?"

영감은 본 체도 안 하고 불을 붙였다.

그 계집애는 그 영감의 주인집 부엌어멈의 딸로 불도 붙여 주는 체하고 밤 껍질도 까주는 체하다가 부스러진 밤이나, 너무 타서 팔지 못할 것이나 이런 것을 바라고 틈만 있으면 나오는 계집애다.

"만석 아부지?"

"왜 요년이 방정을 떠나……."

"만석 아부지한테 편지 온 것두 모르고……."

그 계집애는 우표가 두 장이나 붙고 여기저기 도장 찍힌 편지 한 장을 내밀었다.

◆ **급사急死** 갑자기 죽음.
◆ **오륙五六** 오장과 육부라는 뜻으로, '온몸'을 이르는 말.
◆ **단매** 단 한 번 때리는 매.
◆ **여남은** 10이 조금 넘는 수.

글 모르는 이 영감이 받아들기는 하였으나 '내한테 편지라니…….' 하고 망설이고 섰을 때 마침 밤 사려는지 손님 하나가 기웃거리고 있었다.

"미안하외다. 아직 구운 것이 없어서……. 그런데 여보시우?"

"왜요?"

"수고스럽지만 이것……. 이 편지 피봉◆ 좀 봐주시구려."

그냥 속두루마기에 방한모에 삼팔◆목도리에 노란 구두에, 금테안경에 이 밤 사러 왔던 젊은 신사는 친절히 편지를 받아 들었다.

"황××가 누구요?"

"그건 내지요."

"서울서 서일권이란 사람한테서 온 것이구려."

"서일권이요? 서일권이라……. 아무튼 속두 좀. 이거 황송하외다만……. 선심◆이시니."

"그러나 이게 영감에게 온 서류 편지니 영감이 뜯으시우."

영감은 다 낡은 기계와 같이 흔들흔들 흔들리는 손으로 편지 피봉을 뜯었다. 피봉 속에서는 인찰지◆ 편지 한 장과 불그스름한 다른 종이 한 장이 나왔다.

"이건 십 원짜리 돈표요."

"돈이라뇨?"

"가만 계시우."

그 친절한 신사는 편지를 다 읽고 아래와 같은 사연을 말해 주었다.

"영감의 아들이 한 편진데요, 그동안 무난하구요, 자기는 북간도로 가서 장가도 들고 그곳에 가게도 벌여 영감을 데려 가려고 지금 서울 와 있다오. 그러니 이 돈으로 서울 와서 다른 데 가지 말고 꼭 정거장 대합실에 앉았으면 자기가 찾을 것이니 이 편지 받는 즉시로 서울 오라는 사연이외다."

영감은 알지 못할 서일권이가 자기 아들 만석인 것과 그가 변성명◆ 한 이유며, 대구에 오지 못하는 까닭도 우둔한 머리나마 넉넉히 짐작할 수 있었다.

"그래 이 돈은 어디서 찾소?"

"이리 오슈. 요 앞이 우편국이니 내 찾아드리리다. 도장이나 이리 내시우."

영감은 꿈속과 같았다. 그러나 자기 아들이 그렇게 된 것이나 오늘 이렇게 하는 것이 결코 이치에 안 맞을 일은 아니었다. 다만 놀라움이 꿈속과 같이 의심도 일어났다.

'영감의 아들이…….' 하는 소리에 뒤에 무슨 말이 나올까 하고 가슴이 섬뜩하였으나 그 놀람은 그때뿐이요 우편국을 나설 때는 끝없는 감개에 사무쳐 그만 눈물이 앞을 가리고 말았다.

'그렇게 불량한 자식이라도 애비는 버리지 않는구나. 예로부터 천륜이 있는 것이지……. 하기는 그놈만 나무랠 수도 없지. 이놈의 세상에서 남한테 착하다는 소리만 들으려다간 굶어 죽지, 굶어 죽어……. 남을 안 속이는 놈이 어디 있나. 법률 아는 놈들? 흥! 더 잘 속이지, 법률 아는 덕에 징역만 안 가지…….'

오전 열한 시 오십팔 분에 서울 가는 특급열차는 길게 소리 지르고 대구역을 떠났다.

◆ **피봉皮封** 겉봉. 봉투의 겉면.
◆ **삼팔** 중국에서 생산되는 올이 고운 명주.
◆ **선심善心** 선량한 마음.
◆ **인찰지印札紙** 미농지에 괘선을 박은 종이. 흔히, 공문서를 작성하는 데 쓴다.
◆ **변성명變姓名** 성과 이름을 다른 것으로 고침. 또는 그렇게 고친 성과 이름.

그 열차 삼등 찻간에는 오십여 년 동안 살아오던 대구 개명을 주인도 보지 않고 친한 친구도 찾지 않고 도망가듯 급급히 떠나가는 한 영감이 있으니 그는 묻지 않아도 황만석의 아버지였다.

그가 기차를 타보기는 해마다 여름이면 한 번씩 있었으니 그것은 꽁무니에 낫을 차고 경산 있는 주인댁 산소에 금초◆하러 다닌 것이요 그 외에 자기 일로 기차를 타고 다닌 적은 한 번도 없었다.

그렇다고 이 영감이 오늘은 자기 주머니에서 돈을 내어 자기 손으로 표를 사고 자기 마음대로 찻간을 골라 탄 것이나, 평생을 깃들이고 살아온 고향산천이 창밖에서 핑핑 돌아 멀리 뒤로 사라지고 이 산 저 산이 가로막아 나가는 것을 바라보아도 그것에 대한 감상이라곤 조금도 일어나지 않았던 것이다.

다만 그의 가슴속엔 즐거운 눈물이 차 있었고 빛나는 새 기운이 울렁거리고 있었던 것이다.

어서 만나 어렸을 때 안아 보듯 끌어안고 싶은 아들의 모양, 불쌍하게도 하룻밤에 죽어간 마누라의 모양, 이제부터 자기 앞에 펼쳐질 행복스러운 생활, 지나간 날의 모든 슬픈 기억과 오늘 당하는 새로운 즐거움이, 이 우둔한 늙은이의 감정은 모든 것이 오직 눈물로만 통일되고 말았던 것이다.

차가 컴컴한 굴 속으로 들어가거나 우르릉우르릉 하고 철교를 건너가거나 어디를 쉬었다 어디를 떠나거나 이 영감에겐 모두가 상관없는 일과 같았다.

점심을 먹지 않아도 배고픈 줄 모르겠고 담배 한 대 피우지 않아도 심심하지 않았다. 다만 눈물 고인 눈을 껌벅거리는 것이나 이따금 눈물이 흐를 듯하면 손등으로 씻는 것까지도 자기는 의식하지 못하였다.

어떤 술집에서 친구들을 만나 술을 마시다가도 그들이 "자네는 그래도 자식이나 있지……." 할 때에는 그것이 자기를 비웃는 말 같아서, "흥, 이 사람 뻔히 알면서 그리나? 난 자식이 없네, 그게 자식이야……." 하던 자기 말이 후회도 났다. '왜 내가 그리 경망하였나, 자식이 있는 내니 이런 날도 돌아오지. 그 사람들이야 백 년을 살든 며느리 손에 밥상을 받아 보며 자식 손에 묻혀 볼 텐가?'

황 영감은 자기 친구 가운데 자식 없는 사람 두엇이 생각났고 그들의 말로末路를 생각하여 측은한 마음을 금할 수 없었다. 그리하여 다른 사람은 못 찾아보아도 주인댁 노마님과 자식 없는 친구들은 조용히 찾아보고 술이라도 몇 잔씩 나누고 왔다면 하는 생각도 일어났다.

또 자기는 그렇게 고생하면서도 죽지 않고 살아 후일에 자식 덕을 보거든 불행히 먼저 죽어 간 마누라 생각에 제일 몹시 가슴이 아팠다. 자기보다도 몇 배나 힘을 들여 기른 자식에게 끝끝내 낙을 보지 못하고 죽어 간 것을 생각하면 오늘 살아 있어 자기 혼자 그 낙을 누리는 것이 미안한 생각도 일어났다.

어서 아들을 만나 서울 구경이나 잠깐 하고 그를 따라 북간도로 가면 그곳엔 며느리도 기다리고 뜨뜻한 내 방과 더운 조석◆이 나를 위하여 있겠구나. 더 있으면 손자도 안아 보겠구나……. 황 영감은 자기 손등을 내려다보았다.

두꺼비 등잔같이 그 험 많은 손등은 자기 일생을 다시금 회억◆하게 하였다. 단지 한마디로 말하자면 육십 평생 행랑살

◆ **금초** '금화벌초禁火伐草'의 준말. 무덤에 불조심하고 때맞추어 풀을 베어 잔디를 잘 가꾸는 것.
◆ **조석朝夕** 아침밥과 저녁밥을 아울러 이르는 말.
◆ **회억回憶** 돌이켜 추억함.

이◆, 그에게 낙이 있었다면 어떠한 낙이었나? 날 부러진 도끼로 물 먹은 장작을 패느라고 애쓰다가 새로 벼린 도끼로 물 마른 장작을 패어 보는 맛, 그러한 쾌락은 혹간 혹간 그에게도 있었을는지 모른다.

황 영감은 다시 자기 얼굴을 번듯번듯 달려가는 유리창 위에 비춰 보았다. 얼기설기한 주름살, 서리가 하얗게 앉은 머리털. 그는 아직껏 느껴 본 적이 없는 새 슬픔을 느끼게 되었다. 이 모진 목숨이 왜 죽지 않나 하고 자기 자신이 저주하던 그 목숨이 오늘 와서 한없이 아까운 것과 백 년, 이백 년이라도 오래오래 살고 싶은 욕망이 새삼스럽게 일어나자 이렇게 시들어 늙은 것을 슬퍼하지는 않을 수 없었던 것이다.

어느덧 해는 서산에 뉘엿뉘엿 지려 할 때 창 위에는 우르릉 소리와 함께 시뻘건 쇠기둥이 황 영감의 얼굴을 때릴 듯이 번듯번듯 지나갔다. 여러 사람들은 제각기 행장◆을 수습하고 의관을 차리기에 분주하였다.

이때에야 황 영감은 처음으로 마주 앉은 사람과 말을 건네게 되었다.

"여보, 여기가 어디요?"

"이게 한강이요, 어디까지 가시오?"

"서울 가요."

"이번은 용산이오, 그다음이 서울이니 내립시다."

황 영감은 깜짝 놀랐다. 벌써 서울을 오다니 하고 깜짝 놀랐다. 대구서 서울까지 오는 일곱 시간을 그는 깜짝 놀라는 그만치 빠르게 가진 것이다. 그가 일곱 시간 동안이나 긴 동안을 밥을 잊고 옷을 잊고 담배까지 잊어버리도록 그렇게 행복스러운 일곱 시간 동안은 그가 철난 이후 십여 년간 한 번도 없은 일이다.

그때에 이 황 영감은 유복한 사람들이 늙지 않는 약을 구하는 욕심도 잘 느껴 보았다.

행장은 별로 없으나 담뱃대도 집어 들고 여태 쓰고 앉았던 남바위도 만적만적하여 보았다.

마치 마라톤 경주에 첫 번 들어오는 선수가 목을 뒤로 젖히고 두 활개를 펴들며 달려 들어오듯 먼 길이 끝나는 이 열차도 소리소리 지르며 호기 있게 경성역에 달려들었다.

황 영감도 호기 있게 차를 내려 남에게 묻지도 않고 여러 사람이 하는 대로 구름다리를 넘어 나와 차표를 내어 주고 밖으로 나섰다.

이 황 영감이 밖으로 나서자마자 물결치는 사람 속에서 '아버지' 하고 미칠 듯이 부르고 만석이가 뛰어 나섰다.

"오!"

"아버지!"

이때다. 이 황 영감이 눈을 씻으며 만석이를 만나 보게 되는 즉, 그가 행복된 새 천지에 첫 걸음을 들여놓으려는 이 순간이었다.

남모르는 끌끌한 정이 가슴속에 가득한 이 아버지와 아들이 서로 손을 잡아 보기도 전에 이 두 사람 사이를 싹 가로막으며 나서는 사람이 있으니, 그는 어떠한 사람인가?

황 영감은 그 사람을 바라볼 때 오늘 아침 대구에서 편지를 보아주고 돈까지 찾아 주던 그 친절한 신사가 틀리지 않았으나 만석의 눈에는 그 독사같이 무서운 낯익은 형사가 틀리지 않았던 것이다.

"앗!"

"이놈, 네 애비 손을 잡기 전에 여기다 먼저 손을 넣어."

◆ **행랑살이** 남의 집 행랑(문간방)에 살면서 그 집의 심부름이나 궂은 일을 해 주며 사는 생활.
◆ **행장** 여행할 때 쓰는 물건과 차림.

"아, 아버지……."

하고 만석이는 아버지의 옷깃을 잡으려 하였으나 그의 손은 벌써 자유롭지 못하였다.

황 영감이 무서운 꿈을 깨듯 눈을 비비며 다시 아들을 찾아볼 때는 벌써 만석의 그림자는 간 곳이 없었다.

다만 형사에게 묶여 가는 죄인을 구경으로 따라가는 그림자들만 검은 이리 떼와 같이 어물거리며 갔을 뿐이다.

이태준

李泰俊, 1904~?

강원도 철원에서 태어난 작가 이태준은 일찍 부모를 여의고 친척집에서 성장하였습니다. 어려운 형편 속에서도 공부를 열심히 하여 서울의 휘문고등보통학교를 거쳐 일본 조치대학上智大學에 입학했으나, 1927년 일본 유학 생활을 청산하고 귀국합니다. 이후 소설가로 본격적인 활동을 하면서 문학잡지 《개벽》의 기자 생활을 거쳐 《조선중앙일보》 학예부장을 맡아 일했습니다.

박태원은 1925년 일본 유학 생활 중에 쓴 단편소설 〈오몽녀五夢女〉가 《시대일보》에 당선되어 등단하였습니다. 1933년 이효석, 김기림, 정지용, 유치진 등과 함께 '구인회九人會'를 결성하고, 《문장》이라는 문예지를 이끌면서 이상, 박태원 등의 뛰어난 작가들을 발굴하기도 했습니다.

'한국 단편소설의 완성자'라는 평가를 받는 이태준은 우리의 전통 문화에 각별한 애정을 가지고 있었으며, 그러한 관심을 작품에 반영하였습니다. 그 대표적인 작품은 〈불우 선생〉, 〈돌다리〉 등으로 사라져 가는 우리의 전통을 지키려는 인물들이 묘사되어 있습니다.

또한 이태준은 사회에서 소외된 가난하고 힘 없는 사람들에 대한 따뜻한 관심을 가지고 있었습니다. 〈달밤〉, 〈손거부〉, 〈복덕방〉 속에 등장하는 인물들은 가난한 노인이거나 농민 또는 못 배운 사람으로, 사회에서 대접 받지는 못하지만 순수한 인간미를 지닌 인물들입니다.

이태준은 소설 외에도 섬세하고 세련된 문장이 돋보이는 수필집 《무서록》을 펴냈고, 자신의 문학관과 문장론을 밝혀 쓴 《문장강화》라는 책을 남겼습니다.

행복스러운 일곱 시간 동안은 그가 철난 이후 오십여 년 간 한 번도 없은 일이다

1929년에 발표된 〈행복〉은 고독하게 살아온 황 영감의 행복이 이루어지려는 순간 물거품처럼 사라져 버리는 안타까운 현실을 그린 작품입니다.

대구역 앞에서 군밤을 파는 황 영감에게는 가족이 없습니다. 아내는 5, 6년 전에 주인집 애기 첫돌 때 고기 한 점을 집어 먹은 것이 체하여 그날 저녁으로 급사를 하고 말았고, 삼십에 가까운 아들 '만석'이 있으나 절도, 강도 등으로 감옥을 드나들다가 언젠가부터 종적을 감추었습니다. 황 영감은 언제 만날지 알 수 없는 아들을 기다리지는 않지만 속으로 그리워하고 있습니다.

어느 날 황 영감은 편지 한 통을 받게 됩니다. 글을 모르는 황 영감은 군밤을 사러 온 젊은 신사에게 편지를 읽어 달라고 부탁합니다. 편지 봉투 안에는 십 원짜리 돈표와 아들 만석이 '서일권'이라는 이름으로 쓴 편지 한 장이 들어 있었습니다. 자기는 북간도로 가서 장가도 들고 그곳에 가게도 차렸으며, 아버지를 데려 가려고 지금 서울에 와 있다는 것이었습니다. 그러니 자신이 보내 준 돈으로 열차를 타고 서울로 오라는 것이었습니다.

친절한 젊은 신사의 도움으로 돈을 찾은 황 영감은 급히 서울 열차에 오릅니다. 열차 안에서 황 영감은 행복에 대해 생각합니다. 아들이 살고 있다는 북간도에 가서 며느리가 해주는 밥을 먹어 보는 것, 세월이 흘러 손자를 안아 보는 것이 자기의 행복이라 여기고, 아들을 만나면 이 행복이 이루어질 것이라 믿습니다.

황 영감이 서울역 대합실에 도착하자 멀리서 아들 만석이가 뛰어옵니다. 하지만 황 영감이 아들의 손을 잡아 보기도 전에 만석은 형사에게 체포되었습니다. 그 형사는 다름 아닌 오늘 아침 대구에서 편지를 대신 읽어 주고 돈까지 찾아 주었던 친절한 젊은 신사였습니다. 황 영감은 무서운 꿈에서 깨어나듯 눈을 비비며, 형사에게 묶여 가는 아들을 바라볼 수밖에 없었습니다.

북간도는 어디일까요?

이태준의 〈행복〉에서 황 영감의 아들이 장가를 들어 가게를 벌였다는 북간도北間島는 바로 지금의 중국 연변으로, 이곳은 조선족 자치주 지역입니다. '연변 조선족 자치주'는 중국 지린성의 동남부에 있는 연변 지방(이전의 간도 지방)에 성립된 중국 유일의 조선족 자치주입니다. 자치주란 많은 민족이 한 지역에 어울려 살아가는 중국에서 다수를 차지하는 민족이 자주권을 가지고 그 지역을 운영하는 방식으로, 연변은 조선족의 자치를 받고 있습니다.

북간도는 오늘날의 연변

연변은 일제시대 당시 항일 독립 운동의 근거지로, 수많은 독립지사들이 이곳에서 활동하다가 죽음을 맞이했습니다. 얼마 전 연변박물관에서는 '중국을 빛낸 조선족 100인'을 선정했는데, 그 중에는 상하이 임시정부 초대 국무령인 이상룡 선생, 저항 시인으로 독립 운동을 벌였던 이육사, 청산리 전투를 지휘한 김좌진 장군, 봉오동 전투를 지휘한 홍범도 장군, 그리고 용정시에서 태어나 학창시절을 보낸 저항 시인 윤동주 등이 포함되어 있습니다. 연변에는 이들의 활동과 업적을 기리는 유적지가 조성되어 있습니다.

일제시대 발표된 문학 작품을 보면 북간도로 떠나는 사람들에 대한 이야기가 자주 등장합니다. 그만큼 일본의 착취와 감시를 피해 북간도로 이주한 사람들이 많았던 것입니다.

소설 속 '인물 묘사'의 역할

인물 묘사는 크게 직접 묘사와 간접 묘사의 방법이 있습니다. 직접 묘사는 내면 묘사와 관련된 것으로 등장인물의 기분이나 심리상태 등을 작가가 직접적, 구체적으로 서술해 주는 방식입니다. 그리고 간접 묘사는 작중 인물의 행동이나 대화, 모습 등을 설명함으로써 심리와 성격을 짐작할 수 있게 하는 방식입니다.

작품에 따라 인물의 외양이 자세하게 서술되기도 하는데, 이러한 외양 묘사는 사건 전개나 작품의 구조를 암시하는 역할을 하기도 합니다. 이태준의 〈행복〉에도 이와 같은 외양 묘사를 살펴볼 수 있습니다.

그 털이라고는 다 닳아 떨어지고 때에 절은 가죽 오리만 남아 붙은 남바위, 그 밑에서 서너 오리씩 바람에 날리는 서리 앉은 머리털, 얼굴엔 거미줄을 그린 것같이 가로세로 엉킨 주름살, 그 뿌연 눈알 밑에 추워서 질벅질벅한 눈물, 콧물, 그 우긋하고 험 많고 시퍼런 힘줄이 고깃밸같이 엉킨 손등과 손가락, 혹은 빠지고 혹은 시커멓게 멍이 박힌 손톱들, 누가 보든지 그가 나이 육십에 가까운 것이나 그의 과거 일평생 거친 의식과 힘든 일에 이날 이때까지 죽지 못해 살아가는 불행한 신세인 것을 일견에 판단할 수 있을 것이다. 또 만일 찬찬한 아낙네가 그의 앞에 발길을 멈춘다면 저고리는 헌 양복때기를 겉에 입었으니 그만두고, 그의 바지만 보더라도 해지고 떨어진 구멍을 기워 입지 못하고 이 오리 저 오리 맞동여 놓은 것이나, 그가 묶은 대님이 짐 동이는 새파란 노끈인 것을 보아서 그에겐 자식도 마누라도 없는 외로운 홀아비 늙은이인 것까지도 추측할 수 있을는지도 모른다.

작품의 발단 부분, 황 영감의 옹색한 옷차림새는 물론이거니와 꾀죄죄한 얼굴을 돋보기로 관찰하듯이 묘사하고 있습니다. 이런 묘사는 인물이 그동안 어렵게 살아온 내력을 말해 주며, 삶에 대해 아무 희망도 기대도 없는 듯한 고독한 황 영감의 내면을 보여주고 있습니다.

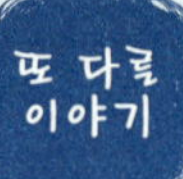

소외된 노인들의 삶과 죽음을 그린 〈복덕방〉

〈복덕방〉은 복덕방의 세 노인의 삶을 통해 급변하는 시대의 흐름에 적응하지 못하는 계층의 절망적인 상황을 그리고 있습니다. 봉건적 가치관을 추구하는 안 초시, 서 참의, 박희완 영감은 근대화와는 거리가 먼 인물들입니다. 반면 안 초시의 딸 안경화는 급변하는 시대의 흐름에 발맞추어 가는 인물로, 안 초시가 현실에서 소외를 느끼게 되는데 영향을 줍니다.

서 참의가 주인으로 있는 복덕방에는 늘 안 초시와 박희완 영감이 함께 있습니다. 사업 실패로 몰락한 안 초시는 무용가로 유명한 딸 안경화에게 용돈을 얻어 쓰는 처지지만 언젠가 큰돈을 벌어 재기하려는 꿈을 가지고 있습니다.

안 초시는 박희완 영감으로부터 부동산 투자에 관한 정보를 듣게 됩니다. 큰돈을 벌고자 했던 안 초시는 딸을 설득하여 땅을 구입합니다. 그러나 일 년이 지나 안 초시는 자신이 산 땅이 개발 계획이 취소된 땅이었다는 사실을 알게 되고, 결국 복덕방에서 자살합니다.

서 참의가 안 초시의 죽음을 딸에게 알립니다. 아버지의 자살로 사회적 명예가 훼손될 것을 우려한 안경화는 서 참의의 권유를 받아들여 장례식을 성대하게 치릅니다. 장례식에 참석한 서 참의와 박희완 영감은 울분의 눈물을 흘립니다.

- 이 작품의 내용에 대한 설명으로 옳지 않은 것은 무엇인가요?

① 이 이야기의 시간적 배경은 초겨울이다.
② 이 이야기의 공간적 배경은 대구와 서울이다.
③ 황 영감의 아들은 절도와 강도로 감옥을 드나들었다.
④ 황 영감의 아내는 몇 년 전에 세상을 떠났다.
⑤ 황 영감은 형사에게 아들을 고발했다.

- 이 작품에서 아들 만석은 어떻게 형사에게 잡히게 되었는지 설명해 보세요.

- 이 작품에서 황 영감은 아들의 편지를 받고 서울로 올라가면서 행복한 생활을 꿈꿉니다. 황 영감이 바란 행복이 어떤 것인지 알 수 있게 하는 황 영감의 대화글을 본문에서 찾아 써 봅시다.

● 다음 문장을 읽고 황 영감의 인생이 어떠했을지를 짐작하여 써 보세요.

"그가 일곱 시간 동안이나 긴 동안을 밥을 잊고 옷을 잊고 담배까지 잊어버리도록 그렇게 행복스러운 일곱 시간 동안은 그가 철난 이후로 오십여 년간 한 번도 없는 일이다."

● 이 작품의 도입 부분에 자세하게 묘사된 황 영감의 외모를 통해 우리는 황 영감이 외로운 홀아비 늙은이라는 사실을 알 수 있습니다. 이러한 방식을 응용하여, 여러분이 어떤 사람인지 읽는 사람이 느낄 수 있도록 자신의 외모를 묘사해 보세요.

● **이 작품의 내용에 대한 설명으로 옳지 않은 것은 무엇인가요?**

① 이 이야기의 시간적 배경은 초겨울이다.

② 이 이야기의 공간적 배경은 대구와 서울이다.

③ 황 영감의 아들은 절도와 강도로 감옥을 드나들었다.

④ 황 영감의 아내는 몇 년 전에 세상을 떠났다.

⑤ 황 영감은 형사에게 아들을 고발했다.

답 ⑤번.

● **이 작품에서 아들 만석은 어떻게 형사에게 잡히게 되었는지 설명해 보세요.**

아들 만석은 황 영감에게 보낸 편지 때문에 잡히게 됩니다. 형사는 아들이 아버지를 찾을 것을 예견하고 아버지인 황 영감을 감시하고 있었던 것입니다. 황 영감이 편지를 받는 모습을 본 형사가 군밤을 사러 온 '젊은 신사'로 위장하여 아들의 행방을 알아낸 것이죠.

● **이 작품에서 황 영감은 아들의 편지를 받고 서울로 올라가면서 행복한 생활을 꿈꿉니다. 황 영감이 바란 행복이 어떤 것인지 알 수 있게 하는 황 영감의 대화글을 본문에서 찾아 써 봅시다.**

"어서 아들을 만나 서울 구경이나 잠깐 하고 그를 따라 북간도로 가면 그곳엔 며느리도 기다리고 뜨뜻한 내 방과 더운 조석이 나를 위하여 있겠구나. 더 있으면 손자도 안아 보겠구나……."

● **다음 문장을 읽고 황 영감의 인생이 어떠했을지를 짐작하여 써 보세요.**

> "그가 일곱 시간 동안이나 긴 동안을 밥을 잊고 옷을 잊고 담배까지 잊어버리도록 그렇게 행복스러운 일곱 시간 동안은 그가 철난 이후로 오십여 년간 한 번도 없는 일이다."

황 영감은 60 평생 힘든 일을 하며 행랑살이를 하며 살아왔습니다. 그의 아내는 몇 년 전 세상을 뜨고 감옥을 드나들던 아들은 소식조차 끊겼습니다. '이 모진 목숨이 왜 죽지 않나' 하고 삶을 저주하며 살던 그가 아들의 편지를 받고선 오랜만에 행복감을 느끼게 된 것입니다.

● **이 작품의 도입 부분에 자세하게 묘사된 황 영감의 외모를 통해 우리는 황 영감이 외로운 홀아비 늙은이라는 사실을 알 수 있습니다. 이러한 방식을 응용하여, 여러분이 어떤 사람인지 읽는 사람이 느낄 수 있도록 자신의 외모를 묘사해 보세요.**

어린 아기를 업고 있는 것으로 보아 소녀는 동생을 돌보고 있는 듯합니다. 무명 저고리에 검정 치마, 검정 고무신을 신은 것으로 보아 부유한 생활을 하는 것 같지는 않습니다. 그러나 내리깐 눈과 잔잔한 미소를 담은 입술은 편안하고 안정된 마음을 드러내고 있습니다. 동생에 대한 사랑이 지극해 보입니다. 침착하고 차분해 보이는 소녀는 나이답지 않게 어른스러운 면모를 지닌 듯합니다.

박수근 그림 〈아이를 업은 소녀〉

치숙 痴叔

채만식

생각해 볼까요?

어리석음과 지혜로움의 차이는 무엇일까요? 토끼와 거북이의 경주' 이야기를 예로 들어 봅시다. 이 우화는 당연히 '재주가 좋아도 자만하면 실패한다' 또는 '끝까지 최선을 다하면 성공한다'는 교훈을 전하고 있습니다. 이 때 재주 좋은 토끼는 어리석은 사람을 상징합니다.

여러분이 최근에 저질렀던 어리석은 행동은 무엇인가요? 또 현명하게 대처한 행동은 무엇인가요? 그 경험에서 어떤 깨달음을 얻었는지 생각해 봅시다.

우리 아저씨 말이지요? 아따 저 거시키, 한참 당년◆에 무엇이냐 그놈의 것, 사회주의라더냐 막덕◆이라더냐, 그걸 하다 징역 살고 나와서 폐병으로 시방 앓고 누웠는 우리 오촌 고모부 그 양반…….

뭐, 말도 마시오. 대체 사람이 어쩌면 글쎄…… 내 원!

신세 간데없지요.

자, 십 년 적공,◆ 대학교까지 공부한 것 풀어먹지도 못했지요. 좋은 청춘 어영부영 다 보냈지요. 신분에는 전과자라는 붉은 도장 찍혔지요. 몸에는 몹쓸 병까지 들었지요.

이 신세를 해가지골랑은 굴속 같은 오두막집 단칸 셋방 구석에서 사시장철 밤이나 낮이나 눈 따악 감고 드러누웠군요.

재산이 어디 집터전인들 있을 턱이 있나요. 서발막대◆ 내저어야 짚검불 하나 걸리는 것 없는 철빈◆인데.

우리 아주머니가, 그래도 그 아주머니가, 어질고 얌전해서 그 알량한 남편 양반 받드느라 삯바느질이야 남의 집 품빨래야 화장품 장사야, 그 칙살스런◆ 벌이를 해다가 겨우겨우 목구멍에 풀칠을 하지요.

어디루 대나 그 양반은 죽는 게 두루 좋은 일인데 죽지도 아니해요.

우리 아주머니가 불쌍해요. 아, 진작 한 나이라도 젊어서 팔자를 고치는 게 아니라, 무슨 놈의 우난◆ 후분◆을 바라고 있다가 끝끝내 고생을 하는지.

◆ **당년當年** 올해. 지금 지나가고 있는 이 해.
◆ **막덕** 마르크스주의를 믿는 사람이나 그 행위를 낮추어 이르는 말.
◆ **적공積功** 공을 쌓음.
◆ **서발막대** 매우 긴 막대를 강조하여 이르는 말.
◆ **철빈鐵貧** 더할 수 없이 가난함.
◆ **칙살스럽다** 하는 짓이나 말 따위가 잘고 더러운 데가 있다.
◆ **우난** 유별난.
◆ **후분後分** 사람의 평생을 셋으로 나눈 것의 마지막 부분. 늙은 뒤의 운수나 처지를 이른다.

근 이십 년 소박◆을 당했지요.

이십 년을 서러운 청춘 한숨으로 보내고서 다 늦게야 송장 여대치게◆ 생긴 그 양반을 그래도 남편이라고 모셔다가는 병수발 들랴, 먹고 살랴, 애자진하고◆ 다니는 걸 보면 참말 가엾어요.

그게 무슨 죄다짐◆이람? 팔자 팔자 하지만 왜 팔자를 고치지를 못 하고서 그래요. 우리 조선 구식 부인네들은 다 문명◆을 못 하고 깨지를 못 해서 그러지.

그 양반이 한시바삐 죽기나 했으면 우리 아주머니는 차라리 신세 편하리다.

심덕◆ 좋겠다, 솜씨 얌전하겠다 하니, 어디 가선들 자기 일신 몸 가누고 편안히 못 지내요?

가만있자, 열여섯 살에 아저씨네 집으로 시집을 갔다니깐, 그게 내가 세 살 적이니 꼬박 열여덟 해로군. 열여덟 해면 이십 년 아니오.

그때 우리 아저씨 양반은 나이 어리기도 했지만, 공부를 한답시고 서울로 동경으로 십여 년이나 돌아다녔고, 조금 자라서 색시 재미를 알 만하니까는 누가 이쁘달까 봐 이혼하자고 아주머니를 친정으로 쫓고는 통히◆ 불고◆를 하고…….

공부를 다 마치고 오더니만, 그담에는 그놈의 짓에 들입다 발광해 다니면서 명색 학생 출신이라는 딴 여편네를 얻어 살았지요. 그 여편네는 나도 몇 번 보았지만 쌍판대기라고 별반 출◆ 수도 없이 생겼습디다. 그 인물로 남의 첩이야? 일색◆ 소박은 있어도 박색◆ 소박은 없다더니, 사실 소박맞은 우리 아주머니가 그 여편네게다 대면 월등 이뻤다우.

그래 그 뒤에, 그 양반은 필경 붙들려 가서 오 년이나 전중이◆를 살았지요. 그동안에 아주머니는 시집이고 친정이고 모두 폭 망해서 의지가지없이◆ 됐지요.

그러니 어떻게 해요? 자칫하면 굶어 죽을 판인데.

할 수 없이 얻어먹고 살기도 해야 하려니와, 또 아저씨 나오는 것도 기다려야 한다고 나를 반연◆삼아 서울로 올라왔더군요. 그게 그러니까 아저씨가 나오던 그 전해로군.

그때 내가 나이는 어려도 두루 납뛴◆ 보람이 있어서 이내 구라다 상네 식모로 들어갔지요.

그 무렵에 참 내가 아주머니더러 여러 번 권면◆을 했지요. 그러지 말고 개가◆를 가라고. 글쎄 어린 소견에도 보기에 퍽 딱하고 민망합디다.

계제◆에 마침 또 좋은 자리가 있었고요. 미네 상이라고 미쓰코시◆ 앞에서 바나나 다다키우리◆를 하는 인데 사람이 퍽 좋아요.

우리 집 다이쇼◆도 잘 알고 하는데, 그이가 늘 나더러 조선 오캄상◆하고 살았으면 좋겠다고, 중매 서 달라고 그래쌌어요.

돈은 모아 둔 게 없어도 다 벌어먹고 살

◆ **소박疏薄** 처나 첩을 박대함.
◆ **여대치다** 빰치게 낫다. 능가하다.
◆ **애자진하다** 힘에 겨운 처지에서 벗어나려고 바득바득 애를 쓰다.
◆ **죄다짐** 매죄에 대한 갚음.
◆ **문명文明하다** 물질적, 기술적, 사회 구조적으로 발전되어 있다.
◆ **심덕心德** 마음을 쓰는 데서 나타나는 덕.
◆ **통히** 도무지.
◆ **불고不告** 알리지 아니함.
◆ **추다** 다른 사람의 기분을 맞추느라 훌륭하거나 뛰어나다고 말하다.
◆ **일색一色** 뛰어난 미인.
◆ **박색薄色** 아주 못생긴 얼굴.
◆ **전중이** 징역살이하는 사람을 속되게 이르는 말.
◆ **의지가지없다** 의지할 만한 대상이 없다. 또는 다른 방도가 없다.
◆ **반연攀緣** 무엇에 이르기 위한 연줄로 삼음. 또는 그 연줄.
◆ **납뛴** '날뛰다'의 잘못. 어떤 일에 골몰하여 몹시 바쁘게 돌아다니다.
◆ **권면勸勉** 알아듣도록 권하고 격려하여 힘쓰게 함.
◆ **개가改嫁** 결혼하였던 여자가 남편과 사별하거나 이혼하여 다른 남자와 결혼함.
◆ **계제階梯** 어떤 일을 할 수 있게 된 형편이나 기회.
◆ **미쓰코시** 지금의 신세계 백화점 자리에 있던 미쓰코시 백화점 경성지점.
◆ **다다키우리たたきうり** 좌판을 두드리며, 신나게 떠들어 대면서 물건을 싸구려로 파는 일.
◆ **다이쇼たいーしょう** 주인, 대장.
◆ **오캄상おーかみーさん** 마누라 또는 여편네.

만하니까 그런 사람 만나서 살면 아주머니도 신세 편할 게 아니라구요?

그런 걸 글쎄, 몇 번 말해도 흉한 소리 말라고 듣질 않는 걸 어떡하나요.

아무튼 그런 것 말고라도 참, 흰말◆이 아니라 이날 이때까지 내가 그 아주머니 뒤도 많이 보아주었다우. 또 나도 그럴 만한 은공이 없잖아 있구요.

내가 일곱 살에 부모를 잃었지요. 그러고 나서 의탁할 곳이 없이 됐는데 그때 마침 소박을 맞고 친정살이를 하는 그 아주머니가 나를 데려다가 길러 주었지요.

그때만 해도 그 집이 그다지 군색◆하게 지내진 않았으니깐요. 아주머니도 아주머니지만 증조할머니며 할아버지도 슬하에 딴 자손이 없어서 나를 퍽 귀애하겠지요.

열두 살까지 그 집에서 자랐군요.

사 년이나마 보통학교도 다녔고.

아마 모르면 몰라도 그 집안이 그렇게 치패◆하지만 않았으면 나도 그냥 붙어 있어서 시방쯤은 전문학교까지는 다녔으리다.

이런 은공이 있으니까 나도 그걸 저버리지 않고 그래서 내 깜냥에는 갚을 만치 갚노라고 갚은 셈이지요.

하기야 요새도 간혹 아주머니가 찾아와서 양식 없다는 사정을 더러 하곤 하는데 실토정◆ 말이지 좀 성가시기는 해요.

그러는 족족 그 수응◆을 하자면 내 일을 못 하겠는걸. 그래 대개 잘라 떼기는 하지요.

그렇지만 그 밖에, 가령 양 명절◆ 때면 고깃근이라도 사 보낸다든지, 또 오며 가며 들러 이야기날◆이라도 한다든지, 그런 건 결단코 범연히◆ 하진 않으니까요.

아무튼 그래서, 아주머니는 꼬박 일년 동안 구라다 상네 집 오마니로 있으면서 월급 오 원씩 받는 걸 그대로 고스란히 저금을 하고, 또 틈틈이 삯바느질을 맡아다가 조금씩 벌어 보태고, 또 나올 무렵에 구라다 상네 양주◆가 퍽 기특하다고 돈 칠 원을 상급으로 주고, 그런 게 이럭저럭 돈 백 원이나 존존히◆ 됐지요.

그 돈으로 방 한 칸 얻고 살림 나부랭이도 조금 장만하고 그래 놓고서 마침 그 알량꼴량한◆ 서방님이 놓여 나오니까 그리로 모셔 들였지요.

놓여 나오는 날 나도 가서 보았지만, 가막소◆ 문 앞에 막 나서자 아주머니가 기다리고 있으니까 그래도 눈물이 핑 돌던데요.

전에 그렇게도 죽을 동 살 동 모르고 좋아하던 첩년은 꼴도 안 뵈구요. 남의 첩년이란 건 다 그런 거지요, 뭐.

우리 아저씨 양반은 혹시 그 여편네가 오지 않았나 하고 사방을 휘휘 둘러보던데요. 속이 그렇게 없다니까. 여편네는커녕 아주머니하고 나하고 그 외는 어리친◆ 개새끼 한 마리 없더라.

그래 막, 자동차에 올라타려다가 피를 토했지요. 나중에 들었지만 가막소 안에서 달포 전부터 토혈◆을 했다나 봐요.

그래 다 죽어 가는 반송장을 업어 오다시피 해다가 뉘어 놓고, 그날부터 아주머

◆ **흰말** 터무니없이 자랑으로 떠벌리거나 거드럭거리며 허풍을 떠는 말.
◆ **군색窘塞하다** 필요한 것이 없거나 모자라서 딱하고 옹색하다.
◆ **치패致敗하다** 살림이 아주 결딴나다.
◆ **실토정實吐情** 사정이나 심정을 솔직하게 말함.
◆ **수응酬應** 요구에 응함.
◆ **양 명절** 설과 추석.
◆ **이야기낱** 이야기 나부랭이. 이야기를 하찮게 여기어 이르는 말.
◆ **범연히** 차근차근한 맛이 없이 데면데면하게.
◆ **양주兩主** 부부.
◆ **존존히** 피륙의 발 따위가 잘고 곱게.
◆ **알량꼴량하다** 몸골이 사납고 보잘것없다.
◆ **가막소** '감옥'의 방언.
◆ **어리치다** 독한 냄새나 밝은 빛 따위의 심한 자극으로 정신이 흐릿해지다.
◆ **토혈吐血** 위나 식도 따위의 질환으로 피를 토함.

니는 불철주야로, 할 짓 못 할 짓 다 해가면서 부스대고 납뛴 덕에 병도 차차로 차도가 있고, 그러더니 인제는 완구히◆ 살아는 났지요. 뭐 참 시방은 용 꼴인걸요, 용 꼴.

부인네 정성이 무서운 겝디다.

꼬박 삼 년이군. 나 같으면 돌아가신 부모가 살아 오신대도 그 짓 못 해요.

자, 그러니 말이지요. 우리 아저씨라는 양반이 작히나 양심이 있고 다 그럴 양이면, 어허, 내가 어서 바삐 몸이 충실해져서, 어서 바삐 돈을 벌어다가 저 아내를 편안히 거느리고, 이 은공과 전날의 죄를 갚아야 하겠구나…… 이런 맘을 먹어야 할 게 아니라구요?

아주머니의 은공을 갚자면 발에 흙이 묻을세라 업고 다녀도 참 못 다 갚지요.

그러고 저러고 간에 자기도 이제는 속 차려야지요. 하기야 속을 차려서 무얼 하재도 전과자니까 관리나 또 회사 같은 데는 들어가지 못하겠지만, 그야 자기가 저지른 일인 걸 누구를 원망할 일도 아니고, 그러니 막 벗어 붙이고 노동이라도 해야지요.

대학교 출신이 막벌이◆ 노동이란 게 꼴 가관이지만 그래도 할 수 없지, 뭐.

그런 걸 보고 가만히 나를 생각하면, 만약 우리 증조할아버지네 집안이 그렇게 치패를 안 해서 나도 전문학교를 졸업을 했으면, 혹시 우리 아저씨 모양이 됐을지도 모를 테니 차라리 공부 많이 않고서 이 길로 들어선 게 다행이다…… 이런 생각이 들어요.

사실 우리 아저씨 양반은 대학교까지 졸업하고도 이제는 기껏 해먹을 거란 막벌이 노동밖에 없는데, 보통학교 사 년 겨우 다니고서도 시방 앞길이 환히 트인 내게다 대면 고쓰카이◆만도 못하지요.

아, 그런데 글쎄 막벌이 노동을 하고 어쩌고 하기는커녕 조금 바시시 살아날 만하니까 이 주책꾸러기 양반이 무슨 맘보를 먹는고 하니, 내 참 기가 막혀!

아니, 그놈의 것하고는 무슨 대천지원수◆가 졌단 말인지, 어쨌다고 그걸 끝끝내 하지 못해서 그 발광인고?

그러나마 그게 밥이 생기는 노릇이란 말인지? 명예를 얻는 노릇이란 말인지. 필경은, 붙잡혀 가서 징역 사는 놀음?

아마 그놈의 것이 아편하고 꼭 같은가 봐요. 그렇길래 한번 맛을 들이면 끊지를 못하지요?

그렇지만 실상 알고 보면 그게 그다지 재미가 난다거나 맛이 있다거나 그런 것도 아니더군 그래요. 부랑당패◆던데요. 하릴없이 부랑당팹디다.

저 서양 어디선가, 일하기 싫어하는 게으름뱅이 몇 놈이 양지쪽에 모여 앉아서 놀고먹을 궁리를 했더라나요. 우리 집 다이쇼◆가 다 자상하게 이야기를 해줍디다.

게, 그 녀석들이 서로 구누를 하기를, 자, 이 세상에는 부자가 있고 가난한 사람이 있고 하니 그건 도무지 공평한 일이 아니다. 사람이란 건 이목구비하며 사지 육신을 꼭 같이 타고났는데, 누구는 부자로 잘살고 누구는 가난하다니 그게 될 말이냐. 그러니 부자가 가진 것을 우리 가난한 사람들하고 다 같이 고르게 나눠

◆ **완구完久히** 오래 갈 수 있게.
◆ **막벌이** 아무 일이든지 닥치는 대로 해서 돈을 버는 일.
◆ **고쓰카이こーづかい** 잔심부름을 시키기 위하여 고용한 사람. 사환.
◆ **대천지원수戴天之怨讐** 하늘을 함께 이지 못할 만큼 원한이 깊은 사람.
◆ **부랑당패** '불한당패'의 잘못. 남 괴롭히는 것을 일삼는 파렴치한 사람들의 무리.
◆ **다이쇼** 주인.

먹어야 경우가 옳다.

야, 그거 옳은 말이다. 야, 그 말 좋다. 자, 나눠 먹자.

아, 이렇게 설도◆를 해가지고 우 하니 들고 일어났다는군요.

아니, 그러니 그게 생 날부랑당놈의 짓이 아니고 무어요?

사람이란 것은 제가끔 분지복◆이 있어서 기수◆를 잘 타고나든지 부지런하면 부자가 되는 법이요, 복록◆을 못 타고나든지 게으른 놈은 가난하게 사는 법이요, 다 이렇게 마련인데, 그거야말로 공평한 천리인 것을, 됩다 불공평하다니 될 말이오? 그러고서 억지로 남의 것을 뺏어 먹자고 들다니 그놈들이 부랑당이지 무어요.

짓이 부랑당 짓일 뿐 아니라, 또 만약에 그러기로 들면 게으른 놈은 점점 더 게으름만 부리고 쫓아다니면서 부자 사람네가 가진 것만 뺏어 먹을 테니 이 세상은 통으로 도적놈의 판이 될 게 아니오? 그나마, 부자 사람네가 모아 둔 걸 다 뺏기고 더는 못 먹여 내는 날이면 그때는 이 세상 망하는 날이 아니오?

저마다 남이 농사 지어 놓으면 그걸 뺏어 먹으려고 일 않고 번둥번둥 놀 것이고, 남이 옷감 짜 놓으면 그걸 뺏어다가 입으려고 번둥번둥 놀 것이고 그럴 테니 대체 곡식이며 옷감이며 그런 것이 다 어디서 나올 데가 있어야지요. 세상 망할밖에!

글쎄 그놈의 짓이 그렇게 세상 망쳐 놀 장본인 줄은 모르고서 가난한 놈들, 그 중에도 일하기 싫은 게으름뱅이들이 우선 당장 부자 사람네 것을 뺏어 먹는다니까 거기 혹해 가지골랑 너도나도 와 하니 참섭◆을 했다는구려.

바로 저 아라사◆가 그랬대요.

그래서 아니나 다를까 농군들이 곡식을 안 만들기 때문에 사람이

수만 명씩 굶어 죽는다는구려. 빠안한 이치지 뭐.

우선 먹기는 곶감이 달다고◆ 그 지랄들을 했다가 잘코사니야!◆

아 그런데, 그 못된 놈의 풍습이 삽시간에 동서양 각국 안 간 데 없이 퍼져 가지골랑 한동안 내지◆에도 마구 굉장히 드세게 돌아다녔고, 내지가 그러니까 멋도 모르는 조선 영감상들도 덩달아서 그 흉내를 냈다나요.

그렇지만 시방은 그새 나라에서 엄하게 밝히고 금하고 한 덕에 많이 너끔해졌고◆ 그런 마음 먹는 사람은 별반 없다나 봐요.

그럴 게지 글쎄. 아, 해서 좋을 양이면야 나라에선들 왜 금하며 무슨 원수가 졌다고 붙잡아다가 징역을 살리나요.

좋고 유익한 것이면 나라에서 도리어 장려하고, 잘할라치면 상급도 주고 그러잖아요.

활동사진이며 스모며 만자이◆며 또 왓쇼왓쇼◆랄지 세이레이 낭아시◆랄지 라디오 체조랄지 그런 건 다 유익한 일이니까 나라에서 설도도 하고 그러잖아요.

나라라는 게 무언데? 그런 걸 다 잘 분간해서 이럴 건 이러고 저럴 건 저러라고 지시하고, 그 덕에 백성들은 제각기 제 분수대로 편안히 살도록 애써 주는 게 나라 아니오?

그놈의 것 사회주의만 하더라도 나라에

- ◆ **설도說道** 도리를 설명함.
- ◆ **분지복分之福** 각자 타고난 복.
- ◆ **기수氣數** 저절로 오고 가고 한다는 길흉화복의 운수.
- ◆ **복록福祿** 타고난 복과 벼슬아치의 녹봉이라는 뜻으로, 복되고 영화로운 삶을 이르는 말.
- ◆ **참섭參涉** 어떤 일에 끼어들어 간섭함.
- ◆ **아라사** '러시아'의 한자 표기어.
- ◆ **우선 먹기는 곶감이 달다** 앞일은 생각해 보지도 아니하고 당장 좋은 것만 취하는 경우를 비유적으로 이르는 말.
- ◆ **잘코사니** 고소하게 여겨지는 일.
- ◆ **내지內地** 외국이나 식민지에서 본국을 이르는 말. 여기서는 일본.
- ◆ **너끔하다** 계속해서 내리던 눈이나 비 따위가 잠시 잦아들어 멎는 듯하다.
- ◆ **만자이まんーざい** 두 사람이 익살스럽게 주고 받는 재담. 만담.
- ◆ **왓쇼왓쇼** '왓쇼이'의 잘못으로, '영차'의 뜻. 일본 전통 축제에서 신령을 모신 가마를 옮기는 이들이 외치는 구호.
- ◆ **세이레이 낭아시** 7월 보름에 제물을 강이나 바다에 띄우는 일본 불교 행사.

서 금하질 않고 저희가 하는 대로 두어 두었어 보아? 시방쯤 세상이 무엇이 됐을지…….

다른 사람들도 낭패 본 사람이 많았겠지만, 우선 나만 하더라도 글쎄 어쩔 뻔했어! 아무 일도 다 틀리고 뒤죽박죽이지.

내 이상과 계획은 이렇거든요.

우리 집 다이쇼가 나를 자별히 귀애하고 신용을 하니까 인제 한 십 년만 더 있으면 한밑천 들여서 따로 장사를 시켜 줄 그런 눈치거든요.

그러거들랑 그것을 언덕삼아 가지고 나는 삼십 년 동안 예순 살 환갑까지만 장사를 해서 꼭 십만 원을 모을 작정이지요. 십만 원이면 조선 부자로 쳐도 천석꾼◆이니, 뭐 떵떵거리고 살 게 아니라구요?

그리고 우리 다이쇼도 한 말이 있고 하니까, 나는 내지인 규수한테로 장가를 들래요. 다이쇼가 다 알아서 얌전한 자리를 골라 중매까지 서준다고 그랬어요. 내지 여자가 참 좋지요.

나는 조선 여자는 거저 주어도 싫어요.

구식 여자는 얌전은 해도 무식해서 내지인하고 교제하는 데 안됐고, 신식 여자는 식자◆나 들었다는 게 건방져서 못쓰고, 도무지 그래서 조선 여자는 신식이고 구식이고 다 제바리◆여요.

내지 여자가 참 좋지 뭐. 인물이 개개 일자로 이쁘겠다, 얌전하겠다, 상냥하겠다, 지식이 있어도 건방지지 않겠다, 좀이나 좋아!

그리고 내지 여자한테 장가만 드는 게 아니라 성명도 내지인 성명으로 갈고 집도 내지인 집에서 살고 옷도 내지 옷을 입고 밥도 내지식으로 먹고 아이들도 내지인 이름을 지어서 내지인 학교에 보내고…….

내지인 학교라야지 조선 학교는 너절해서 아이들 버려 놓기나 꼭 알맞지요.

그리고 나도 조선말은 싹 걷어치우고 국어만 쓰고요.

이렇게 다 생활 법식부터도 내지인처럼 해야만 돈도 내지인처럼 잘 모으게 되거든요.

내 이상이며 계획은 이래서 그 십만 원짜리 큰부자가 바로 내다뵈고, 그리로 난 길이 환하게 트이고 해서 나는 시방 열심으로 길을 가고 있는데, 글쎄 그 미쳐 살기 든 놈들이 세상 망쳐 버릴 사회주의를 하려 드니, 내가 소름이 끼칠 게 아니라구요? 말만 들어도 끔찍하지!

세상이 망해서 뒤집히면 그래 나는 어쩌란 말인고? 아무 것도 다 허사가 될 테니 그런 억울할 데가 있더람?

뭐 참, 우리 집 다이쇼 말이 일일이 지당해요.

여느 절도나 강도나 사기나 그런 죄는 도적이면 도적을 해가는 그 당장, 그 돈만 축을 내니까 오히려 죄가 가볍지만, 그놈의 것 사회주의인지 지랄인지는 온 세상을 뒤죽박죽을 만들어 놓고 나라를 통째로 소란하게 하니까 도저히 용서할 수가 없대요.

용서라니! 나 같으면 그런 놈들은 모조리 쓸어다가 마구 그저 그냥…….

그런 일을 생각하면, 털어놓고 말이지 우리 아저씬가 그 양반도 여간 불측스러◆ 뵈질 않아요. 사실 아주머니만 아니면 내가 무슨 천주학◆이라고 나쁜 병까지 앓는 그 양반을 찾아다니나요. 죽는대도 코도 안 풀어 붙일걸.

그러나마 전자◆의 죄상을 다 회개를 하고 못된 마음을 씻어 버렸을 새 말이지,

◆ **천석꾼** 곡식 천 석을 거두어들일 만큼 땅과 재산을 많이 가진 부자를 비유적으로 이르는 말.

◆ **식자識字** 글이나 글자를 앎. 또는 그런 지식.

◆ **제바리** 막일꾼들이 자기의 불만을 나타낼 때 하는 말.

◆ **불측不測스럽다** 미루어 헤아릴 수 없는 데가 있다. 생각이나 행동 따위가 괘씸하고 엉큼한 데가 있다.

◆ **천주학天主學** 우리나라에 가톨릭교가 처음 들어오던 무렵에 '가톨릭교'를 이르던 말.

◆ **전자前者** 지난번.

뭐 헌 개꼬리 삼 년이라더냐,◆ 종시 그 모양일걸요.

그러니깐 그게 밉살머리스러워서, 더러 들렀다가 혹시 마주앉아도 우정◆ 뼈끝 저린 소리나 내쏘아 주고 말을 다잡아 가지골랑 꼼짝못하게시리 몰아세워 주곤 하지요.

저번에도 한번 혼을 단단히 내주었지요. 아, 그랬더니 아주머니더러 한다는 소리가, 그 녀석 사람 버렸더라고, 아무짝에도 못 쓰게 길이 들었더라고 그러더라나요.

내 원, 그 소리를 듣고 하도 어처구니가 없어서!

대체 사람도 유만부동◆이지, 그 아저씨가 나더러 사람 버렸느니 아무짝에도 못 쓰게 길이 들었느니 하더라니, 원 입이 몇 개나 되면 그런 소리가 나오는 구멍도 있누?

조선 벙어리가 다 말을 해도 나 같으면 할 말 없겠더구먼서도, 하면 다 말인 줄 아나 봐?

이를테면 그게 명색 훈계 비슷한 거렷다? 내게다가 맞대 놓고 그런 소리를 하다가는 되잡혀서 혼이 날 테니까 슬며서 아주머니더러 이르란 요량◆이던 게지?

기가 막혀서…… 하느님이 사람의 콧구멍 두 개로 마련하기 참 다행이야.

글쎄 아무려면 내가 자기처럼 다 공부는 못 하고 남의 집 고조小僧◆ 노릇으로, 반또番頭◆ 노릇으로 이렇게 굴러먹을 값에 이래 보여도 표창을 두 번이나 받은 모범 점원이요, 남들이 똑똑하고 재주 있고 얌전하다고 칭찬이 놀랍고, 앞길이 환히 트인 유망한 청년인데, 그래 자기 눈에는 내가 버린 놈이고 아무짝에도 못쓰게 길이 든 놈으로 보였단 말이지?

하하, 오옳지! 거 참 그렇겠군. 자기는 자기 하는 짓이 옳으니까 남이 하는 짓은 다 글렀단 말이렷다?

그러니까 나도 자기처럼 그놈의 것 사회주읜지 급살맞을 것인지나 하다가 징역이나 살고 전과자나 되고 폐병이나 앓고, 다 그랬더라면 사람 버리지도 않고 아무짝에도 못 쓰게 길든 놈도 아니고 그럴 뻔했군그래!

흥! 참…….

제 밑 구린 줄 모르고서 남더러 어쩌구저쩌구 한다는 게, 꼭 우리 아저씨 그 양반을 두고 이른 말인가 봐.

그날도 실상 이랬더라우. 혼을 내주었더니, 아주머니더러 그런 소리를 하더란 말이오.

그날이 마침 내가 쉬는 날이길래 아주머니더러 할 이야기도 있고 해서 아침결에 좀 들렀더니, 아주머니는 남의 혼인집으로 바느질을 해주러 갔다고 없고, 아저씨 양반만 여전히 아랫목에 가서 드러누웠어요.

그런데 보니깐, 어디서 모두 뒤져 냈는지, 머리맡에다가 헌 언문◆ 잡지를 수북이 쌓아 놓고는 그걸 뒤져요.

그래 나도 심심삼아 한 권 집어 들고 떠들어 보았더니, 뭐 읽을 맛이 나야지요.

대체 조선 사람들은 잡지 하나를 해도 어찌 모두 그 꼬락서니로 해놓는지.

사진도 없지요, 망가(만화)도 없지요.

그러고는 만판 까탈스런 한문 글자로다

◆ **개 꼬리 삼 년 묵어도 황모 되지 않는다** 본바탕이 좋지 아니한 것은 어떻게 하여도 그 본질이 좋아지지 아니함을 비유적으로 이르는 말.
◆ **우정** 일부러.
◆ **유만부동類萬不同** 정도에 넘침. 또는 분수에 맞지 아니함.
◆ **요량料量** 앞일을 잘 헤아려 생각함. 또는 그런 생각.
◆ **고조こーぞう** 나이 어린 점원.
◆ **반또ばんーとう** (주인을 대신하여) 실권을 쥐고 있는 사람.
◆ **언문諺文** '한글'을 속되게 이르던 말.

가 처박아 놓으니 그걸 누구더러 보란 말인고?

더구나 우리 같은 놈은 언문도 그런대로 뜯어보기는 보아도 읽기에 여간만 폐롭지◆가 않아요.

그러니 어려운 언문하고 까다로운 한문하고를 섞어서 쓴 글은 뜻을 몰라 못 보지요. 언문으로만 쓴 것은 소설 나부랭인데, 읽기가 힘이 들 뿐 아니라 또 조선 사람이 쓴 소설이란 건 재미가 있어야죠. 나는 조선 신문이나 조선 잡지하구는 담쌓고 남 된 지 오랜걸요.

잡지야 뭐 《킹구》◆나《쇼넹구라부》◆ 덮어 먹을 잡지가 있나요. 참 좋아요.

한문 글자마다 가나◆를 달아 놓았으니 어떤 대문을 척 펴들어도 술술 내리읽고 뜻을 횅하니 알 수가 있지요.

그리고 어떤 대문을 읽어도 유익한 교훈이나 재미나는 소설이지요.

소설 참 재미있어요. 그 중에도 기쿠지 칸 소설◆……! 어쩌면 그렇게도 아기자기하고도 달콤하고도 재미가 있는지. 그리고 요시가와 에이지, 그의 소설은 진찐바라바라◆하는 지다이모노◆인데 마구 어깻바람이 나구요.

소설이 모두 그렇게 재미가 있지요. 망가가 많지요. 사진이 많지요. 그러고도 값은 좀 헐하나요. 십오 전이면 바로 그 전달 치를 사볼 수 있고, 보고 나서는 오 전에 도로 파는데요.

잡지도 기왕 하려거든 그렇게나 해야지, 조선 사람들은 제엔장 큰소리는 곧잘 하더구먼서도 잡지 하나 반반한 거 못 만들어 내니!

그날도 글쎄 잡지가 그 꼴이라, 아예 글은 볼 멋도 없고 해서 혹시 망가나 사진이라도 있을까 하고 책장을 후르르 넘기노라니깐 마침 아저씨 이름이 있겠나요! 하도 신통해서 쓰윽 펴들고 보았더니 제목이 첫 줄은 경제, 사회…… 무엇 어쩌구 잔주◆를 달아 놨겠지요.

그것만 보아도 벌써 그럴듯해요. 경제는 아저씨가 대학교에서 경제를 배웠다니까 경제 속은 잘 알 것이고, 또 사회는 그것 역시 사회주의를 했으니까 그 속도 잘 알 것이고, 그러니까 경제하고 사회주의하고 어떻게 서로 관계가 되는 것이며 어느 편이 옳다는 것이며 그런 소리를 썼을 게 분명해요.

뭐, 보나 안 보나 속이야 빠안하지요. 대학교까지 가설랑 경제를 배우고도 돈 모을 생각은 않고서 사회주의만 하고 다닌 양반이라 경제가 그르고 사회주의가 옳다고 우겨 댔을 거니까요.

아무렇든 아저씨가 쓴 글이라는 게 신기해서 좀 보아 볼 양으로 쓰윽 훑어봤지요. 그러나 웬걸 읽어 먹을 재주가 있나요.

글자는 아주 어려운 자만 아니면 대강 알기는 알겠는데, 붙여 보아야 대체 무슨 뜻인지를 알 수가 있어야지요.

속이 상하길래 읽어 보자던 건 작파◆하고서 아저씨를 좀 따잡고 몰아 세울 양으로 그 대목을 차악 펴놨지요.

"아저씨?"

"왜 그러니?"

"아저씨가 여기다가 경제 무어라구 쓰구, 또 사회 무어라구 썼는데, 그러면 그게 경제를 하란 뜻이오? 사회주의를 하란 뜻이오?"

"뭐?"

- ◆ **폐롭다** 성가시고 귀찮다.
- ◆ **《킹구》** 1925년 일본 고단샤에서 출판한 종합대중잡지.
- ◆ **《쇼넹구라부》** 일본 고단샤에서 출판한 만화잡지.
- ◆ **가나假名** 가타카나와 히라가나를 합친 일본 고유의 글자.
- ◆ **기쿠치 칸菊池寬** 장편 통속소설로 신현실주의 문학의 새 방향을 연 일본의 극작가·소설가.
- ◆ **진찐바라바라ちゃんちゃんばらばら** 칼싸움. 친친바라바라.
- ◆ **지다이모노じ-だいもの** 시대물.
- ◆ **잔주** 주석 아래에 더 자세히 단 주석.
- ◆ **작파作破** 어떤 계획이나 일을 중도에서 그만두어 버림.

못 알아듣고 뚜렛뚜렛해요.◆ 자기가 쓰고도 오래 돼서 다 잊어버렸거나, 혹시 내가 말을 너무 까다롭게 내기 때문에 섬뻑◆ 대답이 안 나왔거나 그랬겠지요. 그래 다시 조곤조곤 따졌지요.

"아저씨…… 경제란 것은 돈 모아서 부자 되라는 것 아니오? 그런데, 사회주의란 것은 모아 둔 부자 사람의 돈을 뺏어 쓰는 것 아니오?"

"얘가 시방!"

"아니, 들어 보세요."

"너, 그런 경제학, 그런 사회주의 어디서 배웠니?"

"배우나 마나, 경제란 건 돈 많이 벌어서 애껴 쓰구 나머지 모아 두는 게 경제 아니오?"

"그건 보통, 경제한다는 뜻으루 쓰는 경제고, 경제학이니 경제적이니 하는 건 또 다르다."

"다를 게 무어요? 경제는 돈 모으는 것이고, 그러니까 경제학이면 돈 모으는 학문이지요."

"아니란다. 혹시 이재학◆이라면 돈 모으는 학문이라고 해도 근리할지 모르지만 경제학은 그런 게 아니란다."

"아니, 그렇다면 아저씨 대학교 잘못 다녔소. 경제 못 하는 경제학 공부를 오 년이나 했으니 그게 무어란 말이오? 아저씨가 대학교까지 다니면서 경제 공부를 하구두 왜 돈을 못 모으나 했더니, 인제 보니깐 공부를 잘못해서 그랬군요!"

"공부를 잘못했다? 허허, 그랬을는지도 모르겠다. 옳다, 네 말이 옳아!"

이거 봐요 글쎄. 단박 꼼짝 못하잖나. 암만 대학교를 다니고, 속에는 육조를 배포◆했어도 그렇다니깐 글쎄…….

"아저씨?"

"왜 그러니?"

"그러면 아저씨는 대학교를 다니면서 돈 모아 부자 되는 경제 공부를 한 게 아니라 모아 둔 부자 사람네 돈 뺏어 쓰는 사회주의 공부를 했으니 말이지요……."

"너는 사회주의가 무얼루 알구서 그러냐?"

"내가 그까짓 걸 몰라요?"

한바탕 주욱 설명을 했지요.

내 얼굴만 물끄러미 올려다보고 누웠더니 피쓱 한번 웃어요. 그리고는 그 양반이 하는 소리겠다요.

"그게 사회주의냐? 부랑당이지."

"아니, 그럼 아저씨두 사회주의가 부랑당인 줄은 아시는구려?"

"내가 언제 사회주의가 부랑당이랬니?"

"방금 그리잖었어요?"

"글쎄, 그건 사회주의가 아니라 부랑당이란 그 말이다."

"거 보시우! 사회주의란 것은 그렇게 날부랑당이어요. 아저씨두 그렇다구 하면서 아니래시오?"

"얘가 시방 입심 겨룸을 하재나!"

이거 봐요. 또 꼼짝 못하지요? 다 이래요. 글쎄…….

"아저씨?"

"왜 그러니?"

"아저씨두 맘 달리 잡수시오."

"건 어떻게 하는 말이냐?"

◆ **뚜렛뚜렛하다** 어리둥절하여 눈을 이리저리 굴리다.

◆ **섬뻑** 어떤 일이 행하여진 후 곧바로.

◆ **이재학理財學** 나라를 다스리는 데에 필요한 자금의 조달·관리·운용 따위에 대하여 연구하는 학문.

◆ **육조를 배포하다** '육조六曹'란 조선시대 행정을 관할하던 6개의 부서, '배포排布'란 일을 조리 있게 계획한다는 뜻.

"걱정 안 되시우?"

"나 같은 사람이 걱정이 무슨 걱정이냐? 나는 네가 걱정이더라."

"나는 뭐 버젓하게 요량이 있는걸요."

"어떻게?"

"이만저만한가요!"

또 한바탕 주욱 설명을 했지요. 이야기를 다 듣더니 그 양반 한다는 소리 좀 보아요.

"너두 딱한 사람이다!"

"왜요?"

"……."

"아니, 어째서 딱하다구 그러시우?"

"……."

"네? 아저씨?"

"……."

"아저씨?"

"왜 그래?"

"내가 딱하다구 그러셨지요?"

"아니다, 나 혼자 한 말이다."

"그래두……."

"애?"

"네?"

"사람이란 것은 누구를 물론허구 말이다, 아첨하는 것같이 더러운 게 없느니라."

"아첨이오?"

"저 위로는 제왕, 밑으로는 걸인, 그 모든 사람이 우선 시방 이 제도의 이 세상에서 말이다, 제가끔 제 분수대루 살어가는 데 있어서 말이다, 제 개성을 속여 가면서꺼정 생활에다가 아첨하는 것같이 더러운 것이 없고, 그런 사람같이 가련한 사람은 없느니라. 사람이란 건 밥 두 그릇이 하필 밥 한 그릇보다 더 배가 부른 건 아니니까."

"그건 무슨 뜻인데요?"

"네가 일본인 여자와 결혼을 해서 성명까지 갈고 모든 생활 법도를 일본화하겠다는 것이 말이다."

"네, 그게 좋잖어요?"

"그것이 말이다, 진실로 깊은 교양이나 어진 지혜의 판단에서 우러나온 것이라면 그도 모를 노릇이겠지. 그렇지만 나는 보매, 네가 그런다는 것은 다른 뜻으로 그러는 것 같다."

"다른 뜻이라니요?"

"네 주인의 비위를 맞추고, 이웃의 비위를 맞추고 하자고……."

"그야 물론이지요! 다이쇼의 신용을 받어야 하고, 이웃 내지인들하구도 좋게 지내야지요. 그래야 할 게 아니겠어요?"

"……."

"아저씨는 아직두 세상 물정을 모르시오. 나이는 나보담 많구 대학교 공부까지 했어도 일찌감치 고생살이를 한 나만큼 세상 물정은 모릅니다. 시방이 어느 세상인데 그러시오?"

"애?"

"네?"

"네가 방금 세상 물정이랬지?"

"네."

"앞길이 환하니 트였다구 그랬지?"

"네."

"환갑까지 십만 원 모은다구 그랬지?"

"네."

"네가 말하는 세상 물정하구 내가 말하려는 세상 물정하구 내용이 다르기도 하지만, 세상 물정이란 건 그야말로 그리 만만한 게 아니다."

"네?"

"사람이란 것 제아무리 날구 뛰어도 이 세상에 형적◆ 없이 그러나 세차게 주욱 흘러가는 힘, 그게 말하자면 세상 물정이겠는데, 결국 그것의 지배하에서 그것을 따라가지 별수가 없는 거다."

"네?"

"쉽게 말하면 계획이나 기회를 아무리 억지루 만들어 놓아도 결과가 뜻대루는 안 된단 말이다."

"젠장, 아저씨두…… 요전 《킹구》라는 잡지에두 보니까, 나폴레옹이라는 서양 영웅이 그랬답디다. 기회는 제가 만든다구. 그리고 불가능이란 말은 바보의 사전에서나 찾을 글자라구요. 아 자꾸자꾸 계획하구 기회를 만들구 해서 분투◆ 노력해 나가면 이 세상 일 안 되는 일이 어디 있나요? 한번 실패하거든 갑절 용기를 내 가지구 다시 일어서지요. 칠전팔기 모르시오?"

"나폴레옹도 세상 물정에 순응할 때는 성공했어도, 그것에 거슬리다가 실패를 했더란다. 너는 칠전팔기해서 성공한 몇 사람만 보았지, 여덟 번 일어섰다가 아홉 번째 가서 영영 쓰러지구는 다시 일지 못한 숱한 사람이 있는 건 모르는구나?"

"그래두 두구보시우. 나는 천하없어두 성공하구 말 테니…… 아저씨는 그래서 더구나 못써요. 일 해보기두 전에 안 될 줄로 낙심 먼저 하구…….”

“하늘은 꼭 올라가 보구래야만 높은 줄 아니?”

원 마지막 가서는 할 소리가 없으니깐 동◆에도 닿지 않는 비유를 가져다 둘러대는 걸 보아요. 그게 어디 당한 말인고? 안 올라가 보면 뭐 하늘 높은 줄 모를 천하 멍텅구리도 있을까? 그만 해두려다가 심심하길래 또 말을 시켰지요.

“아저씨?”

“왜 그래?”

“아저씨는 인제 몸 다 충실해지면 어떡허실려우?”

“무얼?”

“장차…….”

“장차?”

“어떡허실 작정이세요?”

“작정이 새삼스럽게 무슨 작정이냐?”

“그럼 아저씨는 아무 작정 없이 살어가시우?”

“없기는?”

“있어요?”

“있잖구?”

“무언데요?”

“그새 지내 오던 대루…….”

“그러면 저 거시키 무엇이냐 도루 또 그 걸……?”

“그렇겠지.”

◆ **형적形迹** 사물의 형상과 자취를 아울러 이르는 말. 또는 남은 흔적.
◆ **분투奮鬪** 있는 힘을 다하여 싸우거나 노력함.
◆ **동** 사물의 조리 또는 이치.

"아저씨?"

"……."

"아저씨?"

"왜 그래?"

"인젠 그만두시우."

"그만두라구?"

"네."

"누가 심심소일루 그러는 줄 아느냐?"

"그렇잖구요?"

"……."

"아저씨?"

"……."

"아저씨?"

"왜 그래?"

"아저씨 올에 몇이지요?"

"서른셋."

"그러니 인제는 그만큼 해두고 맘잡어서 집안일 할 나이두 아니오?"

"집안일은 해서 무얼 하나?"

"그렇기루 들면 그 짓은 해서 또 무얼 하나요?"

"무얼 하려구 하는 게 아니란다."

"그럼, 아무 희망이나 목적이 없으면서 그래요?"

"목적? 희망?"

"네."

"개인의 목적이나 희망은 문제가 다르니까…… 문제가 안 되니까……."

"원, 그런 법도 있나요?"

"법?"

"그럼요!"

"법이라……!"

"아저씨?"

"……."

"아저씨?"

"왜 그래?"

"아주머니가 고맙잖습디까?"

"고맙지."

"불쌍하지요?"

"불쌍? 그렇지, 불쌍하다면 불쌍한 사람이지!"

"그런 줄은 아시느만?"

"알지."

"알면서 그러시우."

"고생을 낙으로, 그 쓰라린 맛을 씹고 씹고 하면서 그것에서 단맛을 알아내는 사람도 있느니라. 사람도 있는 게 아니라, 사람마다 무슨 일에고 진정과 정신을 꼬박 거기다가만 쓰면 그렇게 되는 법이니라. 그러니까 그쯤 되면 그때는 고생이 낙이지. 너의 아주머니만 두고 보더래도 고생이 고생이면서 고생이 아니고 고생하는 게 낙이란다."

"그렇다고 아저씨는 그걸 다행히만 여기시우?"

"아니."

"그러거들랑 아저씨두 아주머니한테 그 은공을 더러는 갚어야 옳을 게 아니오?"

"글쎄, 은공을 모르는 건 아니지만……."

"그러니 인제 병이나 확실히 다 나신 뒤엘라컨……."

"바빠서 원……."

글쎄 이 한다는 소리 좀 보지요? 시치미 뚝 따고 누워서 바쁘다는 군요!

사람 속 차릴 여망◆ 없어요. 그저 어디로 대나 손톱만큼도 쓸모는 없고 남한데 사폐◆만 끼치고, 세상에 해독만 끼칠 사람이니, 뭐 하루 바삐 죽어야 해요. 죽어야 하고, 또 죽어서 마땅해요. 그런데 글쎄 죽지를 않고 꼼지락꼼지락 도로 살아나니 성화라구는, 내…….

◆ **여망餘望** 아직 남은 희망.
◆ **사폐事弊** 일의 폐단.

채만식

蔡萬植, 1902~1950

전라북도 옥구(지금의 군산)에서 태어난 백릉白綾 채만식은 대표적인 한국의 풍자 소설가입니다. 교육을 중시했던 집안에서 자란 그는 전통적인 서당 공부를 하면서 고전소설을 즐겨 읽었습니다. 자라서는 중앙고등보통학교를 거쳐 일본 와세다 대학에서 문학을 공부하다가 동경 대지진이 발생한 1923년에 조선으로 돌아왔습니다.

채만식은 이광수의 추천을 받아 발표한 단편소설 〈세 길로〉를 첫 작품으로 하여 1924년부터 본격적인 작가의 길을 걷게 됩니다. 그 후 사립학교 교사, 동아일보 기자로 활동하기도 했지만 1936년부터는 소설가를 직업으로 삼아 원고료만으로 생활하였습니다.

평소 정갈하고 깔끔한 성격의 채만식은 늘 외투와 중절모를 갖춰 입고 다녀 '불란서(프랑스) 백작'이라 불리기도 했습니다. 그는 말수가 적고 내성적이었지만 예리한 시선으로 세상과 사물의 이치를 판단할 줄 아는 작가였습니다. 이러한 능력을 통해 그는 사회와 인간의 문제를 날카롭게 꼬집는 풍자소설의 대표작가로 인정받았습니다.

채만식의 대표적인 작품으로는 〈레디메이드 인생〉, 〈치숙〉, 〈태평천하〉, 《탁류》 등이 있습니다. 이 소설들은 속마음과 반대되는 표현으로 의미를 강화하는 반어법, 판소리에서 찾아볼 수 있는 운율감 있는 말투 등으로 탁월한 풍자의 효과를 드러내고 있습니다. 1950년 폐결핵으로 세상을 떠나기까지 채만식은 수많은 풍자소설들을 남김으로써 개성 넘치는 한국 문학사의 한 면을 장식하였습니다.

"부랑당패던데요. 하릴없이 부랑당팹디다."

1936년에 발표된 〈치숙〉은 일본인 상점의 점원인 '나'가 사회주의에 물든 지식인 숙부를 조롱하고 비판하는 이야기입니다.

아저씨는 일본에 가서 대학까지 다닌 지식인이지만 나의 눈에는 여전히 철이 없습니다. 그런 아저씨를 보고 있는 게 딱할 따름입니다. 착한 아주머니를 친가로 쫓아 보내고 신교육을 받은 여자와 살림을 차린 것도 도통 이해할 수 없습니다. 그러고는 무슨 사회주의 운동인지를 하다가 잡혀가서 감옥살이를 5년이나 하였지요.

그러는 동안 아주머니의 시댁과 친정은 다 망해 버리고, 의지할 데 없는 아주머니를 위해 '나'는 일본인 집의 식모로 주선해 주었지요. 아주머니는 부모 잃은 어린 '나'를 데려다 길러 준 고마운 분인지라, 그런 은혜를 봐서 새 결혼을 권유하기도 했지만 아주머니는 끝끝내 거절합니다. 아주머니가 1년 동안 어렵사리 모은 100원가량으로 단칸방을 마련했을 무렵 아저씨가 감옥에서 놓여났습니다. 피를 토하는 폐병 환자가 되어 다 죽어가는 꼴이 된 아저씨를 데려다 아주머니는 지극정성으로 돌봅니다. 그 덕에 아저씨는 조금씩 병이 나아지긴 했지만, 열심히 살기로 맘먹기는커녕 다시 사회주의 운동을 하겠다고 나섭니다.

일본인 가게에서 점원을 하는 '나'는 꿈이 있습니다. 그것은 일본인 주인에게 잘 보여 장사를 해서 부자가 된 뒤, 일본 여성을 아내로 맞이하는 것입니다. 대학을 졸업하고도 막노동 정도밖에 못하는 아저씨보다는 보통학교만 다니고도 앞길이 훤한 '나'의 인생이 훨씬 낫다고 믿고 있습니다.

경제학을 공부했다는 아저씨는 부자를 타도하는 사회주의 운동에 미련을 버리지 못하고 있습니다. 아주머니에게 입은 은혜를 갚으려 하기는 커녕 남의 재산을 빼어서 나누어 먹자는 불한당 짓을 하겠다니, 분명 대학에서 헛공부를 한 것이 틀림없습니다. 그래서 '나'는 세상 물정 모르는 아저씨에게 남의 것을 빼앗는 사회주의 활동을 중단하고 불쌍한 아주머니를 위해 경제 활동을 해야 한다고 주장합니다. 그러나 적반하장으로 '나'를 딱하다고 하면서 바쁘다는 핑계를 대는 걸 보니, 아저씨는 남에게 피해만 끼치는 쓸모없는 사람일 뿐입니다.

한국인을 바보로 만들기 위한 일제의 문화정책

이 작품을 읽을 때 우리가 주의 깊게 살펴봐야 할 부분은 한국인에 대한 일제의 교육 정책입니다. 일제 강점기 말기, 일본은 한국을 완벽히 지배하기 위해 민족 말살정책을 펼쳤습니다. 우리의 전통과 문화를 말살함으로써 한국의 민족성을 없애고 한국인을 일본인으로 만들려는 의도였습니다. 예컨대 한국인에게 일본 신을 모신 사당에 참배할 것을 강요하고, 일본 왕이 있는 동쪽을 향해 절을 하게 하였으며, 집집마다 신을 모신 상자에 경배토록 하는 '황국신민화皇國臣民化' 정책을 강요했습니다.

뿐만 아니라 한국 이름을 버리고 일본식 이름으로 '창씨개명'을 하지 않으면 일상생활에서 불평등한 대접을 받게 하였습니다. 가장 문제가 되었던 것은, 학교에서 한국어 교육을 폐지하고 일본어만을 가르치게 한 것입니다. 일상생활에서도 한국말 대신 일본말을 쓰도록 압박하였으며, 구실을 만들어 한글학자들을 체포하고 한글로 발행되는 신문을 폐간시키는 작업을 했습니다.

이러한 책략들은 모두 한국인을 어리석게 하려는 '우민화 정책'으로, 일본에 항거하지 못하게 하고 복종시키려는 목적입니다. 작품 속의 '나'는 이러한 우민화 정책에 흡수된 인물입니다. 일본인 주인 밑에서 점원 노릇을 하여 창씨개명을 한 뒤, 일본 여성과 결혼하는 것이 출세이며 잘사는 길이라고 생각하는 '나'를 통해 작가는 당시의 현실을 고발하고 있습니다.

남대문역에서 창씨개명을 한 노인들에게 무료로 열차여행을 시켜 주는 모습

채만식의 '이중 풍자'

채만식은 사회 현실의 문제를 날카로운 시선으로 짚어내는 풍자 소설의 대표적인 작가로 유명합니다. 그는 사실주의 정신에 입각하여 풍자 문학을 실현한 작가로서, 부정한 세계나 인물에 대한 비판을 완성도 있는 작품에 담아 냈습니다.

〈치숙〉에서는 부정적 인물, 즉 어리석은 인물을 주인공으로 삼아 또 다른 인물을 조롱하는 풍자 기법을 사용하고 있습니다. 일본의 우민화 정책에 아무 의심 없이 적극 동조하는 어리석은 '나'가 이상을 잃어버리고 폐인이 된 '아저씨'를 조롱하는 방식을 통해 '나'의 그릇된 인식을 역설적으로 비꼬는 것입니다.

한편 이 작품은 '아저씨'에 대한 비판도 담겨 있습니다. 사회주의 이념에 빠져 무능력한 사람으로 전락한 아저씨에 대한 조롱은 당대 지식인들을 향한 비판이기도 합니다. '나'의 천박한 논리에 제대로 반박하지 못하는 아저씨의 모습에 그러한 작가의 의도가 드러나 있습니다. 이로써 〈치숙〉은 사회주의 이상을 제대로 실천하지 못하는 아저씨와 우민화 정책에 세뇌된 소년을 동시에 비판하는 '이중 풍자'를 보여주고 있습니다.

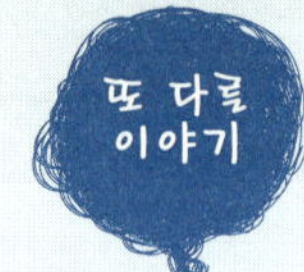

일제 치하 지식인(문인)들의 선택

일본 식민지 시절의 지식인들은 일본의 감시와 통제 아래 숨죽여 살아야 했습니다. 〈치숙〉에 나오는 사회주의자 삼촌도 그러한 경우라고 할 수 있습니다. 삼촌은 대학에서 경제학을 배운 지식인이지만 아내에게 의지하여 무기력하게 살아가는 폐병 환자일 뿐입니다.

이와 같이 당대 지식인(문인)들은 일제의 탄압으로 인해 자기 소신을 제대로 펼치기 어려웠습니다. 이러한 현실에서 지식인(문인)들은 자신의 입장을 결정할 수밖에 없었습니다. 그 중 하나는 '침묵'을 선언한 경우입니다. 일제의 검열로 삭제되거나 일본을 찬양하는 글을 써야 하는 상황을 피하여 아예 절필을 선택한 것입니다. 변영로, 홍사용, 김영랑, 정인보 등의 문인들이 그러한 경우라고 할 수 있습니다.

두 번째로는 압박을 이기지 못하여 일제에 협력한 경우입니다. 일본에게 협조적인 태도를 취하지 않고서는 문필 활동은커녕 일상생활조차 유지할 수 없었기 때문입니다. 대표적으로 '조선문인보국회'라는 친일 문학단체가 이 경우에 속합니다. 이 단체는 일본이 일으킨 태평양전쟁을 찬양하는 작품을 일본어로 써서 낭독회를 열곤 하였는데, 대표적으로 이광수, 유진오, 유치진, 최재서, 주요한 등이 이에 속합니다.

마지막으로는 일제에 항거한 경우입니다. 식민지 초기, 애국 의지를 가지고 독립투사처럼 저항했던 이육사, 한용운, 그리고 윤동주가 그 대표적 문인입니다. 이들은 어려운 상황에서도 일제에 굴하지 않고 민족정신과 우리 말글의 가치를 지키기 위해 노력하였고, 이 정신을 시와 산문에 오롯이 담아 표현해 놓았습니다. 이들의 정신을 우리는 길이길이 잊지 말아야 하겠습니다.

● 이 작품에 화자로 등장하는 '나'에 대한 설명으로 옳지 않은 것은?

① '나' 일곱 살에 부모를 잃었다.
② '나'는 아주머니를 일본인 식모로 취직시켜 주었다.
③ '나'는 일본 여자와 결혼할 생각이다.
④ '나'는 속으로는 아저씨를 존경한다.

● 이 작품에 대한 설명으로 거리가 먼 것은 무엇인가요?

① 칭찬과 비난이 역전되는 기법으로 글을 쓰고 있습니다.
② 풍자하는 '나'와 풍자되는 '아저씨' 모두를 조롱하고 있습니다.
③ 작가는 '아저씨'에 대해 적대감을 드러내고 있습니다.
④ '아저씨'에 대해 '나'의 부정적인 태도를 그리고 있습니다.

●이 작품에서 작가는 '나'를 어리석은 인물로 그리고 있습니다. 어떤 면이 어리석은지 생각하여 설명해 보세요.

- 이 작품에서 작가 채만식은 '아저씨'를 통해 당시 지식인을 비판하고 있습니다. 그렇다면 '아저씨'의 어떤 모습이 비판되고 있는지 설명해 보세요.

- 어리석다는 것은 어떤 것일까요? 여러분이 만났던 사람 중에 어리석다고 생각한 사람을 떠올려 그 이유를 함께 적어 보세요.

● 이 작품에 화자로 등장하는 '나'에 대한 설명으로 옳지 않은 것은?

① '나' 일곱 살에 부모를 잃었다.

② '나'는 아주머니를 일본인 식모로 취직시켜 주었다.

③ '나'는 일본 여자와 결혼할 생각이다.

④ '나'는 속으로는 아저씨를 존경한다.

답 ④번.

● 이 작품에 대한 설명으로 거리가 먼 것은 무엇인가요?

① 칭찬과 비난이 역전되는 기법으로 글을 쓰고 있습니다.

② 풍자하는 '나'와 풍자되는 '아저씨' 모두를 조롱하고 있습니다.

③ 작가는 '아저씨'에 대해 적대감을 드러내고 있습니다.

④ '아저씨'에 대해 '나'의 부정적인 태도를 그리고 있습니다.

답 ③번.

● 이 작품에서 작가는 '나'를 어리석은 인물로 그리고 있습니다. 어떤 면이 어리석은지 생각하여 설명해 보세요.

조선인인 '나'는 일본인에게 잘보여 출세할 생각뿐입니다. '나'의 꿈은 일본 아내와 결혼하고, 일본 이름으로 고치고, 일본식 집에서 일본식 밥을 먹고 아이를 낳으면 일본 학교에 보내는 것입니다. 하물며 조선말을 버리고 일본말을 써야 한다고 생각합니다. 이것은 조선의 민족정신을 말살하기 위한 일본의 우민화 정책에 그대로 빠져든 경우라고 할 수 있습니다. 그런 자신에 대해 부끄러워하거나 잘못되었다는 인식을 하지 못한다는 면에서 '나'는 어리석은 사람입니다.

● 이 작품에서 작가 채만식은 '아저씨'를 통해 당시 지식인을 비판하고 있습니다. 그렇다면 '아저씨'의 어떤 모습이 비판되고 있는지 설명해 보세요.

작가 채만식은 '아저씨'의 무기력한 모습을 통해 당대 지식인의 나약한 모습을 노출하고 있습니다. '나'가 장차 어떻게 하실 거냐는 '나'의 질문이나 아주머니의 은공을 갚아야 하지 않겠느냐는 질문에 명확하게 대답하지 못하고 우물쭈물하는 모습을 그려 냄으로써 강인한 의지를 갖추지 못한 지식인에 대한 실망감이 묻어나 있습니다.

● 어리석다는 것은 어떤 것일까요? 여러분이 만났던 사람 중에 어리석다고 생각한 사람을 떠올려 그 이유를 함께 적어 보세요.

예를 들어, 우리는 흔히 탐욕, 자만심, 이기심 등의 감정에 휩쓸려 일을 그르치는 사람을 두고 어리석다고 말합니다. 뉴스에 보면, 쉽고 편하게 살기 위해 도둑이나 강도질을 하다가 감옥에 가는 사람들을 볼 수 있습니다. 최근 뉴스에 보도된 사건 중에서 가장 어리석다고 느낀 경우를 말해 봅시다.

오발탄誤發彈

: 이범선 :

생각해 볼까요?

전쟁이란 이 세상에서 가장 끔찍한 일입니다. 수많은 사람의 목숨을 앗아 갈뿐더러 살아남은 사람들에게도 말할 수 없는 고통을 안겨 주기 때문입니다. 한국전쟁 직후 많은 사람들이 가족을 잃은 슬픔 속에서 생활고에 시달렸습니다. 어떤 이들은 그러한 삶을 견딜 수 없어 양심과 도덕을 버리고 부정한 짓을 저지르기도 했습니다.

여러분이 전쟁을 직접 겪은 세대라면 어떤 심정이었을까요? 지금 이 순간에도 전쟁을 치르고 있는 국가의 국민들을 생각하면서 〈오발탄〉을 읽어 봅시다.

계리사◆ 사무실 서기 송철호는 여섯 시가 넘도록 사무실 한 구석 자기 자리에 멍청하니 앉아 있었다. 무슨 미진한 사무가 있는 것도 아니었다. 장부는 벌써 접어 치운 지 오래고 그야말로 멍청하니 그저 앉아 있는 것이었다. 딴 친구들은 눈으로 시계 바늘을 밀어 올리다시피 다섯 시를 기다려 휘딱 나가 버렸다. 그런데 점심도 못 먹은 철호는 허기가 나서만이 아니라 갈 데도 없었다.

"송 선생은 안 나가세요?"

이제 청소를 해야 할 테니 그만 나가 달라는 투의 사환애◆의 말에 철호는 다 낡아 빠진 해군 작업복 저고리 호주머니에 깊숙히 찌르고 있던 두 손을 빼내어서 무겁게 책상 위에 올려놓았다.

"나가야지."

하품 같은 대답이었다.

사환애는 저쪽 구석에서부터 비질을 하기 시작하였다. 먼지가 사정없이 철호의 얼굴로 몰려왔다.

철호는 어슬렁 일어섰다. 이쪽 모서리 창가로 갔다. 바께쓰◆의 물을 대야에 따랐다. 두 손을 끝에서부터 가만히 물속에 담갔다. 아직 이른 봄이라 물이 꽤 손끝에 시렸다. 철호는 물속에 잠긴 두 손을 물끄러미 내려다보고 있었다. 펜대에 시달린 오른손 장지 첫 마디에 콩알만 한 못이 박혔다. 그 못에서 파란 명주실 같은 것이 사르르 물속으로 풀려났다. 잉크. 그것은 잠시 대야 밑바닥을 기다 말고 사뿐히 위로 떠올라 안개처럼 연하게 피어서 사방으로 번져 나갔다.

손가락 끝을 중심으로 하고 그 색의 농

◆ **계리사**計理士 '공인 회계사'의 전 용어.
◆ **사환애** 관청이나 회사, 가게 따위에서 잔심부름을 시키기 위하여 고용한 사람.
◆ **바게쓰**バケツ (bucket). 양동이.

도가 점점 연해져 나갔다. 맑게 갠 가을 하늘색으로 대야 가장자리까지 번져 나간 그것은 다시 중심의 손끝을 향해 접어 들며 약간 진한 파랑색으로 달무리 모양 둥글한 원을 그렸다.

피! 이건 분명히 피다!

철호는 엉뚱한 생각을 하고 있었다. 슬그머니 물속에서 손을 빼내었다. 그러자 이번엔 대야 밑바닥에 한 사나이의 얼굴을 보았다. 철호의 눈을 마주 쳐다보는 그 사나이는 얼굴의 온 근육을 이상스레 히물히물◆ 움직이며 입을 비죽거려 웃고 있었다.

이마에 길게 흐트러진 머리카락. 그 밑에 우묵하니 파인 두 눈, 깎아진 볼, 날카롭게 여윈 턱, 송장처럼 꺼멓고 윤기 없는 얼굴. 그것은 까마득한 원시인의 한 사나이였다.

몽둥이 끝에, 모난 돌을 하나 칡넝쿨로 아무렇게나 잡아매서 들고, 동굴 속에 남겨 두고 나온 식구들을 위하여 온종일 숲 속을 맨발로 헤매고 다니던 사나이.

곰? 그건 용기가 부족하다.

멧돼지? 힘이 모자란다.

노루? 너무 날쌔어서.

꿩? 그놈은 하늘을 난다.

토끼? 토끼. 그래, 고놈쯤은 꽤 때려잡음 직하다. 그런데 그것마저 요즈음은 뭎에 잘 돌아오지 않는다. 사냥꾼이 너무 많다. 토끼보다도 더 많다.

그래도 무어든 들고 들어가야 하는 것이다.

사나이는 바위 잔등에 무릎을 꿇고 앉아 냇물에 손을 씻는다. 파란 물속에 빨간 노을이 잠겼다. 끈적끈적하게 사나이의 손에 묻었던 피가 노을빛보다 더 진하게 우러난다.

무엇인가 때려잡은 모양이다. 곰? 멧돼지? 노루? 꿩? 토끼?

그런데 사나이가 들고 일어선 것은 그 어느 것도 아니었다. 보기에도 징그러운 내장. 그것이 무슨 짐승의 내장인지는 사나이 자신도 모른다. 사나이는 그 짐승의 머리도 꼬리도 못 보았다. 누군가가 숲 속에 끌어내어 버린 것을 주워 오는 것이었다.

철호는 옆에 놓인 비누를 집어 들었다. 마구 두 손바닥으로 부볐다. 우구구 까닭 모를 울분이 끓어올랐다.

빈 도시락마저 들지 않은 손이 홀가분해 좋긴 하였지만, 해방촌◆ 고개를 추어◆ 오르기에는 뱃속이 너무 허전했다.

산비탈을 도려내고 무질서하게 주워 붙인 판잣집들이었다. 철호는 골목으로 접어들었다. 레숑◆ 곽을 뜯어 덮은 처마가 어깨를 스칠 만치 비좁은 골목이었다. 부엌에서들 아무 데나 마구 버린 뜨물◆이 미끄러운 길에는 구공탄 재가 군데군데 헌데◆ 더뎅이◆ 모양 깔렸다.

저만치 골목 막다른 곳에, 누런 시멘트 부대 종이를 흰 실로 얼기설기 문살에 얽어맨 철호네 집 방문이 보였다. 철호는 때에 절어서 마치 가죽 끈처럼 된 헝겊이 달린 문걸쇠를 잡아 당겼다. 손가락이라도 드나들 만치 엉성한 문이면서 찌걱찌걱 집혀서 잘 열리지를 않았다. 아래가 잔뜩 집힌 채 비틀어진 문틈으로 그의 어머니의 소리가 새어 나왔다.

◆ **히물히물** 입술을 조금 실그러뜨리며 자꾸 소리 없이 능청스럽게 웃는 모양.
◆ **해방촌** 한국전쟁 직후에 형성된 실향민들의 집단 거주지.
◆ **추다** 일정한 목표를 향하여 이동하다.
◆ **레숑**レーション (ration, 레이션) 군대의 휴대 식량.
◆ **뜨물** 곡식을 씻어내 부옇게 된 물.
◆ **헌데** 살갗이 헐어서 상한 자리.
◆ **더뎅이** 부스럼 딱지나 때 따위가 거듭 붙어서 된 조각.

"가자! 가자!"

미치면 목소리마저 변하는 모양이었다. 그것은 이미 그의 어머니의 조용하고 부드럽던 그 목소리가 아니고, 쨍쨍하고 간사한 게 어떤 딴 사람의 목소리였다.

문을 열고 들어서는 철호의 얼굴에 걸레 썩는 냄새 같은 것이 확 풍겨 왔다. 철호는 문 안에 들어선 채 우두커니 아랫목을 내려다보고 있었다.

중학교 시절에 박물관에서 미라를 본 일이 있었다. 그건 꼭 솜 누더기에 싸놓은 미라였다. 흰 머리카락은 한 오리도 제대로 놓인 것이 없었다. 그대로 수세미였다. 그 어머니는 벽을 향해 돌아 누워서 마치 딸꾹질처럼 어떤 일정한 사이를 두고, '가자 가자' 하는 외마디 소리를 지르고 있었다. 그 해골 같은 몸에서 어떻게, 그런 쨍쨍한 소리가 나오는지 이상하였다.

철호는 윗방으로 올라가 털석 벽에 기대어 앉아 버렸다. 가슴에 커다란 납덩어리를 올려놓은 것 같았다. 정말 엉엉 소리를 내어 울고 싶었다. 눈을 꼭 지리감으며◆ 애써 침을 삼켰다.

두 달 전까지만 해도 철호는 저녁때 일터에서 돌아오면, 어머니야 알아듣건 말건 그래도 어머니 지금 돌아왔습니다 하고 인사를 하고 하였었다. 그러나 요즈음은 그것마저 안 하게 되었다. 그저 한참 물끄러미 굽어보고 섰다가 그대로 윗방으로 올라와 버리는 것이었다.

컴컴한 구석에 앉아 있던 철호의 아내가 슬그머니 일어섰다. 담요 바지 무릎을 한쪽은 꺼멍, 또 한쪽은 회색으로 기웠다. 만삭이 되어서 꼭 바가지를 엎어 놓은 것 같은 배를 안은 아내는 몽유병자처럼 철호의 앞을 지나 나갔다. 부엌으로 나가는 것이었다. 분명 벙어리는 아닌데 아내는 말이 없었다.

"아버지."

철호는 누가 꼭대기를 쿡 쥐어박기나 한 것처럼 흠칠했다.

바로 옆에 다섯 살 난 딸애가 눈을 동그랗게 뜨고 철호를 쳐다보고 있었다. 철호는 어린것에게로 얼굴을 돌렸다. 웃어 보이려는 철호의 얼굴이 도리어 흉하게 이지러졌다.

"나아, 삼춘이 나이롱 치마 사준댔다."

"응."

"그리구 구두두 사준댔다."

"응."

"그러면 나 엄마하고 화신◆ 구경 간다."

"……."

철호는 그저 어린것의 노랗게 뜬 얼굴을 바라보고 있을 뿐이었다. 철호의 헌 셔츠 허리통을 잘라서 위에 끈을 꿰어 스커트로 입은 딸애는 짝짝이 양말 목다리◆에다 어디서 주운 것인지 가는 고무줄을 끼웠다.

"가자! 가자!"

아랫방에서 또 어머니의 그 저주 같은 소리가 들려왔다. 벌써 칠 년을 두고 들어 와도 전연 모를 그 어떤 딴사람의 목소리.

철호는 또 눈을 꼭 감았다. 머릿속의 뇟줄이 팽팽히 헤워졌다.◆ 두 주먹으로 무엇이건 콱 때려 부수고 싶은 충동에 철호는 어금니를 바숴져라 맞씹었다.

◆ **지리감다** '지르감다'의 북한어. 눈을 찌그리어 감다.

◆ **화신** 화신백화점. 1931년 박흥식이 설립한 백화점으로 현 종로타워 자리에 있었다.

◆ **양말 목다리** '양말목(발목에 닿는 양말 부분)'의 북한어.

◆ **헤우다** 줄 따위가 팽팽하게 당겨지다. 또는 그렇게 하다.

좀 춥기는 해도 철호는 집 안보다 이 바위 잔등이 더 좋았다. 그래 철호는 저녁만 먹으면 언제나 이렇게 집 뒤 산등성이에 있는 바위 위에 두 무릎을 세워 안고 앉아서 하염없이 거리의 등불들을 바라보며 밤 깊기를 기다리는 것이었다. 어느 거리쯤인지 잘 분간할 수 없는 저 밑에서, 술 광고 네온사인이 핑그르르 돌고 깜박 꺼졌다가 또 번뜩 켜지고, 핑그르르 돌고는 깜빡 꺼지고 하였다.

철호는 그저 언제까지나 그렇게 그 네온사인을 지켜보고 있었다.

바위 잔등이 차츰차츰 식어 왔다. 마침내 다 식고 겨우 철호가 깔고 앉은 고 부분에만 약간 온기가 남았다. 이제 조금만 더 있으면 밑이 시려 올 것이다. 그러면 철호는 하는 수 없이 일어서야 하는 것이다.

드디어 철호는 일어섰다. 오래 까부려◆ 붙이고 있던 두 다리가 저렸다. 두 손을 작업복 호주머니에 깊숙히 찔렀다. 철호는 밤하늘을 한 번 쳐다보았다. 지금까지 바라보던 밤거리보다 더 화려하게 별들이 뿌려져 있었다. 철호는 그 많은 별들 가운데서 북두칠성을 찾아보았다. 머리를 뒤로 젖혀 하늘을 쳐다보는 채 빙그르르 그 자리에서 돌았다. 거꾸로 달린 물 주걱 같은 북두칠성은 쉽사리 찾아낼 수 있었다. 그 북두칠성 앞에 딴 별들보다 좀 크고 빛나는 별. 그건 북극성이었다. 철호는 지금 자기가 서 있는 지점과 북극성을 연결하는 직선을 밤하늘에 길게 그어 보았다. 그리고 그 선을 눈이 닿는 데까지 연장시켰다. 철호는 그렇게 정북正北을 향하여 한참이나 서 있었다. 고향 마을이 눈앞에 떠올랐다. 마을의 좁은 길까지, 아니 그 길에 박혀 있던 돌 하나까지도 선히 볼 수 있었다.

으시시 몸이 떨렸다. 한기◆가 전기처럼 발끝에서 튀어 콧구멍으로 빠져 나갔다. 철호는 크게 재채기를 하였다. 그리고 또 한 번 부르르 몸을 떨며 바위 밑으로 내려왔다.

철호는 천천히 골목 안으로 들어섰다.

"가자!"

철호는 멈칫 섰다. 낮에는 이렇게까지 멀리 들리는 줄은 미처 몰랐던 어머니의 그 소리가 골목 어귀에까지 들려왔다.

"가자!"

그러나 언제까지 그렇게 골목에 서 있을 수도 없는 노릇이었다. 철호는 다시 발을 옮겨 놓았다. 정말 무거운 발걸음이었다. 그건 다리가 저려서만이 아니었다.

"가자!"

철호가 그의 집 쪽으로 걸음을 옮겨 놓을 때마다 그만치 그 소리는 더 크게 들려왔다.

가자는 것이었다. 돌아가자는 것이었다. 고향으로 돌아가자는 것이었다. 옛날로 되돌아가자는 것이었다. 그것은 이렇게 정신 이상이 생기기 전부터 철호의 어머니가 입버릇처럼 되풀이하던 말이었다.

삼팔선. 그것은 아무리 자세히 설명을 해주어도 철호의 늙은 어머니에게만은 아무 소용없는 일이었다.

"난 모르겠다. 암만해도 난 모르겠다. 삼팔선. 그래 거기에다 하늘에 꾹 닿도록 담을 쌓았단 말이냐 어쨌단 말이냐. 제 고장으로 제가 간다는데 그래 막는 놈이 도대체 누구란 말이냐."

죽어도 고향에 돌아가서 죽고 싶다는 철호의 어머니였다. 그러고는

"이게 어디 사람 사는 게냐. 하루 이틀도 아니고."

하며 한숨과 함께 무릎을 치며 꺼지듯

◆ **까부리다** 조금 바투 꼬부리다.

◆ **한기寒氣** 추운 기운.

이 풀썩 주저앉곤 하는 것이었다.

그럴 때마다 철호는

"어머니, 그래도 남한은 이렇게 자유스럽지 않아요?"

하고, 남한이니까 이렇게 생명을 부지하고 살 수 있지, 만일 북한 고향으로 간다면 당장에 죽는 것이라고, 자유라는 것이 얼마나 소중한 것인가를, 갖은 이야기를 다 예로 들어 가며 어머니에게 타일러 보는 것이었다. 그러나 자유라는 것을 늙은 어머니에게 이해시키기란 삼팔선을 인식시키기보다도 몇 백 갑절 더 힘 드는 일이었다. 아니 그것은 거의 불가능한 일이라 했다. 그래 끝내 철호는 어머니에게 자유라는 것을 설명하는 일을 단념하고 말았다. 그렇게 되고 보니 철호의 어머니에게는 아들—지지리 고생을 하면서도 고향으로 돌아갈 생각만은 죽어도 하지 않는 철호가 무슨 까닭인지는 몰라도 늙은 에미를 잡으려고 공연한 고집을 피우고 있는 천하에 고약한 놈으로만 여겨지는 것이었다.

그야 철호에게도 어머니의 심정이 이해되지 않는 것은 아니었다.

무슨 하늘이 알 만치 큰 부자는 아니었지만 그래도 꽤 큰 지주로서 한 마을의 주인 격으로 제법 풍족하게 평생을 살아 오던 철호의 어머니 눈에는 아무리 그네◆가 세상을 모른다고는 해도, 산등성이를 악착스레 깎아 내고 거기에다 게딱지 같은 판잣집들을 다닥다닥 붙여 놓은 이 해방촌이 이름 그대로 해방촌일 수는 없는 노릇이었다.

"나두 내 나라를 찾았다게 기뻐서 울었다. 엉엉 울었다. 시집 올 때 입었던 홍치마를 꺼내 입구 춤을 추었다. 그런데 이 꼴 돟다. 난 싫다. 아무래두 난 모르겠다. 뭐가 잘못됐건 잘못된 너머 세상이디 그래."

철호의 어머니 생각에는 아무리 해도 모를 일이었던 것이었다. 나라를 찾았다면서 집을 잃어버려야 한다는 것은, 그것은 정말 알 수 없는 일이었던 것이었다.

철호의 어머니는 남한으로 넘어온 후로 단 하루도 이 '가자'는 말을 하지 않은 날이 없었다.

그렇게 지내 오던 그날, 육이오 사변으로 바로 발밑에 빤히 내려다 보이는 용산 일대가 폭격으로 지옥처럼 무너져 나가던 날 끝내 철호는 어머니를 잃어버리고 말았던 것이었다.

"큰애야, 이젠 정말 가자. 데것 봐라. 담이 홈싹 무너뎄는데. 삼팔선의 담이 데렇게 무너뎄는데. 야."

그때부터 철호의 어머니는 완전히 정신이상이었다. 지금의 어머니, 그것은 이미 철호의 어머니는 아니었다. 아무리 따져보아도 그것이 철호 자기의 어머니일 수는 없었다. 세상에 아들딸마저 알아보지 못하는 어머니가 있을 수 있는 것일까? 그날부터 철호의 어머니는

"가자! 가자!"

하고 저렇게 쨍쨍한 목소리로 외마디 소리를 지를 뿐 그 밖의 모든 것을 완전히 잃어버리고 있었다. 철호에게 있어서 지금의 어머니는 말하자면 어머니의 시체에 지나지 않았다. 뚫어진 창호지 구멍으로 그래도 희미한 불빛이 새어 나오고 있었다. 철호는 윗방 문을 열었다. 아랫방과 윗방 사이 문턱에 위태롭게 올려놓은 등잔이 개똥벌레처럼 가물거리고 있었다. 윗방 아랫목에는 딸애가 반듯이 누워서 잠이 들었다. 담요를 몸에다 돌돌 말고 반듯이 누운 것이 꼭 송장 같았다. 그 옆에 철호의 아내가 두 무릎을 꿇고 앉아 있었다. 꺼먼 헝겊과 회색 헝겊으로 기운 담요 바지 무릎 위에는 빨강색 유단◆으로 만든 조그마한 운동화가 한 켤레 놓여

◆ **그네** 가까이 있는 이, 또는 생각하고 있는 사람을 가리키는 삼인칭 대명사.
◆ **유단油單** 기름에 결은, 두껍고 질긴 큰 종이.

있었다. 철호가 방 안에 들어서자 아내는 그 어린애의 빨간 신발을 모두어 자기 손바닥에 올려놓아 철호에게 들어 보였다.

"삼촌이 사왔어요."

유난히 살눈섭◆이 긴 아내의 눈이 가늘게 웃었다. 참으로 오래간만에 보는 아내의 웃음이었다. 자기가 미인이었다는 것을 잊어버리고 만지 오랜 아내처럼, 또 오래 보지 못하여 거의 잊어버려 가던 아내의 웃는 얼굴이었다.

철호는 등잔이 놓인 문턱 가까이 가서 앉으며 아내의 손에서 빨간 어린애의 신발을 받아 눈앞에서 아래위를 살펴보았다.

"산보 갔었소?"

거기 등잔불을 사이에 두고 윗방을 향해 앉은 철호의 동생 영호가 웃으며 철호를 쳐다보았다.

"언제 들어왔니."

"지금 막 들어와 앉는 길입니다."

그러고 보니 영호는 아직 넥타이도 끄르지 않고 있었다.

"형님!"

새삼스레 부르는 동생의 소리에 철호는 손에 들었던 어린애의 신발을 아내에게 돌리며 영호의 얼굴을 뻔히 바라보았다.

"이제 우리두 한번 살아 봅시다. 제길, 남 다 사는데 우리라구 밤낮 이렇게만 살겠수. 근사한 양옥도 한 채 사구, 장기판만 한 문패에다 형님의 이름 석 자를, 제길 장님도 보게 써서 대못으로 땅땅 때려 박구 한번 살아 봅시다."

군대에서 나온 지 이 년이 넘도록 아직 직업도 못 잡은 영호가 언제나 술만 취하면 하는 수작이었다.

"그리구 이천만 환짜리 세단 차◆도 한 대 삽시다. 거기다 똥통이나 싣고 다니게. 모든 새끼들이 아니꼬와서. 일이야 있건 없건 종일 빵빵 울리면서 동리를 들락날락해야지. 제길. 하하하."

비스듬히 벽에 기대어 앉은 영호는 벌겋게 열에 뜬 얼굴을 하고 담배 연기를 푸 내뿜었다.

"또 술 마셨구나."

고학으로 고생고생 다니던 대학 삼학년에서 군대에 들어갔다가 나온 영호로서는, 특별한 기술이 없이 직업을 잡지 못하는 것은 별도리도 없는 노릇이라 칠 수도 있었지만, 이건 어디서 어떻게 마시는 것인지 거의 저녁마다 이렇게 취해 들어오는 동생 영호가 몹시 못마땅한 철호의 말이었다.

"네, 조금 했습니다. 친구들이……."

그것도 들으나 마나 늘 같은 대답이었다. 또 그것이 거짓말이 아니라는 것도 철호는 알고 있었다.

"이제 술 좀 그만 마셔라."

"친구들과 어울리면 자연히 마시게 되는걸요."

"글쎄 그러니까 그 어울리는 걸 좀 삼가란 말이다."

"그럴 수도 없구요. 하하하."

"그렇다구 언제까지 그저 그렇게 어울려서 술이나 마시면 뭐가 되나."

"되긴 뭐가 돼요. 그저 답답하니까 만나는 거구, 만나면 어찌어찌하다 한잔씩 하며 이야기나 하는 거죠 뭐."

"글쎄 그게 맹랑한 일이란 말이다."

"그렇지만 형님, 그런 친구들이라도 있다는 게 좋지 않수. 그게 시시한 친구들

◆ **살눈섭** '속눈썹'의 북한말.
◆ **세단 차** 세단형 자동차. 운전석을 칸막이하지 않은 보통의 상자형 승용차.

이라 해도. 정말이지 그놈들마저 없었더라면 어떻게 살 뻔했나 하고 생각할 때가 많아요. 외팔이, 절름발이, 그런 놈들. 무식한 놈들, 참 시시한 놈들이지요. 죽다 남은 놈들. 그렇지만 형님, 그놈들 다 착한 놈들이야요. 최소한 남을 속이지는 않거던요, 공갈을 때릴망정. 하하 하하, 전우, 전우."

영호는 고개를 뒤로 젖히고 천장을 향해 후 담배 연기를 내뿜었다. 철호는 그저 물끄러미 영호의 모습을 쳐다볼 뿐 아무 말도 없었다. 영호는 여전히 천장을 향한 채 피어 오르는 연기를 바라보며 한 손으로 목의 넥타이를 앞으로 잡아당겨 반쯤 끌러 늦추어 놓았다.

"가자!"

아랫목에서 어머니가 소리를 질렀다.

영호는 슬그머니 아랫목으로 고개를 돌렸다. 한참이나 그렇게 어머니 쪽으로 고개를 돌리고 있는 영호는 아무 말도 없이 그저 눈만 껌뻑 껌뻑 하고 있었다.

철호는 길게 한숨을 쉬었다. 앞에 놓인 등잔불이 거물거물 춤을 추었다. 철호는 저고리 호주머니에서 담배를 꺼내었다. 꼬기꼬기 구겨진 파랑새갑 속에서 담배를 한 개피 뽑아내었다. 바삭바삭 마른 담배는 양 끝이 반쯤 빠져 나갔다. 철호는 그 양 끝을 비벼 말았다. 흡사 비가◆ 모양으로 되었다. 철호는 그 비가 모양의 담배 한 끝을 입에다 물었다.

"이걸 피슈, 형님."

영호가 자기 앞에 놓였던 담배갑을 집어서 철호의 앞으로 내어 밀었다. 빨간색 양담배갑이었다. 철호는 그 여느 것보다 좀 긴 양담배갑을 한 번 힐끔 쳐다보았을 뿐, 아무 소리도 없이 등잔불로 입에 문

파랑새 끝을 가져갔다. 영호는 등잔불 위에 꾸부린 형 철호의 어깨를 넌지시 바라보고 있었다. 지지지 소리가 났다. 앞이마에 흐트러져 내렸던 철호의 머리카락이 등잔불에 타며 또르르 끝이 말려 올랐다. 철호는 얼굴을 들었다. 한 모금 빨자 벌써 손끝이 따갑게 꽁초가 되어 버린 담배를 입에서 떼었다. 천천히 연기를 내뿜는 철호의 미간에는 세로 석 줄의 깊은 주름이 패어졌다. 영호는 들었던 담배갑을 도루 방바닥에 내려놓았다. 그리고 조용히 등잔불로 시선을 떨구었다. 그의 입가에서 야릇한 웃음이,—애달픈, 아니 그 누군가를 비웃는 듯한 그런 미소가 천천히 흘러 지나갔다.

한참 동안 아무도 말이 없었다.

"가자!"

아랫방 아랫목에서 몸을 뒤채는 어머니가 잠꼬대를 했다. 어머니는 이제 꿈속에서마저 생활을 잃어버린 모양이었다. 아주 낮은 그 소리는 한숨처럼 느리게 아래 윗방에 가득 차 흘러 사라졌다.

여전히 아무 말이 없었다.

철호는 꽁초를 손끝에 꼬집어 쥔 채 넋 빠진 사람 모양 가물거리는 등잔불을 지켜보고 있었고 동생 영호는 비스듬히 벽에 기대어 앉은 채 철호의 손끝에서 타고 있는 담배꽁초를 바라보고 있었고, 철호의 아내는 잠든 딸애의 머리맡에 가지런히 놓인 빨간 신발을 요리조리 매만지고 있었다.

"가자!"

또 한 번 어머니의 소리가 저 땅 밑에서 새어 나오듯이 들려왔다.

"형님은 제가 이렇게 양담배를 피우는

◆ **비가** 비거vigour. 설탕이나 엿에 우유와 향료를 넣어서 만든 달콤하고 쫀득쫀득한 과자.

게 못마땅하지요?"

영호는 반쯤 탄 담배를 자기의 눈앞에 가져다 그 빨간 불띠◆를 들여다보며 말했다.

"분에 맞지 않지."

철호는 여전히 등잔불을 바라보며 대답했다.

"그렇지만 형님. 형님은 파랑새와 양담배 두 가지 중에서 어느 것이 더 좋으슈?"

"……? 그야 양담배가 좋지. 그래서?"

그래서 너는 보리밥도 못 버는 녀석이 그래 좋은 것은 알아서 양담배를 피우는 거냐 하는 철호의 눈초리가 번뜩 영호의 면상을 때렸다.

"그래서 전 양담배를 택했어요."

"뭐가?"

"형님은 절 오해하시고 계셔요."

"……?"

"제가 무슨 돈이 있어서 양담배를 사서 피우겠어요. 어쩌다 친구들이 사주는 것이니 피우는 거지요. 형님은 또 제가 거의 저녁마다 술을 마시고 또 제법 합승◆을 타고 들어오는 것도 못마땅하시죠. 저도 알고 있어요. 형님은 때때로 이십오 환 전차 값도 없어서 종로서 근 십 리를 집에까지 터덜터덜 걸어서 돌아오시는 것을. 그렇지만 형님이 걸으신다고 해서, 한사코 같이 타고 가자는 친구들의 호의, 아니 그건 호의도 채 못 되는 싱거운 수작인지도 모르죠. 어쨌든 그것을 굳이 뿌리치고 저마저 걸어야 할 아무 까닭도 없지 않습니까? 이상한 놈들이죠. 술 담배는 사주고 합승은 태워 줘도 돈은 안 주거든요."

영호는 손끝으로 뱅글뱅글 부벼 돌리는 담뱃불을 들여다보며 말했다.

"어쨌든 너도 이제 좀 정신 차려 줘야지. 벌써 군대에서 나온 지도 이태나 되지 않니."

"정신 차려야죠. 그렇지 않아도 이달 안으로는 어찌되든 간에 결판을 내구 말 생각입니다."

"어디 취직을 해야지."

"취직이요? 형님처럼요? 전차 값도 안 되는 월급을 받고 남의 살림이나 계산해 주란 말이지요?"

"그럼 뭐 뾰족한 수가 있는 줄 아니."

"있지요. 남처럼 용기만 조금 있으면."

"……?"

어처구니 없는 영호의 수작에 철호는 그저 멍청하니 영호의 얼굴을 쳐다보았다. 손끝이 따가웠다. 철호는 비루◆ 깡통으로 만든 재떨이에 담배를 부벼 껐다.

"용기?"

"네, 용기."

"용기라니."

"적어도 까마귀만 한 용기만이라도 말입니다. 영리할 필요는 없더군요. 우둔해도 상관없어요. 까마귀는 도무지 허수아비를 무서워하지 않습니다. 참새처럼 영리하지 못한 탓으로 그놈의 까마귀는 애당초에 허수아비를 무서워할 줄조차 모르거던요."

영호의 입가에는 좀 전에 파랑새 꽁초에다 불을 당기는 철호를 바라보던 때와 같은 야릇한 웃음이 또 소리 없이 감돌고 있었다.

◆ **불띠** '불똥'의 방언.
◆ **합승**合乘 1950년대에 운행되었던 소형 합승 택시.
◆ **비루**ビール 맥주.

"너, 설마 무슨 엉뚱한 계획을 세우고 있는 것은 아니겠지."

철호는 약간 긴장한 얼굴을 하고 영호를 바라보며 꿀꺽하고 침을 삼켰다.

"아니요. 엉뚱하긴 뭐가 엉뚱해요. 그저 우리들도 남처럼 다 벗어던지고 홀가분한 몸차림으로 달려 보자는 것이죠 뭐."

"벗어던지고?"

"네, 벗어던지고. 양심이고, 윤리고 관습이고, 법률이고 다 벗어던지고 말입니다."

영호의 큰 두 눈이 유난히 빛나는가 하자 철호의 눈을 정면으로 밀고 들었다.

"양심이고, 윤리고, 관습이고, 법률이고?"

"……."

"너는. 너는……."

"……."

영호는 아무 대답도 하지 않았다. 그러나 눈만은 똑바로 형 철호를 쳐다보고 있었다.

"그렇게나 살자면 이 형도 벌써 잘살 수 있었다."

철호의 목소리는 떨리고 있었다.

"그렇게나라니요?"

"양심을 버리고, 윤리와 관습을 무시하고, 법률까지도 범하고?!"

흥분한 철호의 큰 목소리에 영호는 지금까지 철호의 얼굴에 주었던 시선을 앞으로 죽 뻗치고 앉은 자기의 발끝으로 떨구었다.

"저도 형님을 존경하고 있어요. 고생하시는 형님을. 용케 이 고생을 참고 견디는 형님을. 그렇지만 형님은 약한 사람이야요. 용기가 없는 거지요. 너무 양심이 강해요. 아니 어쩌면 사람이 약하면 약한 만치, 그만치 반대로 양심이란 가시는 여물고 굳어지는 것인지도 모르죠."

"양심이란 가시?"

"네, 가시지요. 양심이란 손끝의 가십니다. 빼어 버리면 아무렇지도 않은데 공연히 그냥 두고 건드릴 때마다 깜짝깜짝 놀라는 거야요. 윤리요? 윤리, 그건 나이롱 빤쯔 같은 것이죠. 입으나 마나 불알이 덜렁 비쳐 보이기는 매한가지죠. 관습이요? 그건 소녀의 머리 위에 달린 리봉이라고나 할까요? 있으면 예쁠 수도 있어요. 그러나 없대서 뭐 별일도 없어요. 법률? 그건 마치 허수아비 같은 것입니다. 허수아비. 덜 굳은 바가지에다 되는 대로 눈과 코를 그리고 수염만 크게 그린 허수아비, 누더기를 걸치고 팔을 쩍 벌리고 서 있는 허수아비, 참새들을 향해서는 그것이 제법 공갈이 되지요. 그러나 까마귀쯤만 돼도 벌써 무서워하지 않아요. 아니 무서워하기는커녕 그놈의 상투 끝에 턱 올라앉아서 썩은 흙을 쑤시던 더러운 주둥이를 쓱쓱 문질러도 별일 없거든요. 흥."

영호는 코웃음을 쳤다. 그리고 거기 문턱 밑에 담배갑에서 새로 담배를 한 개 빼어 물고 지금까지 들고 있던 다 탄 꽁다리에서 불을 옮겨 빨았다.

"가자!"

어머니의 그 소리가 또 들렸다. 어머니는 분명히 잠이 들어 있는 것이었다. 그러면서도 간간이 저렇게 '가자 가자' 소리를 지르는 것이었다. 그것은 어쩌면 어머니에게는 호흡처럼 생리화해 버린 것인지도 몰랐다.

철호는 비스듬히 모로 앉은 동생 영호의 옆얼굴을 한참이나 노려보고 있었다. 영호는 영호대로 퀭한 두 눈으로 깜박이기를 잊어버린 채 아까부터 앞으로 뻗친 자기의 발끝을 바라보고 있었다. 이윽고 철호는 영호에게서 눈을 돌려 버렸다. 그리고 아랫방과 윗방 사이 칸막이를 한 널쪽에 등을 기대며 모로 돌아앉았다. 희미한 등잔불 빛에 잠든 딸애의 조그마한 얼굴이 애처로웠다. 그 어린것 옆에 앉은 철호의 아내는 왼쪽 무릎을 세우고 그 위에 손을 펴 깔고 턱을 괴었다. 아까부터 철호와 영호, 형제가 하는 말을 조용히 듣고만 있는 그네는 무엇을 생각하고 있는지 한쪽 손끝으로, 거기 방바닥에 가지런히 놓은 빨간 어린애의 신발만 몇 번이고 쓸어 보고 있었다.

철호는 고개를 푹 떨구어 턱을 가슴에 묻었다. 영호는 새로 피어 문 담배를 연거푸 서너 번 들이빨았다. 그리고 또 말을 계속하였다.

"저도 형님의 그 생활 태도를 잘 알아요. 가난하더라도 깨끗이 살자는. 그렇지요, 깨끗이 사는 게 좋지요. 그런데 형님 하나 깨끗하기 위하여 치르는 식구들의 희생이 너무 어처구니 없이 크고 많단 말입니다. 헐벗고 굶주리고. 형님 자신만 해도 그렇죠. 밤낮 쑤시는 충치 하나 처치 못 하시고. 이가 쑤시면 치과에 가서 치료를 하거나 빼어 버리거나 해야 할 거 아니야요. 그런데 형님은 그것을 참고 있어요. 낯을 잔뜩 찌푸리고 참는단 말입니다. 물론 치료비가 없으니까 그러는 수밖에 없겠지요. 그겁니다. 바로 그겁니다. 그 돈을 어떻게든가 구해야죠. 이가 쑤시는데 그럼 어떻게 해요. 그걸 형님처럼, 마치 이 쑤시는 것을 참고 견디는 그것이 돈을—치료비를 버는 것이기나 한 것처럼 생각하는 것. 안 쓰는 것은 혹 버는 셈 된다고 할 수도 있을 거야요. 그렇지만 꼭 써야 할 데 못 쓰는 것이 버는 셈이라고는 할 수 없지 않아요. 세상에는 이런 세 층의 사람들이 있다고 봅니다. 즉 돈을 모으기 위해서만으로 필요 이상의 돈을 버는 사람과 필요하니까 그 필요하니만치의 돈을 버는 사람과 또 하나는 이건 꼭 필요한 돈도 채 못 벌고서 그 대신 생활을 조리는◆ 사람들. 신발에다 발을 맞추는 격으로. 형님은 아마 그 맨 끝의 층에 속하겠지요. 필요한 돈도 미처 벌지 못하는 사람, 깨끗이 살자니까 그럴 수밖에 없다고 하시겠지요. 그래요. 그것은 깨끗하기는 할지 모르죠. 그렇지만 그저 그것뿐이지요. 언제까지나 충치가 쏘아 부은 볼을 싸쥐고 울상일 수밖에 없지요. 그렇지 않습니까? 그야 형님! 인생이 저 골목 안에서 십 환짜리를 받고 코 흘리는 어린애들에게 보여주는 요지경◆이라면야 자기가 가지고 있는 돈값만치 구멍으로 들여다보고 말 수도 있겠지요. 그렇지만 어디 인생이 자기 주머니 속의 돈 액수만치만 살고 그만두고 싶으면 그만 둘 수 있는 요지경인가요 어디. 돈만치만 먹고 말 수 있는 그런 편리한 목구멍인가요 어디. 싫어도 살아야 하니까 문제지요. 사실이지 자살을 할 만치 소중한 인생도 아니고요. 살자니까 돈이 필요하구요. 필요한 돈이니까 구해야죠. 왜 우리라고 좀 더 넓은 테두리, 법률선法律線까지 못 나가란 법이 어디 있어요. 아니 남들은 다 벗어던지구 법률선까지도 넘나들면서 사는데, 왜 우리만이 옹색한 양심의 울타리 안에서 숨이 막혀야 해요. 법률이란 뭐야요. 우리들이 피차에 약속한 선이 아니야요?"

영호는 얼굴을 번쩍 들며 반쯤 끌러 놓았던 넥타이를 마저 끌러서 방구석에 픽 던졌다.

철호는 여전히 턱을 가슴에 푹 묻은 채 묵묵히 앉아 두 짝 다 엄지발가락이 몽

◆ **조리다** '줄이다'의 옛말.
◆ **요지경** 확대경을 장치하여 놓고 그 속의 여러 가지 재미있는 그림을 돌리면서 구경하는 장치나 장난감.

땅 밖으로 나온 뚫어진 양말을 내려다보고 있었다. 나일론 양말을 한 켤레 사면 반년은 무난히 뚫어지지 않고 견딘다는 말은 들었다. 그러나 뻔히 알면서도 번번이 백 환짜리 무명 양말을 사들고 들어오는 철호였다. 칠백 환이란 돈을 단번에 잘라 낼 여유가 도저히 없는 월급이었던 것이다.

"가자!"

어머니는 또 몸을 뒤채었다.

"그건 억설◆이야."

철호는 천천히 고개를 들었다. 신문지를 바른 맞은편 벽에, 쭈그리고 앉은 아내의 그림자가 커다랗게 비쳐 있었다. 곱추처럼 꼬부리고 앉은 아내의 그림자는 헝크러진 머리카락이 괴물스러웠다. 철호는 눈을 감았다. 머리마저 등 뒤 칸막이 반자◆에 기대었다.

철호의 감은 눈앞에 십여 년 전 아내가 흰 저고리 까망 치마를 입고 선히 나타났다. 무대에 나선 그네는 더욱 예뻤다. E여자대학 졸업 음악회였다. 노래가 끝나자 박수 소리가 그칠 줄을 몰랐다. 그날 저녁 같이 거리를 거닐던 그네는 정말 싱싱하고 예뻤었다. 그러나 지금 철호 앞에 쭈그리고 앉은 아내는 그때의 그네가 아니었다. 무슨 둔한 동물처럼 되어 버린 그네. 이제 아무런 희망도 가져 보려고 하지 않는 아내. 철호는 가만히 눈을 떴다. 그래도 아내의 살눈섭만은 전처럼 까맣고 길었다.

"가자!"

철호는 흠칠 놀라 환상에서 깨어났다.

"억설이요? 그런지도 모르죠."

한참이나 잠잠하니 앉아 까물거리는 등잔불을 바라보던 영호의 맥

빠진 대답이었다.

"네 말대로 한다면 돈 있는 사람들은 다 나쁜 사람이란 말밖에 더 되나 어디."

"아니죠. 제가 어디 나쁘고 좋고를 가렸어요. 나쁘긴 누가 나빠요? 왜 나빠요. 아 잘사는 게 나빠요? 도시 나쁘고 좋고부터 따질 아무런 금도 없지요 뭐."

"그렇지만 지금 네 말로는 잘살자면 꼭 양심이고 윤리고 뭐고 다 버려야 한다는 것이 아니고 뭐야."

"천만에요. 잘못 이해하신 겁니다. 간단히 말씀드리면 이렇다는 것입니다. 즉, 양심껏 살아 가면서 잘살 수도 있기는 있다. 그러나 그것은 극히 적다. 거기에 비겨서 그 시시한 것들을 벗어 던지기만 하면 누구나 틀림없이 잘살 수 있다."

"그것이 바로 억설이란 말이다. 마음 한구석이 어딘가 비틀려서 하는 억지란 말이다."

"글쎄요, 마음이 비틀렸다고요. 그건 아마 사실일지는 모르겠어요. 분명히 비틀렸어요. 그런데 그 비틀리기가 너무 늦었어요. 어머니가 저렇게 미치기 전에 비틀렸어야 했지요. 한강 철교를 폭파하기 전에 말입니다. 하나밖에 없는 누이동생 명숙이가 양공주◆가 되기 전에 비틀렸어야 했지요. 환도령◆이 내리기 전에. 하다 못해 동대문 시장에 자리라도 한 자리 비었을 때 말입니다. 그러구 이놈의 배때기에 지금도 무슨 내장이기나 한 것처럼 박혀 있는 파편이 터

◆ **억설臆說** 근거도 없이 억지로 고집을 세워서 우겨 댐. 또는 그런 말.
◆ **반자** 방이나 마루의 천장을 가려서 만든 구조체로, 여기서는 칸막이를 한 나무판자를 뜻함.
◆ **양공주** 예전에, 미군 병사를 상대로 몸을 파는 여자를 이르던 말.
◆ **환도령還都令** 1953년 한국전쟁이 끝나고 휴전 협정을 한 뒤 국민들에게 수도로 복귀하라는 명령.

지기 전에 말입니다. 아니 그보다도 더 전에, 제가 뭐 무슨 애국자나 처럼 남들이 다 기피하는 군대에 어머니의 원수를 갚겠노라고 자원하던 그 전에 말입니다."

"……."

"……. 그보다도 더 전에 썩 전에 비틀렸어야 했을지 모르죠. 나면서부터 비틀렸더라면 더 좋았을지도 모르죠."

영호는 푹 고개를 떨구었다. 길게 한숨을 내쉬었다. 그 한숨이 후르르 떨고 있었다. 철호는 한참 동안 아무 말도 하지 않았다. 윗목에 앉아 있던 철호의 아내가 방바닥에 떨어진 눈물을 손끝으로 장난처럼 문지르고 있었다. 영호도 훌쩍훌쩍 코를 들이켜고 있었다.

"그렇지만 인생이란 그런 게 아니야. 너는 아직 사람이란 어떻게 살아야만 하는 것인지조차도 모르고 있어."

"그래요. 사람이란 과연 어떻게 살아야 하는 것인지는 정말 모르겠어요. 그렇지만 이제 이 물고 뜯고 하는 마당에서 살자면, 생명만이라도 유지하자면 어떻게 해야 할는지는 알 것 같애요. 허허."

영호는 눈물이 글썽하니 고인 눈을 천장을 향해 쳐들며 자기 자신을 비웃듯이 허허 하고 웃었다.

"가자!"

또 어머니는 가자고 했다. 영호는 아랫목으로 눈을 돌렸다. 철호는 길게 한숨을 쉬었다. 앞의 등잔불이 크게 흔들거렸다. 방 안의 모든 그림자들이 움직였다. 집 전체가 그대로 기울거리는 것 같았다. 그것뿐 조용했다. 밤이 꽤 깊은 모양이었다. 세상이 온통 잠들고 있었다.

저만치 골목 밖에서부터 딱, 딱, 딱, 딱, 구둣발 소리가 뾰족하게 들려왔다. 점점 가까워 왔다. 바로 아랫방 문 앞에서 멎었다. 영호는 문께로 얼굴을 돌렸다. 삐걱삐걱 두어 번 비틀리던 방문이 열렸다. 여동생 명숙이가 들어섰다. 싱싱한 몸매에 까만 투피스가 제법 어느 회사의 여사무원 같았다.

"늦었구나."

영호가 여전히 두 다리를 쭉 뻗고 앉은 채 고개만 뒤로 젖혀서 명숙을 쳐다보았다.

명숙은 영호의 말에도 아무런 대꾸도 없이 돌아서서 문밖에서 까만 하이힐을 집어 올려 아랫방 모서리에 들여놓았다. 그리고 백을 휙 방구석에 던졌다. 겨우 윗저고리와 스커트를 벗어 걸은 명숙은 아랫방 뒷구석에 가서 털썩하고 쓰러지듯 가로누워 버렸다. 그리고 거기 접어 놓은 담요를 끌어다 머리 위에서부터 푹 뒤집어썼다.

철호는 명숙을 거들떠보지도 않고 덤덤히 등잔불만 지켜보고 있었다.

철호는 언젠가 퇴근하던 길에 전차 창문 밖에 본 명숙의 꼴을 생각하고 있는 것이었다.

철호가 탄 전차가 을지로 입구 십자거리에 머물러 신호를 기다리고 있었다. 손잡이를 붙들고 창을 향해 서 있던 철호는 무심코 밖을 내다보았다. 전차 바로 옆에 미군 지프차가 한 대 와 섰다. 순간 철호는 확 낯이 달아올랐다.

핸들을 쥔 미군 바로 옆자리에 색안경을 쓴 한국 여자가 앉아 있었다. 그것이 바로 명숙이었던 것이다. 바로 철호의 턱 밑에서였다. 역시 신호를 기다리는 그 지프차 속에서 미군이 한 손은 핸들에 걸치고 또 한 팔로는 명숙의 허리를 넌지시 끌어안는 것이었다. 미군이 명숙의 얼굴을 들여다보며 뭐라고 수작을 걸었다. 명숙은 다리를 겹치고 앉은 채 앞을 바라보는 자세 그대로 고개를 까딱거렸다. 그 미군 지프차 저편에 와 선 택시 조수가 명숙이와 미군을 쳐다보며 피시시 웃었다. 전찻간에서도 마찬가지였다. 철호 바로 옆에 나란히 서 있던 청년 둘이 쑥떡거렸다.

"그래도 멋은 부렸네."

"멋? 그래 색안경을 썼으니 말이지?"

"장사치곤 고급이지. 밑천 없이."

"저것도 시집을 갈까?"

"흥."

철호는 손잡이를 놓았다. 그리고 반대편 가운데 문께로 가서 돌아서고 말았다. 그것은 분명히 슬픈 감정만은 아니었다. 뭐라고 말할 수조차 없는 숯 덩어리 같은 것이 꽉 목구멍을 치밀었다. 정신이 아뜩해지는 것 같았다. 하품을 하고 난 뒤처럼 콧속이 싸하니 쓰리면서 눈물이 징 솟아올랐다. 철호는 앞에 있는 커다란 유리를 콱 머리로 받아 부수고 싶은 충동을 느끼며 어금니를 꽉 맞씹었다. 찌르르 벨이 울렸다. 덜커덩 전차가 움직였다. 철호는 문짝에 어깨를 가져다 기대고 눈을 감아 버렸다.

그날부터 철호는 정말 한 마디도 누이동생 명숙이와 말을 하지 않았다. 또 명숙이도 철호를 본 체 만 체였다.

"자, 우리도 이제 잡시다."

영호가 가슴을 펴서 내어밀며 바로 앉았다.

등잔불을 끄고 두 방 사이의 문을 닫았다.

폭 가라앉는 것같이 피곤했다. 그러면서도 철호는 정작 잠을 이룰 수는 없었다. 밤은 고요했다. 시간이 그대로 흐르기를 멈추어 버린 것 같이 조용했다. 철호의 아내도 이제 잠이 들었나 보다. 앓는 소리를 내었다. 철호는 눈을 감았다. 어딘가 아득히 먼 것을 느끼고 있었다. 철호도 잠이 들어 가고 있었다.

"가자!"

다들 잠든 밤의 그 어머니의 소리는 엉뚱하게 컸다. 철호는 흠칠 눈을 떴다. 차츰 눈이 어둠에 익어 갔다. 며칠인가, 문틈으로 새어 든 달빛이 철호의 옆에서 잠든 딸애의 머리에서부터 발끝까지 죽 파란 줄을 그었다. 철호는 다시 눈을 감았다. 길게 한숨을 쉬며 벽을 향해 돌아누웠다.

"가자!"

또 어머니가 소리를 질렀다. 그러나 철호는 눈을 뜨지 않았다. 그도 마저 잠이 들어 버린 것이었다.

그런데 이번에는 아랫방에서 명숙이가 눈을 떴다. 아랫목의 어머니와 윗목의 오빠 영호 사이에 누운 명숙은 어둠 속에 가만히 손을 내어밀었다.

어머니의 손을 더듬어 잡았다. 뼈 위에 겨우 가죽만이 씌워진 손이었다. 그 어머니의 손에서는 체온이 느껴지는 것이 아니라 축축히 습기가 미끈거렸다. 명숙은 어머니 쪽을 향하여 돌아누웠다. 한쪽 손을 마저 내밀어서 두 손으로 어머니의 송장 같은 손을 감싸 쥐었다.

"가자!"

딸의 손을 느끼는지 못 느끼는지 어머니는 또 한 번 허공을 향해 가자고 소리 질렀다.

"엄마!"

명숙의 낮은 소리였다. 명숙은 두 손으로 감싸 쥔 어머니의 여윈 손을 가만히 흔들었다.

"가자!"

"엄마!"

기어이 명숙은 흐느끼기 시작하였다. 명숙은 어머니의 손을 끌어다 자기의 입에 틀어막았다.

"엄마!"

숨을 죽여 가며 참는 명숙의 울음은 한숨으로 바뀌며 어머니의 손가락을 입 안에서 잘근잘근 씹어 보는 것이었다.

"겁내지 말라."

옆에서 영호가 잠꼬대를 했다.

"가자!"

어머니는 명숙의 손에서 자기의 손을 빼어 가지고 저쪽으로 돌아누워 버렸다.

명숙은 다시 담요를 끌어다 머리 위까지 푹 썼다. 그리고 담요 속에서 흐득흐득 울고 있었다.

"엄마."

이번엔 윗방에서 어린것이 엄마를 불렀다.

철호는 잠 속에서 멀리 그 소리를 들었다. 그러면서도 채 잠이 깨어지지는 않았다.

"엄마."

어린것은 또 한 번 엄마를 불렀다.

"오, 오, 왜. 엄마 여기 있어."

아내의 반쯤 깬 소리였다. 어린것을 끌어다 안는 모양이었다. 철호는 그 소리를 멀리 들으며 다시 곤히 잠들어 버렸다.

"오줌."

"오, 오줌 누겠니. 자 일어나. 착하지."

철호의 아내는 일어나 앉으며 어린것을 안아 일으켰다. 구석에서 깡통을 끌어다 대어 주었다.

"참, 삼춘이 네 신발 사왔지. 아주 예쁜 거. 볼래?"

깡통을 타고 앉은 어린것을 뒤에서 안아 주고 있던 철호의 아내는 한 손으로 어린것의 베개맡에 놓아 두었던 신발을 집어다 보여주었다. 희미하게 달빛이 들이비쳤을 뿐인 어두운 방 안에서는 그것은 그저 겨우 모양뿐 색채를 잃고 있었다.

"내 거야? 엄마."

"그래. 네 거야."

"예뻐?"

"참 예뻐. 빨강이야."

"응……."

어린것은 잠에 취한 소리로 물으며 신발을 두 손에 받아 가슴에 안았다.

"자, 이제 거기 놔두고 자야지."

"응, 낼 신어도 돼?"

"그럼."

어린것은 오물오물 담요 속으로 파고 들어갔다.

"엄마, 낼 신어도 돼?"

"그럼."

뭐든가 좀 좋은 것은 아껴야 한다고만 들어 오던 어린것은 또 한 번 이렇게 다짐하는 것이었다.

아내는 어린것의 담요 가장자리를 꼭꼭 눌러 주고 나서 그 옆에 누웠다.

다들 다시 잠이 들었다. 어느 사이에 달빛이 비껴서 칼날 같은 빛을 철호의 가슴으로 옮겼다.

어린것이 부시시 머리를 들었다. 배를 깔고 엎드렸다. 어린것은 조그마한 손을 베개 너머로 내밀었다. 거기 가지런히 놓아 둔 신발을 만져 보았다. 어린것은 안심한 듯이 다시 베개를 베고 누웠다. 또 다시 조용해졌다. 한참만에 또 어린것이 움직거렸다. 잠이 든 줄만 알았던 어린 것은 또 엎드렸다. 머리맡에 신발을 또 끌어당겼다. 조그마한 손가락으로 신발 코를 꼭 눌러 보았다. 그러고는 이번에는 아주 자리 위에 일어나 앉았다. 신발을 무릎 위에 들어 올려놓았다. 달빛에다 신발을 들이대어 보았다. 바닥을 뒤집어 보았다. 두 짝을 하나씩 두 손에 갈라 들고 고무바닥을 맞대어 보았다. 이번엔 발을 앞으로 내놓았다. 가만히 신발을 가져다 신었다. 앉은 채로 꼭 방바닥을 디뎌 보았다.

"가자!"

어린것은 깜짝 놀랐다. 얼른 신발을 벗었다. 있던 자리에 도로 모아 놓았다. 그리고 한 번 더 신발을 바라보고 난 어린것은 살그머니 누웠다. 오물오물 담요 속으로 기어들어 갔다.

점심을 못 먹은 배는 오후 두 시에서 세 시 사이가 제일 견디기 힘들었다. 철호는 펜을 장부 위에 놓았다. 저쪽 구석에 돌아앉은 사환애를 바라보았다. 보리차라도 한 잔 더 마시고 싶었다. 그러나 두 잔까지는 사환애를 시켜서 가져오랄 수 있었으나 세 번까지는 부르기가 좀 미안했다. 철호는 걸상을 뒤로 밀고 일어섰다. 책상 모서리에 놓인 찻종◆을 집어 들었다. 그리고 출입문으로 나갔다. 복도의 풍로◆ 위에서 커다란 주전자가 끓고 있었다. 보리차를 찻종 하나 가득히 부었다. 구수한 냄새가 피어올랐다. 철호는 뜨거운 찻종을 손가락으로 꼬집어 들고 조심조심 자기 자리로 돌아와 앉았다. 그리고 찻잔을 입으로 가져갔다. 후 불었다. 마악 한 모금 들이마시는 때였다.

"송 선생님 전홥니다."

사환애가 책상 앞에 와 알렸다. 철호는 얼른 찻종을 책상 위에 내려놓았다. 그리고 과장 책상 앞으로 갔다. 수화기를 들었다.

"네, 송철호올시다. 네? 경찰서요? ……전 송철호라는 사람인데요? 네? 송영호요? 네 바로 제 동생입니다. 무슨? ……네? 네? 송영호가요? 제 동생이 말입니까? 곧 가겠습니다. 네 네."

철호는 수화기를 걸었다. 그리고 걸어 놓은 수화기를 멍하니 내려다보고 서 있었다. 사무실 안의 사람들의 시선이 모두 철호에게로 쏠렸다.

"무슨 일인가. 동생이 교통사고라도?"

서류를 뒤적이던 과장이 앞에 서 있는 철호를 쳐다보며 물었다.

"네? 네, 저 과장님, 잠깐 다녀오겠습니다."

철호는 마시던 보리차를 그대로 남겨 둔 채 사무실을 나섰다. 영문을 모르는 동료들이 서로 옆의 사람의 얼굴을 힐끗 쳐다보는 것이었다.

철호는 전에도 몇 번 경찰서의 호출을 받은 일이 있었다.

양공주 노릇을 하는 누이동생 명숙이가 걸려들면 그 신원 보증을 해야 하는

◆ **찻종** 차를 따라 마시는 종지.
◆ **풍로** 석유를 연료로 하는 취사용 도구.

철호였다. 그때마다 철호는 치안관 앞에서 낯을 못 들고 앉았다가 순경이 앞세우고 나온 명숙을 데리고 아무 말도 없이 경찰서 뒷문을 나서곤 하였다. 그럴 때면 철호는 울었다. 하나밖에 없는 누이동생이 정말 밉고 원망스러웠다. 철호는 명숙을 한번 돌아다보는 일도 없이 전찻길을 따라 사무실로 걸었고, 또 명숙은 명숙이대로 적당한 곳에서 마치 낯도 모르는 사람이나처럼 딴 길로 떨어져 가버리곤 하는 것이었다.

그런데 이번에는 누이동생이 아니라 남동생 영호의 건이라고 했다. 며칠 전 밤에 취해서 지껄이던 영호의 말들이 머리를 스치고 지나갔다. 불안했다. 그런들 설마하고 마음을 다시 먹으며 철호는 경찰서 문을 들어섰다.

권총 강도.

형사에게서 동생 영호의 사건 내용을 들은 철호는 앞에 앉은 형사의 얼굴을 바보 모양 멍청히 바라보고 있을 뿐이었다. 점점 핏기가 가셔 가는 철호의 얼굴은 표정을 잃은 채 굳어 가고 있었다.

어느 회사에서 월급을 줄 돈 천오백만 환을 찾아서 은행 앞에 대기시켰던 지프차에 싣고 막 떠나려고 하는데 중절모를 깊숙히 눌러쓰고 색안경을 낀 괴한 두 명이 차 속으로 올라오며 권총을 내어 들더라는 것이었다.

"겁내지 말라! 차를 우이동으로 돌리라."

운전수와 또 한 명 회사원은 차가운 권총 구멍을 등에 느끼며 우이동까지 갔다고 한다. 어느 으슥한 숲 속에서 차를 세웠다고 한다. 그러고는 둘이 다 차 밖으로 나가라고 한 다음, 괴한들이 대신 운전대로 옮아 앉더라고 한다. 운전수와 회사원은 거기 버려둔 채 차는 전

속력으로 다시 시내로 향해 달렸단다. 그러나 지프차는 미아리도 채 못 와서 경찰에 붙들리고 말았다는 것이었다. 그런데 차 안에는 괴한이 한 사람밖에 없었다고 한다.

형사가 동생을 면회하겠느냐고 물었을 때도 철호는 그저 얼이 빠져서, 두 무릎 위에 맥없이 손을 올려놓고 앉은 채 아무 대답도 못 했다.

이윽고 형사실 뒷문이 열리더니 거기 영호가 나타났다.

"이리로 와."

수갑이 채워진 두 손을 배 앞에다 모으고 천천히 형사의 책상 앞으로 걸어 나오는 영호는 거기 걸상에 앉았다 일어서는 철호를 향하여 약간 머리를 끄덕여 보였다. 동생의 얼굴을 뚫어져라고 바라보고 서 있는 철호의 여윈 볼이 히물히물 움직였다. 괴로울 때의 버릇으로 어금니를 꽉꽉 씹고 있는 것이었다.

형사는 앞에 와서 선 영호에게 눈으로 철호를 가리켰다. 영호는 철호에게로 돌아섰다.

"형님, 미안합니다. 인정선人情線에서 걸렸어요. 법률선까지는 무난히 뛰어넘었는데. 쏘아 버렸어야 하는 건데."

영호는 철호의 얼굴을 들여다보며 빙그레 웃었다. 그러고는 옆으로 비스듬히 얼굴을 떨구며 수갑을 채운 채인 오른손 염지◆를 권총 방아쇠를 당기는 때처럼 까불여서 지긋이 당겨 보는 것이었다.

철호는 눈도 깜빡하지 않고 그저 영호의 머리카락이 흐트러져 내린 이마를 바라보고 있었다.

"돌아가세요, 형님."

영호는, 등신처럼 서 있는 형이 도리어 민망한 듯이 조용히 말했다.

◆ **염지鹽指** 집게손가락.

"수감◆ 해."

형사가 문간에 지키고 서 있는 순경을 돌려보았다.

영호는 그에게로 오는 순경을 향해 마주 걸어갔다. 영호는 뒷문으로 끌려 나가다 말고 멈춰 섰다. 그리고 뒤를 돌려보았다.

"형님. 어린것 화신 구경이나 한번 시키세요. 제가 약속했었는데."

뒷문이 쾅 닫혔다. 철호는 여전히 영호가 사라진 뒷문을 바라보고 서 있었다. 눈이 뿌옇게 흐려졌다. 아무 것도 보이지 않았다.

"쏠 의사는 처음부터 없었던 것 같은데."

조서◆ 를 한 옆으로 밀어 놓으며 형사가 중얼거렸다. 철호는 거기 걸상에 가만히 걸터앉았다.

"혹시 그 같이 한 청년을 모르시나요."

철호의 귀에는 형사에 말소리가 아주 멀었다.

"끝내 혼자서 했다고 우기는데, 그러나 증인이 있으니까 이제 차츰 사실대로 자백하겠지만."

여전히 철호는 말이 없었다.

경찰서를 나온 철호는 어디를 어떻게 걸었는지 알 수 없었다. 철호는 술 취한 사람 모양 허청거리는 다리로 자기 집이 있는 언덕길을 올라가고 있었다. 철호는 골목길 어귀에 들어섰다.

"가자!"

철호는 거기 멈춰 섰다. 고개를 뒤로 젓혔다. 그러나 그는 하늘을 쳐다보는 것이 아니었다. 하 하고 숨을 크게 내쉬는 철호는 울고 있었다. 눈물이 콧속으로 흘러서 찝찝하니 목구멍으로 넘어갔다.

"가자, 가자, 어딜 가잔 거야? 도대체 어딜 가잔 거야."

철호는 꽥 소리를 지르고 있었다. 거기 처마 밑에 모여 앉아서 소꿉질을 하던 어린애들이 부시시 일어서며 그를 쳐다보았다. 철호는 그 앞을 모른 체 지나쳐 버렸다.

"오빤 어딜 그렇게 돌아다뉴."

철호가 아랫방에 들어서자 윗방 구석에서 고리짝◆을 열어 놓고 뒤지고 있던 명숙이가 역한◆ 소리를 했다. 윗방에는 넝마 같은 옷가지들이 한 무더기 쌓여 있었다. 딸애는 고리짝 옆에 쪼그리고 앉아서 명숙이가 뒤져 내놓는 헌 옷들을 무슨 진귀한 것이나처럼 지켜보고 있었다. 철호는 아내가 어딜 갔느냐고 물어보려다 말고 그대로 윗방 아랫목에 털썩 주저앉아 버렸다.

"어서 병원에 가보세요."

명숙은 여전히 고리짝을 들추며 돌아앉은 채 말했다.

"병원엘?"

"그래요."

"병원에라니?"

"언니가 위독해요. 어린애가 걸렸어요."

"뭐가?"

철호는 눈앞이 아찔했다.

점심때부터 진통이 시작되었는데 영 해산을 못 하고 애를 썼단다. 그런데 죽을 악을 쓰다 보니까 어린애의 머리가 아니라 팔부터 나왔다고 한다. 그래 병원으로 실어 갔는데, 철호네 회사에 전화를 걸었더니 나가고 없더라는 것이었다.

◆ **수감收監** 구치소나 교도소에 가둠.
◆ **조서調書** 조사한 사실을 적은 문서.
◆ **고리짝** 키버들의 가지나 대오리 따위로 엮어서 상자같이 만든 물건. 주로 옷을 넣어 두는 데 쓴다.
◆ **역하다** 마음에 거슬려 못마땅하다.

"지금쯤은 아마 애기를 낳았거나, 그렇지 않으면……."

명숙은 흰 헝겊들을 골라 개켜서 한 옆으로 젖혀 놓으며 말했다. 아마 어린애의 기저귀를 고르고 있는 모양이었다. 그런데 이상했다. 좀 전에 아찔했던 정신이 사르르 풀리며 온몸의 맥이 쏙 빠져나갔다. 철호는 오래간만에 머릿속이 깨끗이 개는 것을 느꼈다.

말라리아를 앓고 난 다음날처럼 맥은 하나도 없으면서 머리는 비상히◆ 깨끗했다. 뭐 놀랄 일이 있느냐 하는 심정이 되었다. 마치 회사에서 무슨 사무를 한 뭉텡이 맡았을 때와 같은 심사였다. 철호는 호주머니에서 담배를 꺼내어 물었다. 언제나 새로 사무를 맡아 시작하기 전에 하는 버릇이었다. 철호는 일어섰다. 그리고 문을 열었다.

"어딜 가슈."

명숙이가 돌아보았다.

"병원에."

"무슨 병원인지도 모르면서."

철호는 참 그렇다고 생각했다.

"S병원이야요."

"……."

철호는 슬그머니 문밖으로 한 발을 내디디었다.

"돈을 가지고 가야지 뭐."

"……돈."

철호는 다시 문 안으로 들어섰다. 우두커니 발부리를 내려다보고 서 있었다. 명숙이가 일어섰다. 그리고 아랫방으로 내려갔다. 벽에 걸어 놓았던 핸드백을 벗겼다.

"옛수."

백 환짜리 한 다발이 철호 앞 방바닥에 던져졌다. 명숙은 다시 돌아서서 백을 챙기고 있었다. 철호는 명숙의 뒷모습을 물끄러미 바라보고 있었다. 철호의 눈이 명숙의 발뒤축에 머물렀다. 나일론 양말이 계란만치 구멍이 뚫렸다. 철호는 명숙의 그 구멍 뚫린 양말 뒤축에서 어떤 깨끗함을 느끼고 있었다. 오래간만에 참으로 오래간만에 철호는 명숙에 대한 오빠로서의 애정을 느꼈다.

"가자."

어머니가 또 외마디 소리를 질렀다.

철호는 눈을 발밑에 돈다발로 떨구었다. 허리를 꾸부렸다. 연기가 든 때처럼 두 눈이 싸하니 쓰렸다.

"아버지, 병원에 가? 엄마 애기 났어?"

"그래."

철호는 돈을 저고리 호주머니에 구겨 넣으며 문을 나섰다.

"가자."

골목을 빠져나가는 철호의 등 뒤에서 또 한 번 어머니의 소리가 들려왔다.

아내는 이미 죽어 있었다.

"네, 그래요."

철호는 간호원보다도 더 심상한◆ 표정이었다. 병원의 긴 복도를 흐청흐청 걸어서 널따란 현관으로 나왔다. 시체가 어디 있느냐고 묻지도 않았다. 무엇인가 큰일이 한 가지 끝났다는 그런 기분이었다. 아니, 또 어찌 생각하면 무언가 해야 할 일이 많이 생긴

◆ **비상非常히** 예사롭지 않게.
◆ **심상하다** 대수롭지 않고 예사롭다.

것 같은 무거운 기분이기도 했다. 그러면서도 그 해야 할 일이 무엇인지는 좀처럼 생각이 나질 않았다. 그저 이제는 그리 서두를 필요도 없어졌다는 생각만으로 철호는 거기 병원 현관에 한참이나 우두커니 서 있었다.

이윽고 병원의 큰 문을 나선 철호는 전찻길을 따라서 천천히 걸었다. 자전거가 휙 그의 팔구비를 스치고 지나갔다. 그는 멈춰 섰다. 자기도 모르게 그는 사무실 쪽으로 걸어가고 있었다. 여섯 시도 더 지났을 무렵이었다. 이제 사무실로 가야 할 아무 일도 없었다. 그는 전찻길을 건넜다. 또 한참 걸었다. 그는 또 멈춰 섰다. 이번엔 어느 사이에, 낮에 왔던 경찰서 앞에 와 있었다. 그는 또 돌아섰다. 또 걸었다. 그저 걸었다. 집으로 돌아가자는 생각도 아니면서 그의 발길은 자동기계처럼 남대문 쪽을 향해 걷고 있었다. 문방구점, 라디오방, 사진관, 제과점. 그는 길가에 늘어선 이런 가게의 진열장들을 하나하나 기웃거리며 걷고 있었다. 그러면서도 무엇이 있는지 하나도 보이지는 않았다. 그러던 철호는 또 우뚝 섰다. 그는 거기 눈앞에 걸린 간판을 쳐다보고 있었다. 장기판만 한 흰 판에 빨간 페인트로 '치과'라고 써 있었다. 철호는 갑자기 이가 쑤시는 것을 느꼈다. 아침부터, 아니 벌써 전부터 훌떡훌떡 쑤시는 충치가 갑자기 아파 났다. 양쪽 어금니가 아래위 다 쑤셨다. 사실은 어느 것이 정말 쑤시는 것인지조차도 분간할 수가 없었다. 철호는 호주머니에 손을 넣어 보았다. 만 환 다발이 만져졌다.

철호는 치과 간판이 걸린 층계 이층으로 올라갔다.

치과 걸상에 머리를 젖히고 입을 아 벌리고 앉았다. 의사는 달가닥 달가닥 소리를 내며 이것저것 여러 가지 쇠꼬치를 그의 입에 넣었다

꺼냈다 하였다. 철호는 매시근하니◆ 잠이 왔다. 아무런 생각도 하지 않고 입을 크게 벌린 채 눈을 감고 있었다.

"좀 아팠지요? 뿌리가 꾸부러져서."

의사가 집게에 뽑아 든 이를 철호의 눈앞에 가져다 보여주었다. 속이 시꺼멓게 썩은 징그러운 이뿌리에 빨건 살점이 묻어 나왔다. 철호는 솜을 입에 문 채 머리를 좌우로 흔들어 보였다. 사실 아프지도 아무렇지도 않았다.

"됐습니다. 한 삼십 분 후에 솜을 빼버리슈. 피가 좀 나올 겁니다."

"이쪽을 마저 빼주십시오."

철호는 옆의 타구◆에 피를 뱉고 나서 또 한쪽 볼을 눌러 보였다.

"어금니를 한 번에 두 대씩 빼면 출혈이 심해서 안 됩니다."

"괜찮습니다."

"아니, 내일 또 빼지요."

"다 빼주십시오. 한몫에 몽탕 다 빼주십시오."

"안 됩니다. 치료를 해가면서 한 대씩 빼야지요."

"치료요? 그럴 새가 없습니다. 막 쑤시는걸요."

"그래도 안 됩니다. 빈혈증이 일어나면 큰일납니다."

하는 수 없었다. 철호는 치과를 나왔다. 또 걸었다. 잇몸이 밍하니 아픈 것 같기도 하고 또 어찌하면 시원한 것 같기도 했다. 그는 한손으로 볼을 쓸어 보았다.

그렇게 얼마를 걷던 철호는 거기에 또 치과 간판을 발견하였다. 역시 이층이었다.

"안 될 텐데요."

거기 의사도 꺼렸다. 철호는 괜찮다고

◆ **매시근하다** 기운이 없고 나른하다.
◆ **타구** 唾具 가래나 침을 뱉는 그릇.

우겼다. 한쪽 어금니를 마저 빼었다. 이번에는 두 볼에다 다 밤알만 큼씩 한 솜 덩어리를 물고 나왔다. 입 안이 찝찔했다. 간간이 길가에 나서서 피를 뱉았다. 그때마다 시뻘건 선지피가 간 덩어리처럼 엉겨서 나왔다.

남대문을 오른쪽에 끼고 돌아서 서울역이 보이는 데까지 왔을 때 으시시 몸이 한 번 떨렸다. 머리가 휭하니 비어 버린 것 같다고 생각했다. 바로 그때에 번쩍 거리에 전등이 들어왔다. 눈앞이 한 번 환해졌다. 그런데 다음 순간에는 어찌된 셈인지 좀 전에 전등이 켜지기 전보다 더 거리가 어두워졌다. 철호는 눈을 한 번 꾹 감았다 다시 떴다. 그래도 매한가지였다. 이건 뱃속이 비어서 이렇다고 철호는 생각했다. 그는 새삼스레, 점심도 저녁도 안 먹은 자기를 깨달았다. 뭐든가 좀 먹어야겠다고 생각했다. 구수한 설렁탕 생각이 났다. 입 안에 군침이 하나 가득히 고였다. 그는 어느 전주◆ 밑에 가서 쭈그리고 앉아서 침을 뱉았다. 그런데 그것은 침이 아니라 진한 피였다. 그는 다시 일어섰다. 또 한 번 오한이 전신을 간질이고 지나갔다. 다리가 약간 떨리는 것 같았다. 그는 속히 음식점을 찾아내어야겠다고 생각했다. 서울역 쪽으로 허청허청 걸었다.

"설렁탕."

무슨 약 이름이기나 한 것처럼 한마디 일러 놓고는 그는 식탁 위에 엎드려 버렸다. 또 입 안으로 하나 찝찔한 물이 고였다. 철호는 머리를 들었다. 음식점 안을 한 바퀴 휘 둘러보았다. 머리가 아찔했다. 그는 일어섰다. 그리고 문 밖으로 급히 걸어 나갔다. 음식점 옆 골목에 있는 시궁창에 가서 쭈그리고 앉았다. 울컥하고 입 안엣 것을 뱉았다. 그러나 이번에는 주위가 어두워서 그것이 핀지 또는 침인지 알 수 없었다. 철호는 저고리 소매로 입술을 닦으며 일어섰다. 이를 뺀 자리가 쿡 한 번 쑤셨다. 그러자 뒤이어 거기에 호응이나 하듯이 관자놀이가 또 쿡 쑤셨다. 철호는 아무래도 좀 이상하다고 생각하였다. 이제 빨리 집으로 돌아가 누워야겠다고 생각했다. 그는 다시 큰길로 나왔다. 마침 택시가 한 대 왔다. 그는 손을 한 번 흔들었다. 철호는 던져지듯이 털석 택시 안에 쓰러졌다.

"어디로 가시죠?"

택시는 벌써 구르고 있었다.

"해방촌."

자동차는 스르르 속력을 늦추었다. 해방촌으로 가자면 차를 돌려야 하는 까닭이었다. 운전수는 줄지어 달려오는 자동차의 사이가 생기기를 노리고 있었다. 저만치 자동차의 행렬이 좀 끊겼다. 운전수는 핸들을 잔뜩 비틀어 쥐었다. 운전수가 몸을 한편으로 기울이며 막 핸들을 틀려는 때였다.

뒷자리에서 철호가 소리를 질렀다.

"아니야, S병원으로 가."

철호는 갑자기 아내의 죽음을 생각했던 것이었다. 운전수는 다시 휙 핸들을 이쪽으로 틀었다. 운전수 옆에 앉아 있는 조수 애가 한 번 철호를 돌아다보았다. 철호는 뒷자리 한구석에 가서 몸을 틀어박은 채 고개를 뒤로 젖히고 눈을 감고 있었다. 차는 한국은행 앞 로터리를 돌고 있었다. 그때에 또 뒤에서 철호가 소리를 질렀다.

"아니야. ×경찰서로 가."

눈을 감고 있는 철호는 생각하는 것이었다. 아내는 이미 죽었는데 하고.

◆ **전주電柱** 전봇대.

이번에는 다행히 차의 방향을 바꿀 필요가 없었다. 그냥 달렸다.

"×경찰서 앞입니다."

철호는 눈을 떴다. 상반신을 번쩍 일으켰다. 그러나 곧 또 털썩 뒤로 기대고 쓰러져 버렸다.

"아니야, 가."

"×경찰섭니다, 손님."

조수 애가 뒤로 몸을 틀어 돌리고 말했다.

"가자."

철호는 여전히 눈을 감고 있었다.

"어디로 갑니까."

"글쎄 가."

"하 참, 딱한 아저씨네."

"……."

"취했나?"

운전수가 힐끔 조수 애를 쳐다보았다.

"그런가 봐요."

"어쩌다 오발탄◆ 같은 손님이 걸렸어. 자기 갈 곳도 모르게."

운전수는 기어를 넣으며 중얼거렸다. 철호는 까무룩히 잠이 들어가는 것 같은 속에서 운전수가 중얼거리는 소리를 멀리 듣고 있었다. 그리고 마음속으로 혼자 생각하는 것이었다.

'아들 구실, 남편 구실, 애비 구실, 형 구실, 오빠 구실, 또 계리사 사무실 서기 구실. 해야 할 구실이 너무 많구나. 너무 많구나. 그래 난 네 말대로 아마도 조물주의 오발탄인지도 모른다. 정말 갈 곳을 알 수가 없다. 그런데 지금 나는 어디건 가긴 가야 한다.'

철호는 점점 더 졸려 왔다. 다리가 저린 것처럼 머리의 감각이 차츰 없어져 갔다.

"가자."

철호는 또 한 번 귓가에 어머니의 소리를 들었다고 생각하며 푹 모로 쓰러지고 말았다. 차가 네거리에 다다랐다. 앞에 교통신호대에 빨간 불이 켜졌다. 차가 섰다. 또 한 번 조수 애가 뒤를 돌아보며 물었다.

"어디로 가시죠?"

그러나 머리를 푹 앞으로 수그린 철호는 아무 대답도 없었다.

따르르릉 벨이 울렸다. 긴 자동차의 행렬이 움직이기 시작했다. 철호가 탄 차도 목적지를 모르는 대로 행렬에 끼어서 움직이는 수밖에 없었다. 철호의 입에서 흘러내린 선지피가 흥건히 그의 와이셔츠 가슴을 적시고 있는 것은 아무도 모르는 채 교통신호대의 파랑불 밑으로 차는 네거리를 지나갔다.

◆ **오발탄誤發彈** 잘못 쏜 탄환.

이범선

李範宣, 1920~1981

평안남도 신안에서 태어난 작가 이범선은 진남포 공립상공학교를 졸업하고 월남하여 동국대 국문과를 졸업하였습니다. 1955년 김동리의 추천으로《현대문학》에 단편 〈암표〉, 〈일요일〉을 발표하여 등단하였습니다. 이후 고등학교 교사를 거쳐 한국외국어대와 한양대 교수로 활동하였습니다.

이범선은 1957년 〈학마을 사람들〉을 발표하여 문학인들의 관심을 이끌었고, 2년 뒤인 1959년 〈오발탄〉으로 동인문학상을 수상하며 높은 평가를 받았습니다. 그의 대표작인 〈오발탄〉은 전쟁 이후 생활고에 시달리는 개인의 비극을 적나라하게 표현함으로써 당시 한국 사회에 흐르는 암울한 분위기를 보여준 작품으로 알려져 있습니다. 한편 〈암표〉 등을 비롯하여 해방 이후 월남을 선택할 수밖에 없었던 자신의 체험이 담긴 단편 소설을 남겼습니다.

이범선은 1950년대 이후 폭넓은 경향을 보여주는 작품을 꾸준히 발표하였으며, 객관적인 시선으로 자신이 살고 있는 시대를 관찰하고자 노력하였습니다. 작품 활동 전반기에는 사회에 대한 강한 고발 정신을 토대로 다양한 문제들을 사실적으로 다루었으며, 후반기에는 인간에 대한 따뜻한 시선 아래 삶의 허무를 그려 냈습니다.

간결한 문체와 밀도 있는 구성력을 지닌 이범선의 창작집으로《학마을 사람들》,《오발탄》,《피해자》,《분수령》 등이 있습니다.

"어쩌다 오발탄 같은 손님이 걸렸어. 자기 갈 곳도 모르게."

1959년에 발표된 〈오발탄〉은 한국전쟁 직후 가난 속에서 한 가정이 파괴되어 가는 안타까운 과정을 그려 낸 작품입니다.

계리사 사무실에서 서기로 일하는 철호는 해방촌 판잣집에서 살고 있습니다. 집안의 가장인 철호는 정신이 맑지 못한 어머니, 만삭의 아내, 군대에 자원입대했다가 상이군인이 되어 돌아온 동생 영호, 그리고 양공주가 되어 버린 여동생 명숙과 함께 살아가고 있습니다.

퇴근하여 집으로 돌아온 철수를 가장 먼저 맞이하는 것은 "가자! 가자!" 하는 어머니의 목소리입니다. 어머니는 분단이 되어 이제 고향에 돌아갈 수 없다는 사실을 받아들이지 못한 채 정신이상의 상태에 빠져 있습니다.

철호는 술을 마시고 귀가한 동생 영호에게 취직을 하지 않고 친구들과 어울리며 허송세월하는 것을 나무랍니다. 그러나 영호는 양심을 버리고 용기를 내면 잘살 수 있다고 말합니다.

늦은 밤, 까만 투피스 차림의 여동생 명숙이 퇴근하여 무심히 방에 들어가 눕습니다. 철호는 언젠가 미군 지프차 조수석에 앉은 명숙의 모습을 본 후로 명숙이에게 한 마디도 말을 걸지 않습니다. 명숙이는 '가자!'고 외치는 어머니 옆에 누워 어머니의 손을 잡고 흐느낍니다.

며칠 후,영호가 은행 강도로 경찰서에 잡혀 있다는 소식을 듣고 철호는 경찰서로 달려가지만 영호 앞에서 아무 말도 하지 못하고 나옵니다. 집으로 가자마자 철호는 병원에 실려간 아내가 위독하다는 소식을 듣습니다. 여동생 명숙으로부터 병원비를 받아 급히 병원으로 달려가지만 이미 아내는 아이를 낳다가 숨을 거둔 상태였습니다.

넋을 잃은 채 거리로 나온 철호는 치과로 가서 앓던 이를 뽑아 버립니다. 그러고는 다른 치과로 가서 썩은 어금니 한 대를 마저 뽑아냅니다. 현기증을 느끼며 택시를 잡아탄 그는 해방촌으로 가자고 했다가 병원으로, 다시 경찰서로 가자고 합니다. 택시가 경찰서 앞에 섰으나 철호는 내리지 않은 채 "가자!"고 외칠 뿐입니다. 택시 운전수는 "어쩌다 오발탄 같은 손님이 걸렸어. 자기 갈 곳도 모르게."라고 말합니다. 철호는 갈 곳을 잃은 채 점점 의식을 잃어 갑니다.

해방촌, 월남민의 피난지

'해방촌'은 해방 이후에 생겨난 마을이라는 뜻의 지명으로, 전쟁 이후 형성된 실향민들의 집단 거주지를 이르는 말입니다. 〈오발탄〉의 가족이 살고 있는 해방촌은 서울 용산구 용산동 산비탈에 형성된 마을로, 구로동이나 경기도 광명시 등지에도 해방촌이 있었습니다.

해방촌 골목 풍경

용산동의 해방촌은 원래 일제시대 때 일본군의 사격장이 있던 곳으로, 전쟁 이후 월남민들이 이곳에 천막을 치고 임시 거주지를 삼으면서 형성되었습니다. 삶의 터전을 떠나 오면서 생활의 기반마저 잃은 해방촌 사람들은 이곳에서 궁핍한 하층민으로 살아야 했습니다.

한국 근현대사의 아픈 기억이 남아 있는 이 해방촌 지역은 지금 지난 역사의 의미를 살리면서 동네 고유의 특성을 살린 예술마을로 거듭나고 있습니다.

전쟁이 낳은 문학, 전후 소설

'전후 문학戰後文學'이란 전쟁 이후에 나타난 사회 현실을 그리는 문학 현상으로, 한국은 1950년에 발발한 6·25전쟁을 소재로 한 문학을 뜻합니다. 전후 문학은 전쟁이 남긴 상처로 인해 고통받는 인물을 조명함으로써 혼란스러운 시대상을 반영합니다. 한국의 대표적인 전후 문학 작가는 장용학, 손창섭, 이호철, 곽학송 등으로 전쟁으로 인한 비극적인 사건이나 사회적 혼란과 타락 등을 다룬 소설들을 많이 발표했습니다. 〈오발탄〉 역시 전쟁으로 인해 월남한 가족 구성원이 몰락해 가는 과정을 그린 작품으로, 이범선의 대표적인 전후 소설입니다.

1950~1960년대에 집중적으로 발표된 전후 소설은 주로 전쟁으로 인한 불안과 허무감을 묘사하고 있습니다. 이것은 전쟁에서 살아 남은 이들이 느끼게 되는 죽음의 공포와 절망에서 비롯된 것입니다. 대표적인 소설로는 손창섭의 〈비오는 날〉, 하근찬의 〈수난이대〉, 장용학의 〈요한 시집〉, 황순원의 《카인의 후예》, 김성한의 〈바비도〉, 박경리의 〈불신시대〉 등 여러 작품이 있습니다.

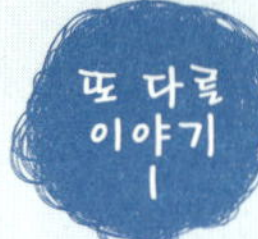

전쟁 이후 미군 부대 주변의 문화

3년간의 전쟁을 끝낸 뒤의 한반도는 거의 폐허와도 같았습니다. 길은 끊기고 건물은 폭격당하고 식량을 비롯한 모든 물자가 부족했습니다. 이때 UN(국제연합)으로부터 긴급 구호물자와 사회기능 복구를 위한 원조를 받음으로써 한국은 다시 일어설 수 있었습니다.

특히 체제를 수호하기 위해 미국은 우리나라에 군대를 주둔시켰는데, 이에 따라 미군 부대 주변에는 독특한 문화가 들어서게 되었습니다. 미군부대 내의 식료품점PX에서 흘러 나온 생활용품을 사고파는 시장이 생기고, 미국 대중음악을 연주하는 미8군 쇼단이 생겼습니다. 그리고 주한미군을 상대로 성매매를 하는 한국 여성들, 소위 '양공주'가 생겨났습니다. 대개의 경우 〈오발탄〉에 등장하는 명숙과 같이 가족을 부양하거나 생계를 유지하기 위한 선택이었습니다. 전쟁 이후에 생겨난 우리나라의 어두운 과거이지요. 오정희의 〈중국인 거리〉, 권정생의 〈몽실 언니〉 등의 소설에 이러한 여성들의 실상이 그려져 있습니다.

미8군 쇼단에서 연주하는 음악인들

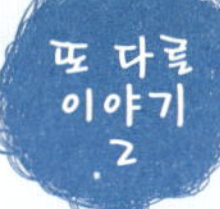

이범선의 또 다른 소설, 〈학마을 사람들〉

전쟁의 상처를 깊이 있게 다룬 이범선의 또 다른 대표작은 〈학마을 사람들〉입니다. 1957년에 발표된 이 작품은 한국 전쟁 기간에 벌어진 이야기입니다.

강원도 산골에 '학마을'이라고 불리는 동네가 있습니다. 마을 사람들은 학이 마을의 운명을 결정하고 지켜 주는 존재라고 여기고 있습니다. 학이 마을에 찾아오면 행운이, 그렇지 않으면 불행이 있다고 생각하는 겁니다. 일제 강점기 마을 사람들이 징용에 끌려갔을 때는 학이 날아오지 않았고, 우리나라가 해방이 되었을 때는 학이 날아왔기 때문에 마을 사람들은 학을 신처럼 따릅니다.

학이 살고 있는 나무를 사람들은 '학나무'라 부릅니다. 그런데 한국전쟁이 터지기 직전에 학이 새끼를 나무 아래로 던지는 일이 발생하였고, 마을사람들은 피난을 떠났습니다. 전쟁이 끝나고 사람들이 마을에 돌아왔을 때는 학이 살던 나무는 불타 버리고 흔적만 남아 있었습니다. 사람들은 학마을을 지키겠다는 의지로 어린 소나무를 심기로 합니다.

이 소설은 전쟁으로 인한 마을 사람들의 상처를 보여주면서, 다시 마을을 되살려 평화롭게 살아가고자 하는 의지를 담은 소설입니다.

- **이 작품에 대한 설명으로 거리가 먼 것은 무엇일까요?**

  ① 6.25 전후의 암담한 현실을 고발하는 성격을 지니고 있다.

  ② 가족간의 소통이 단절된 세태를 반영한다.

  ③ 한 가족의 비극을 통해 현실을 비판하고 있다.

  ④ 현실에 대해 저항하는 의지를 그리고 있다.

  ⑤ 파멸로 치닫는 인간의 모습을 그리고 있다.

- **이 작품에서 아내의 죽음을 맞은 주인공의 심리는 어떤 것일까요?**

  ① 슬픔조차 느낄 수 없는 망연자실함

  ② 공포를 극복한 평온함

  ③ 큰일을 끝낸 뒤의 안도감

  ④ 스트레스로 인한 우울

- **이 작품에서 1950년대 당시 '타락한 시대'를 반영하는 말로 알맞은 것은 무엇인가요?**

  ① "가난하더라도 깨끗이 살자."

  ② "남들은 다 벗어 던지고 법률선까지도 넘나들면서 사는데"

  ③ "양심껏 살아가면서 잘살 수도 있기는 있다."

  ④ "도덕을 지키면서 살아가야 한다."

- 이 작품의 제목인 '오발탄'은 잘못 쏜 탄환이라는 뜻입니다. 이 작품 속에서 '오발탄'이 상징하는 의미는 무엇일까요?

- 이 작품에서 정신이상을 겪는 철호의 어머니는 "가자!"라는 말을 되풀이합니다. 그리고 마지막 대목에서는 철호 자신이 "가자!"를 되풀이합니다. 이 두 사람이 말하는 '가자!'는 각각 어떤 의미인지 생각하여 설명해 봅시다.

● 이 작품에 대한 설명으로 거리가 먼 것은 무엇일까요?

① 6.25 전후의 암담한 현실을 고발하는 성격을 지니고 있다.

② 가족간의 소통이 단절된 세태를 반영한다.

③ 한 가족의 비극을 통해 현실을 비판하고 있다.

④ 현실에 대해 저항하는 의지를 그리고 있다.

⑤ 파멸로 치닫는 인간의 모습을 그리고 있다.

답 ④번.

● 이 작품에서 아내의 죽음을 맞은 주인공의 심리는 어떤 것일까요?

① 슬픔조차 느낄 수 없는 망연자실함

② 공포를 극복한 평온함

③ 큰일을 끝낸 뒤의 안도감

④ 스트레스로 인한 우울

답 ①번.

● 이 작품에서 1950년대 당시 '타락한 시대'를 반영하는 말로 알맞은 것은 무엇인가요?

① "가난하더라도 깨끗이 살자."

② "남들은 다 벗어던지고 법률선까지도 넘나들면서 사는데"

③ "양심껏 살아가면서 잘살 수도 있기는 있다."

④ "도덕을 지키면서 살아가야 한다."

답 ②번.

● 이 작품의 제목인 '오발탄'은 잘못 쏜 탄환이라는 뜻입니다. 이 작품 속에서 '오발탄'이 상징하는 의미는 무엇일까요?

마지막 대목에서 주인공 철호는 "아들 구실, 남편 구실, 애비 구실, 형 구실, 오빠 구실, 또 계리사 사무실 서기 구실. 해야 할 구실이 너무 많구나. 너무 많구나. 그래, 난 네 말대로 아마도 조물주의 오발탄인지도 모른다."고 생각합니다. 그리고 어디건 가야 하는데 갈 곳을 알 수 없어 합니다. 작가는 이러한 철호를 통해 삶의 중심을 잃고 방황하는 인간의 모습을 표현하고자 했습니다. 결국 오발탄은 과녁을 벗어난 총알처럼 자신에게 주어진 '구실'을 감당하지 못하는 인물의 좌절을 의미합니다.

● 이 작품에서 정신이상을 겪는 철호의 어머니는 "가자!"라는 말을 되풀이합니다. 그리고 마지막 대목에서는 철호 자신이 "가자!"를 되풀이합니다. 이 두 사람이 말하는 '가자!'는 각각 어떤 의미인지 생각하여 설명해 봅시다.

철호의 어머니는 북에 두고 온 고향으로 돌아가고 싶어 합니다. 전쟁의 참극을 겪은 뒤 행복하고 평화로웠던 예전의 시절로 돌아가고 싶은 심리가 반영된 것입니다. 그러나 철호의 경우에는 불행한 현실로부터 도피하고자 하는 뜻이라고 할 수 있습니다. 한 집안의 가장으로서 갑자기 닥친 비극으로부터 벗어나고 싶은 본능이 입 밖으로 표현된 것입니다.

땔감

: 윤흥길 :

생각해 볼까요?

부모님은 자식에게만큼은 든든한 보호자이며 모든 문제를 해결해 주는 존재이지만, 늘 강인한 것은 아닙니다. 부모이기 전에 세상의 이런저런 난관에 부딪혀 갈등하고 상처받는 한 사람입니다.

피곤한 모습으로 퇴근한 아버지의 축 처진 어깨를 본 적이 있나요? 또는 남몰래 눈물 흘리는 어머니의 모습을 본 적은 없나요? 여러분의 울타리인 부모님의 나약한 모습을 보았을 때 어떤 마음이 들었나요? 지금 부모님이 가장 힘들어 하는 문제는 무엇인지 생각해 봅시다.

1

그런 일이 있을 줄 미리 예감이라도 했던 듯이 아버지는 당최 내키지 않는 표정이었다. 그도 그럴 것이, 내가 알기로는 난생처음 아버지가 저지르려는 나쁜 짓이었으니까.

그때 나는 알고 있었다. 이제부터 아버지와 내가 하려는 일이 일종의 도둑질에 해당된다는 사실을 알고 있었다. 좀더 솔직히 얘기해서 그것은 일종의 도둑질에 해당되는 정도가 아니라 명명백백한 도둑질이 분명하다는 사실도 나는 알고 있었다.

"남에 물건은 터럭 하나라도 건디리는 법이 아니다."

언젠가 주인 모를 밭둑에서 손가락에 피가 맺히게 억세디억센 바랭이덩굴을 잡아뜯다가 오동포동 속살이 들어찬 무밭을 보고 불현듯 시장기를 못 이겨 내가 한 뿌리 뽑으려 하자 아버지가 불쑥 던진 말이었다. 그 말이 부끄러움을 모르는 내 식욕에 재를 뿌렸기 때문에 나는 단박에 무르춤해져◆ 가지고 말려서 아궁이에 넣을 바랭이를 뜯는 일에 도로 기를 쓰고 매달릴 도리밖에 없었다.

그런데 무 한 뿌리에 견주면 이제 곧 우리가 훔치게 될 것은 그 북더기◆로 보나 무엇으로 보나 징역을 살린대도 싸개 났달 게 없을 지경◆이었다. 아버지도 참 많이 변했다. 어머니를 비롯하여 우리 식구 모두는 아버지의 변모를 하나같이 환영하고 있었다. 아버지의 변모를 안타까워하고 슬퍼하는 사람은 오로지 아버지 혼

◆ **무르춤하다** 뜻밖의 사실에 놀라 뒤로 물러서려는 듯이 하여 행동을 갑자기 멈추다.

◆ **북더기** '북데기'의 잘못. 짚이나 풀 따위가 함부로 뒤섞여서 엉클어진 뭉텅이.

◆ **징역을 살린대도 싸개 났달 게 없을 지경** '싸개'란 여러 사람이 둘러싸고 다투는 상황을 뜻하는 말로, 사적으로 해결할 수 없는 범죄의 수준이라는 뜻.

자뿐이었다. 구름 위로 우뚝 솟은 자기를 두엄자리까지 끌어 내리려 음모하는 것들이 바로 우리라고 아버지는 굳게 믿는 눈치였다.

"든든히 먹어 둬라. 사람이 뱃구레◆가 비면 담력도 자연 허해지는 법이니라."

밥덩어리를 듬뿍 떠내 그릇에 덜어 주면서 아버지가 말했다. 밥이라야 들척지근한 고구마투성이 진떡에 지나지 않는 것이었다. 이삭바심◆으로 얻은 싸라기◆에다 고구마를 놓은 거라고 어머니는 곧잘 터무니없는 소리를 하곤 했는데, 사실은 어머니의 그 우겨대는 소리를 홀랑 뒤집어 놓으면 그것이 바로 올바른 순서가 되었다. 다시 말해서 고구마 솥에다 약간의 싸라기를 섞어 지은 밥이었다. 하지만 뭐가 됐건 나는 사양하지 않았다. 아버지의 말이 옳았다. 만약 내 담력이 허해지는 날이면 일을 아주 그르쳐 젬병◆으로 만들어 놓을 염려가 다분했다.

저녁을 그럭저럭 마쳤다. 아버지는 많이 모자라는 담력을 숭늉 대접을 벌컥벌컥 들이켜 빈 뱃구레를 채우는 것으로 벌충한 다음 곧장 깜깜한 마당으로 내려섰다. 뒤따라 내가 밖으로 나갔을 때 아버지는 이미 출발할 채비를 갖춘 채 어둠 속에서 나를 기다리고 있었다. 아버지가 걸머진 것은 발채◆를 얹은 본격적인 지게인 데 반해 내 것은 가마니였다. 해거름 전에 아버지가 가마니에 띠를 묶어 멜빵을 달아 놓았으므로 나 같은 약질이 짊어지기엔 아주 안성맞춤이었다.

"괜찮으요?"

어머니가 근심스런 목소리로 물었다.

"하도 오랜만에 져보는 지게라서 어떨까 혔더니 슬슬 옛날 가락이 나올라고 허누만."

누가 들어도 그 과장기를 충분히 눈치 챌 수 있게시리 아버지의 목소리는 예사롭지가 않았다. 얼굴 표정을 숨길 수 없는 훤한 달밤이 아니기가 참만 다행이었다.

"들키지 않게 조심허시우."

어머니의 목소리는 한꺼풀 더 근심스러워졌다. 식구들을 말짱 다 얼어 죽일 작정이냐면서 무섭게 몰아세우던 때와는 딴판으로 정작 아버지와 나를 떠나 보낼 임시◆에 어머니는 걱정도 팔자로 많았다.

"재숫머리 없이 초장부터 그렇게 참깨방정 들깨방정 떠는 법이 아녀!"

아버지가 평소의 그답지 않게 버럭 호통을 쳤다. 들킨다는 것, 들킬지도 모른다는 것은 참으로 곤란한 얘기가 아닐 수 없었다. 신경질 부리는 정도가 지나친 점으로 미루어 아버지가 내내 속으로 가장 걱정한 것이 무엇인지를 짐작하기는 그다지 어렵지 않았다.

우리는 집을 나섰다. 아버지가 앞장서고 내가 그 뒤를 따랐다. 지척을 분간할 수 없는 어둠이 우리 부자 사이를 자꾸만 갈라놓으려고 덤볐다. 하늘에는 귀 떨어진 조각별 하나 안 보였다.

쌕쌕이◆처럼 기분 나쁜 휘파람 소리를 지르며 들판을 온통 휩쓸고 오는 바람 끝엔 어김없이 칼날이 들려 있어 목도리를 친친 동여 감았는데도 쩍쩍 갈라지는 아픔이 콧마루와 뺨에서 떠나지를 않았다. 대단한 강추위였다.

"등 뒤에 바싹 붙거라."

바람이 아버지의 목소리를 흉내 내어 내게 말했다. 나는 그 말대로 머리를 잔뜩

◆ **뱃구레** 사람이나 짐승의 뱃속을 속되게 이르는 말.
◆ **이삭바심** 곡식의 이삭을 떨어서 낟알을 거두는 일.
◆ **싸라기** 부스러진 쌀알
◆ **젬병** 형편없는 것을 속되게 이르는 말.
◆ **발채** 짐을 싣기 위하여 지게에 얹는 소쿠리 모양의 물건.
◆ **임시臨時** 정해진 시간에 이름. 또는 그 무렵.
◆ **쌕쌕이** '제트기'를 속되게 이르는 말.

숙여 붙이고 바람의 등덜미로 바싹 따라붙었다. 그러자 그것은 바람이 아니었다. 아버지가 내 앞에서 바람의 칼날을 부러뜨려 양 옆으로 흘려 보내고 있었다. 아버지의 등이 전에 없이 커져서 갑자기 뒤에 매달린 바지게◆의 넓이하고 거의 비슷할 정도였다.

"춥지야?"

이번에는 아버지가 영락없이 바람의 목소리를 흉내 내었다. 아니라고, 별로 추운 줄 모르겠다고 대답할 참이었다. 그런데 나는 엉겁결에 그만 커다란 실수를 저지르고 말았다.

"예."

"너 못 할 일만 시키는갑다."

아버지는 대번에 풀이 죽었다. 우물쭈물하는 사이에 아버지가 또 말했다.

"얼어 죽이지 않을라고 헌다는 풍신◆이 이 모냥이구나."

갑자기 고래◆가 막혀 아무리 불을 처때도 까까중이 이마 씻은 물◆만큼도 방바닥이 미적지근하지 못했다. 엄동嚴冬의 한복판에서 졸지에 당한 일이라 방구들을 뜯어 고칠 수도 없는 노릇이었다. 아궁이를 손보고 화덕 위에 구멍을 뚫어 손잡이가 긴 고랫당그래◆로 그을음덩어리도 대충 긁어내 보고 굴뚝도 쑤셔 보는 등등으로 별의별 수단을 다 써보았으나 헛수고일 뿐이었다. 한번 막혀 버린 고래는 어거지로 우겨 넣으려는 불길을 한사코 도로 아궁이 밖으로 내뿜기가 예사였다. 덕분에 식구들은 너나없이 고뿔이 들고 밤마다 고드름똥을 싸느라고 눈을 붙이지 못했다. 솥에다 끓일 게 없는 것도 문제려니와 구들장을 데울 수 없는 것은 더욱 심각한 문제였다.

그럴 무렵에 동네 사람 누군가가 뾰족한 수를 일러주었다. 화력이

유달리 센 청솔 가지를 한바탕 기세 좋게 태우다 보면 더러는 저절로 뚫리는 수도 있다는 것이었다. 그 말이 일차로 어머니의 귀에 솔깃하게 들렸던 것이고, 그래서 어머니는 양민증◆ 문제로 직장도 잃은 채 은둔 칩거하며 잔뜩 몸을 사리고 있는 아버지를 형편없이 우유부단하고 무책임한 게으름뱅이로 몰아붙임으로써 마침내 분발시키기에 이르렀던 것이다. 바로 그 청솔 가지를 몰래 쳐 오기 위해서 한 집안의 가장인 아버지와 그의 장남인 내가 분연히 나선 길이었다.

원래의 목적지인 소라단까지 우리는 아무 탈 없이, 그야말로 무사히 도착했다. 거리도 상당히 멀 뿐만 아니라 야간 통행은 물론 대낮에 길거리에 나서는 것마저도 아직은 자유롭지 못한 아버지 입장에서 그것은 제법 위험이 따르는 모험이었다. 더구나 거기 소라단은 행방불명된 삼촌을 찾아 아버지 자신이 직접 시체 구덩이를 뒤지고 다닌 적이 있는 유명한 학살터였으므로 밤중에 남의 솔가지를 훔칠 요량으로 살금살금 숨어 들어가는 그 심정이 어떨 것인지는 뻔했다. 다행히도 그 자리에서 삼촌이 시체로 발견되지 않았다 해서 가뜩이나 위축돼 있는 아버지가 크게 위안을 느낄 수는 없었을 것이다.

그럼에도 불구하고 우리는 끝내 소라단에 가지 않으면 안 되었다. 무엇보다두 우리에게 당장 시급한 것이 청솔 가지였고, 들판에 자리 잡은 우리 동네에서는 아무래도 거기 이상 만만한 솔숲이 없었고, 그걸 꼭 구하려면 상당한 위험과 고생을 무

◆ **바지게** 발채를 얹은 지게.
◆ **풍신** 드러나 보이는 사람의 겉모양.
◆ **고래** 방의 구들장 밑으로 나 있는, 불길과 연기가 통하여 나가는 길
◆ **까까중이 이마 씻은 물** 덤덤하고 미지근한 물을 비유적으로 이르는 말.
◆ **고랫당그래** 방고래의 재를 그러내는 길고 작은 고무래.
◆ **양민증** 제주 4·3 사건 당시 일반 도민에게 발급해 준 신분 증명서이다. 이 증명서가 없으면 통행할 수도, 안전을 보장받을 수도 없었고 좌익이나 통비 분자로 의심받았다.

릅쓰고 거기에 가는 도리밖에 없었던 것이다.

산감◆의 눈을 피해 감시소와는 정반대 쪽으로 으슥한 골짜기에 지게를 받쳐 놓은 다음 아버지는 곧 일을 시작했다. 낫이 한 자루뿐이라서 아버지가 솔가지를 치는 동안 나는 멀찌감치 떨어져 망을 보았다. 아무 것도 안 보였으나 소리만은 잘 들렸다. 너무 잘 들려서 오히려 미칠 지경이었다. 낫질하는 소리가 바람 소리를 도막도막 자르고 있었다. 그 소리는 먼저 바람을 자르고 다음 산자락을 한쪽서부터 차근차근 썰고 마지막으로 내 가슴에 부딪쳐 와서는 그나마 남아 있던 콩알만 한 담력을 가루로 으깨 놓았다.

낫을 맞은 나뭇가지가 비명을 지르면서 땅바닥에 떨어질 때마다 온몸에 소름이 돋았다. 아버지는 작업을 너무 서두르고 있었다. 때문에 들킬 작정으로 일부러 그러는 것처럼, 곤히 잠든 소라단을 흔들어 깨우고 있었다. 아버지의 서투른 도둑질 솜씨를 원망하면서 돌을 쪼는 정만큼이나 딱딱 울리는 낫질 소리에 온통 정신을 팔다가 나는 망보기를 자연 게을리해 버렸다.

"꼼짝 마라!"

느닷없이 호통 소리와 함께 전짓불◆이 아버지를 환하게 사로잡았다. 너무도 놀란 나머지 아버지는 마치 헛불◆ 맞은 노루와도 같이 펄쩍 한 차례 뛰는 것 같았다.

"으떤 놈이냐!"

그 소리가 골짜기에 메아리쳐서 금방 되돌아왔다. 으떤 놈이냐아아아!

"불을 꺼야 대답을 허겄네."

눈이 부셔서 고개를 바룰 수가 없는지 아버지는 낫을 쥔 손으로 얼굴을 가렸다. 그 바람에 어찌 보면 대항이라도 할 것 같은 용감한 자세가 되었다.

"잔소리 말고 어서 양민찡이나 끄내!"

여전히 전짓불을 무자비하게 들이댄 채로 사내는 기다란 몽둥이를 휘둘러 위협적으로 좌우의 소나무 둥치를 후려갈기면서 아버지한테 다가섰다.

"자네가 누구간디 내 양민찡을 보자고 그러능가?"

양민증 소리 한마디에 벌벌 떨 줄 알았으나 아버지는 의외로 침착하고 능갈맞게◆ 나오는 것이었다.

"보고도 몰라? 소라 산림감시소 산감님이다."

"없네. 집에다 두고 왔네."

"요놈 자식 좋게 말혀서 안 듣누만. 감시소로 가자!"

"너 이노옴."

이번에는 아버지가 호통을 쳤다. 그 소리가 또 메아리쳐서 되돌아왔다. 너 이노옴옴옴.

"어려려, 도적놈이 감히 누구더러 됩데 큰소리여!"

"자식놈 듣는 자리서 어따 대고 함부로 놈자를 팡팡 놓느냐!"

"허허허허……."

하도 어이가 없었던지 산감이 한참이나 너털 웃음을 쏟아 놓았다.

"그렇게 자식 어려운 줄 아는 놈이 자식까장 앞세우고 도적질 댕기느냐?"

"어허, 그 도적 소리 고만두지 못허까. 우리 이럴 게 아니라 애나 먼저 보내 놓고

◆ **산감山監** 산에 무단으로 나무를 베는 것과 산불을 감시하는 사람을 리단위로 임명한 사람, 또는 산림조합직원을 일컫는다.
◆ **전짓불** 손전등에서 비치는 불빛.
◆ **헛불** 사냥할 때 짐승을 맞히지 못한 총질.
◆ **능갈맞다** 얄밉도록 몹시 능청스럽다.

단둘이서 죄용히 얘기허세."

"무신 소리! 애도 같이 끌고 가야지."

"자네는 자식도 없능가? 애비가 못 당헐 꼴을 당허는 걸 아무 죄도 없는 자식이 꼭 봐야만 자네 직성이 풀리겄능가?"

"아까부터 이놈이 누구보고 건방구지게 자네자네여!"

산감이 언성을 높였다. 그러나 나를 보내고 안 보내는 문제에 대해서는 더 이상 시비를 삼지 않으려는 기색이었다. 아버지가 나 있는 쪽을 어림◆으로 지목하면서 눈짓을 했다. 빨리 돌아가라는 신호였다. 걸음아 날 살려라고 숲 사이를 빠져 나는 골짜기 아래로 도망치기 시작했다. 산감의 눈이 미치지 않을 곳까지 멀찍이 도망친 다음 아버지를 기다렸다. 나처럼 아버지도 도망쳐 나오기를 이제나저제나 하고 기다리고 있었다.

그렇게 한참을 기다려 봐도 아버지는 돌아오지 않았다. 붙잡힌 아버지를 두고 나 혼자만 돌아갈 수 없는 일이었다. 집에 가서 어머니한테 설명할 말이 없는 채로 그 자리를 떠날 수는 없는 노릇이었다. 나는 발소리를 죽이고 아버지가 붙잡혔던 자리로 살금살금 다가가기 시작했다. 만일 거기에 없으면 산림감시소가 있는 맞은편 짝 산기슭까지도 가볼 작정이었다.

다행히도 중간에서 아버지를 만났다. 깜깜한 속에서도 나는 아버지가 등에 지게까지 메고 있음을 알았다. 나는 잠자코 아버지의 등뒤로 돌았다.

"괜찮다. 내가 그냥 지고 가마."

내 몫의 가마니를 내리는 걸 아버지는 허락하지 않았다.

"먼저 돌아가라니께 여태까장 안 가고 어디 있었냐?"

아버지의 힐책에 나는 아무 대꾸도 못했다. 내가 우물쭈물하고 있는 사이에 아버지는 다시 물었다.

"너도 봤쟈?"

그 말이 뭘 뜻하는 건지 새겨들을 겨를이 없었다. 아버지가 거푸 물어 왔기 때문이다.

"아버지가 그 버르장머리 없는 산감 녀석 혼내 주는 것 너도 똑똑히 두 눈으로 봤지야?"

나는 머리를 끄덕였다. 아버지의 그 말만은 어김없는 사실이었다. 산감한테 큰소리 치는 걸 분명 내 눈으로 보고 귀로 들었으니까.

"예."

어두워서 머리를 끄덕이는 걸 못 본 성싶어 나는 소리 내어 대답했다. 그러자 아버지의 목소리에 생기가 돌았다.

"사람이 그렇게 막뵈기로 뎀비는 법이 아니라고 알어듣게 혼을 내줬더니 나중판엔 잘못혔다고 미안허다고 그러드라. 한때 시국◆을 잘못 만나 운수 불길혀서 그렇지 야밤중에 나무나 허러 댕기는 그런 사람이 아니라고 혔더니 괜찮다고 그냥 가져가시람서 지게 위에다 얹어까지 주잖겄냐."

그 증거로 아버지가 어깨를 들썩이자 지게에 담긴 청솔 가지가 제꺼덕 대꾸를 했다. 어쩐지 혼자서 도망쳐서 숨어 있길 참 잘했다는 생각이 자꾸만 들었다. 아버지가 산감을 결정적으로 꾸짖는 장면을 못 본 것이 조금도 섭섭지가 않았다.

"집에 가거든 느 에미한티 본 대로 얘기혀도 괜찮다. 아버지가 산감 녀석 버르장

◆ **어림** 대강 짐작으로 헤아림. 또는 그런 셈이나 짐작.

◆ **시국時局** 현재 당면한 국내 및 국제 정세나 대세.

머리 곤쳐 놓은 얘기 말이다."

"예."

아버지가 앞장서고 내가 뒤를 따랐다. 귀 떨어진 조각별 하나 안 보이는 깜깜한 밤이었다. 어둠이 자꾸만 우리 부자 사이를 갈라놓으려 덤볐다.

"아버지 등 뒤에 바싹 붙거라."

칼날을 든 바람이 아버지의 목소리를 거의 그대로 흉내 내어 말했다. 나는 아버지가 하라는 대로 했다. 그러자 그것은 어느새 바람이 아니었다.

"되게 춥지야?"

이번에는 아버지가 휘파람 같은 소리를 쏙 빼닮게 흉내 내었다.

"예."

엉겁결에 대답하고 나서 나는 내가 또다시 실수를 저질렀음을 얼른 깨달았다.

2

역 구내로 숨어들던 첫날의 그 호된 떨림은 가위◆ 살인적이었다. 철도 경찰이 총을 들고 보초를 서는 판이었다. 입환선◆ 레일 위로 차갑게 내리쏟치는 탐조등◆ 불기둥을 우회하여 자갈바탕을 기고 침목과 침목 사이를 건너뛸 때 마구잡이로 벌렁벌렁 노는 심장을 나로서는 다스릴 재간이 없었다.

"넌 마 소리 내지 마!"

일행의 맨 앞에 있던 우리의 우두머리 길봉이가 갑자기 뒤처져 내게로 엉금엉금 기어오더니 이를 갈아붙이는 소리를 했다. 아무런 소리도 낸 기억이 없었으므로 나는 곧바로 항의를 했다.

"내가 언제?"

"이따가 갈 때 보자. 한 번만 더 소리 냈다간 죽여!"

길봉이는 내 눈앞에 주먹을 흔들어 보이면서 다시 낮게 이를 갈았다. 허리춤에 각기 자루 하나씩을 꿰차고 손에는 쇠갈고리를 쥔 채 땅바닥을 벅벅 기는 일행의 꽁무니를 따르는 동안 그런 일에 난생처음인 나는 엉뚱한 생각을 했다. 정거장으로 석탄을 훔치러 갈 때만은 심장을 꺼내어 집에다 놔둘 수 있다면 얼마나 편리할까.

"너 인마, 소리 내지 말라니까!"

석탄을 잔뜩 실은 무개화차◆ 조금 못 미친 데에서 나는 또 주의를 받았다. 이번에는 내 바로 앞을 기는, 나보다도 한 살이나 덜 먹은 송근이란 녀석한테서였다. 그제서야 나는 방금 울린 자갈 구르는 소리가 내 갈고리 끝에서 난 것임을 간신히 알아차렸다.

화차 그늘 속으로 뛰어든 다음부터는 녀석들의 행동이 갑자기 기민해지면서◆ 배짱도 보통이 아니었다. 큰 녀석들은 화차 위로 기어오르고 작은 녀석들은 약간 틈이 벌어진 문을 찾아 갈고리를 쑤셔 넣었다. 특히 그 가운데서도 우리의 우두머리 길봉이의 활약이 가장 돋보였다. 그는 눈 깜짝할 사이에 화차 꼭대기까지 뽀르르 기어 올라가서 탄더미에다 납작 배를 깔고는 욕심껏 자루 속에다 조개탄을 퍼 담았다. 우선 제 것부터 후딱 채워 아래

◆ **가위可謂** 한마디의 말로 이르자면.
◆ **입환선** 차량의 입환, 분류에 사용하는 선로.
◆ **탐조등** 어떠한 것을 밝히거나 찾아내기 위하여 빛을 멀리 비추는 조명 기구.
◆ **무개화차** 덮개나 지붕이 없는 화물차.
◆ **기민하다** 눈치가 빠르고 동작이 날쌔다.

에서 받아 내리게 하고는 남의 자루까지 떠맡아 처리하기도 했다. 그러는 길봉이를 나는 존경하지 않을 수가 없었다. 도무지 손발이 떨리고 가슴이 두방망이질을 해서 나는 그 속에 뛰어들 엄두도 못 낸 채 다른 아이들이 땅바닥에 흘리는 거나 옆에서 간신히 주워 담는 정도에 그치고 말았다.

첫날 나는 배당◆을 받지 못했다. 각자 짊어지고 갈 수 있을 만큼 자루를 채워 안전한 장소까지 운반한 다음에 길봉이가 왕초 자격으로 부하들 개개인에 대한 신임의 정도와 나이에 따른 능력의 개인차를 십분 참작하여 낱낱이 재분배해 주는 형식인데, 맨 꼴찌로 내 차례가 당하자 그는 석탄 대신 내 눈두덩을 불이 번쩍 일도록 후려갈기는 것이었다. 그럼에도 불구하고 나는 길봉이를 향한 존경심을 거두지 않았다.

그다음부터 길봉이는 날 패거리 속에 일절 끼워 주지 않았다. 그가 나를 거부하는 한은 어쩔 도리 없는 일이었다. 그의 지휘와 보호 없이 나 혼자서 단독으로 석탄을 훔치러 들어간다는 건 상상도 못했다. 하루속히 노여움이 풀려 전처럼 다시 그가 관대하게 대해 주기만 바라면서 나는 기관차가 선로 위에 흘리고 간 낱알의 석탄덩이나 코크스◆를 줍는 것으로 아쉬움을 달랠 도리밖에 없었다.

변함 없는 충성을 보인 보람이 있어 마침내 나한테 재차 기회가 주어졌다. 첫날처럼 또 시끄럽게 굴거나 바보짓을 하는 날이면 내 입을 찢어도 좋다는 다짐을 받고서야 길봉이는 마지못해 나를 용납해 주었다. 그 은혜에 보답하기 위해서라도 나는 이를 악물고 견디지 않으면 안 되었다.

차츰 횟수가 늘어남에 따라 내 솜씨는 눈에 띄게 달라져 갔다. 하루가 다르게 배짱도 두둑해졌을 뿐만 아니라 처음에는 주리를 틀어 대는 고문 바로 그것이던 작업이 이젠 그 무엇과도 바꿀 수 없는 비밀스런 쾌감을 만끽하는 진진한 모험으로 변했다. 일이 끝난 후에 내게 돌아오는 배당도 다른 녀석들이 시샘하고 선망할 정도로 많아졌다. 능력과 신뢰도에 따라 응분의 보상을 받는 건 너무도 당연하고 공평한 처사였다. 침착하고 그러면서도 약삭빠른 점에서 나를 덮어 누를 사람이 있었다면 그것은 오로지 길봉이 하나 정도였다.

그래서 사변 직전까지 나하고 같은 반이었던 진권이가 제발 좀 끼워줄 수 없느냐고 길봉이한테 알랑방귀◆를 뀔 때 신출내긴 위험하니까 곤란하다고 누구보다 앞장서서 반대한 사람이 바로 나였다. 진권이는 결국 내 제의에 따라 만일의 경우 입을 찢어도 좋다는 맹세 끝에 가까스로 우리들 축에 드는 영광을 누리게 되었다.

유난히도 안개가 자우룩한 밤이었다. 화물을 싣고 풀기 위해 이쪽에서 저쪽으로 또는 저쪽에서 이쪽으로 선로를 바꾸느라고 기관차들이 빼액빽 거푸 기적을 뽑으며 푹푹거릴 때 내뿜는 무더기무더기 하얀 증기가 전혀 안 보일 정도로 밤안개가 칙칙했다.

석탄을 때뽀◆하기엔 아주 안성맞춤인 밤이었다. 우리들 사이에 도둑질은 달리 고상한 말로 때뽀라고 불리고 있었다. 실탄을 장전한 카빈◆을 들고 섰다가 얼핏 수상쩍은 기척이라도 비칠라 치면 마구 허공을 향해 빵빵 쏴대는 신경질투성이 철도 경찰을 피하여 조개탄이 실린 무개화차로 접근하는 동안 진권이의 입은 내

◆ **배당配當** 일정한 기준에 따라 나누어 줌.
◆ **코크스cokes** 골탄, 해탄 등의 고체 탄소 연료.
◆ **알랑방귀** 교묘한 말과 그럴듯한 행동으로 남의 비위를 맞추는 짓을 속되게 이르는 말.
◆ **때뽀せっとう** 절도.
◆ **카빈carbine** 보병총과 기관단총의 중간 성격을 가진 소총.

수중에 맡겨졌다. 여차만 했다 하면 나는 달려들어 녀석의 주둥이를 찢어 놓을 작정이었다.

그러나 진권이는 의외로 잘하는 편이었다. 화차 근처에 바투 다가갈 때까지 아무 일도 벌어지지 않았다. 이제 선로 하나만 타넘고 나면 다음부터는 누워서 떡먹기였다. 그런데 이때 재수 옴 붙게도 바로 귓가에서 철커덕 소리가 요란하게 울렸다. 멀리서 수동으로 원격 조종되는, 우리가 흔히 뽀인또라고 부르는 전철기◆가 휘꺼덕 젖혀지면서 끝이 뾰족한 가동궤조◆가 본궤조에 들러붙는 소리였다. 철커덕 소리와 거의 동시에 진권이란 녀석이 느닷없이 귀청이 째지는 비명을 지르기 시작했다. 기적 소리만큼이나 크고 긴 비명이어서 참으로 낭패스러운 순간이었다.

"아가리 닥쳐, 개새끼야!"

앞쪽에서 길봉이가 이를 갈았다.

"넌 마, 소리 지르지 마!"

나 역시 이를 갈았다. 그런데도 녀석은 비명을 그치지 않았다.

"이런 벼엉신 같은 자식!"

주둥이를 닥치게 하려고 나는 녀석 옆으로 불불 기어갔다. 그러자 이때 길봉이가 벌떡 몸을 일으키면서 소리 쳤다.

"오늘은 다 틀렸다! 튀자!"

덩달아 나도 몸을 솟구치면서 이렇게 협박했다.

"진권이 너 인마, 이따가 죽는 줄 알어!"

겨우 비명이 멎었다. 하지만 녀석은 다들 똥줄이 당기게 도망치는 판인데도 선로 위에 엎드린 채 죽은 듯이 꼼짝달싹도 하지 않았다. 비로소 의심이 부쩍 들었다. 어쩐지 별안간에 울린 철커덕 소리에 혼이 달아나서 지른 비명만은 아닐지도 모른다는 생각이 어렴풋이 떠올랐던 것이다. 그러나 그때는 이미 길봉이의 꽁무니를 쫓아 나는 정신 없이 뛰고 있는 참이었다.

철조망이 뚫린 개구멍을 빠져나온 다음 뒤를 돌아다봤으나 진권이는 끝내 따라오지 않았다. 멀리 북쪽에서 달무리처럼 뿌옇게 테를 두른 전조등◆을 밝힌 채 하행 열차가 안개 속을 뚫고 덜커덩덜커덩 내려오고 있었다. 그것이 조금 전에 우리들 귓전에서 철커덕 바뀐 선로를 타고 플랫폼으로 돌진한 것임을 그 순간 나는 직감했다.

진권이가 죽었다는 소식이 전해지자 동네가 온통 발칵 뒤집혔다. 떨어져 있던 레일과 레일이 갑자기 들러붙어 하나로 합쳐지는 바람에 그 틈바귀에 발목이 물린 진권이는 거기서 끝내 빠져나올 수가 없었던 것이다.

동네 어른들이 뒤늦게야 떼뭉쳐 정거장으로 달려가 봤으나 진권이는 하행 열차가 통과한 뒷자리에 남아 있지 않았다. 진권이는 이미 없어졌으면서도 그 주변에 널려 있었고 주변에 있으면서도 실상은 이미 없어져 버렸다.

그날 밤이 늦도록 아버지는 회초리를 들고 내 종아리를 때렸다. 회초리를 일단 내렸다가 다시 드는 그 사이사이에 아버지는 똑같은 말을 골백번이나 되풀이하고 있었다.

"이놈아, 누가 너더러 두둑질허는 자리 따러댕기라고 시키드냐? 느 애비가 시키디야, 느 에미가 시키디야?"

그러다가 아버지는 막판에 가서 회초리를 내 손에 건네주고는 자신의 바짓가랑

◆ **전철기**轉轍機 철도에서 차량을 다른 선로로 옮길 수 있도록 선로가 갈리는 곳에 설치한 장치.
◆ **가동궤조**可動軌條 가동레일. 움직일 수 있는 선로.
◆ **전조등** 기차나 자동차 따위의 앞에 단 등. 앞을 비추는 데에 쓴다.

이를 돌돌 걷어올리기 시작했다. 놀랍게도 아버지는 소리 한마디 없이 눈물을 흘리고 있었다.

3

이듬해 초봄부터 늦가을에 걸쳐 때아닌 토탄◆ 바람이 우리 동네를 왁자하게 휩쓸었다. 배산 뒤편짝 논바닥에서 나로서는 생전 듣도 보도 못한 그 희한한 연료가 새로 발견되었기 때문이다.

참으로 알다가도 모를 일이었다. 솥에다 삶을 것도 별로 없는 처지이면서 웬일로 그토록 땔감 때문에 늘 쩔쩔매는 살림을 겪어야만 했는지 도무지 이해가 안 가는 생활이었다.

전쟁이 물러간 지 꽤 오래인데도 그 무렵 아버지는 여전히 새로운 직장을 구하지 못한 채 집에서 빈둥빈둥 세월을 보내고 있었다. 인공◆ 치하에서 있었던 삼촌의 그 되똑◆ 솟은 부역◆ 행위로 말미암아 아버지는 옴치고 뛸 수도 없는 입장이었다. 가뜩이나 옹색스런 형편에 어려운 일들이 한두 가지가 아니었다.

그런 판국에 얻어 들린 토탄 소문은 그냥 무심히 들어 넘기고 말 성질의 것이 아니었다. 북더기에 비해 값이 상대적으로 헐할뿐더러 야금야금 마디게 타는 것이어서 한바탕 또 요란하게 경제적인 땔감이었다. 비싼 장작은 우리 형편에 그림의 떡인 데다가 풀을 베어다 말려서 때는 일에도 이젠 넌덜머리가 나 있던 참이었다. 그럴 때 아버지 입에서 불쑥 토탄 얘기가 나왔다.

"우리도 식구대로 가서 파 오자."

그날 중으로 아버지는 어디서 기다란 장대를 구해다가 끝을 죽창같이 날카롭게 다듬었다. 그걸로 논바닥을 푹푹 쑤셔 보면 어떤 자리가 토탄이 많이 들고 적게 들었는지 고대◆ 알 수 있다는 설명이었다.

"사람은 무신 일이고 머리를 잘 써야 허는 법이니."

아버지는 매우 의기양양했다.

"어따따, 고렇게 머리 잘 쓰는 양반이 오늘날 뜨뜻더운 오뉴월에 토탄이나 파러 댕기게 됐구만이라우?"

언제나 그랬듯이 어머니가 또 입바른◆ 소리를 했으나 아버지는 아무런 대척◆도 하지 않았다. 다만 좀 가소롭다는 듯이, 어디 한번 두고만 보라는 듯이 희미하게 미소 지을 따름이었다.

끝간 데 모르게 펼쳐진 배산 뒤쪽 들판에 사람들이 와글와글 들끓고 있었다. 논바닥 여기저기에 수없이 네모 반듯한 구덩이들이 파져 있고, 그 안에서 삽질로 토탄덩이를 떠올리는 사람, 그걸 받아서 그릇에 담아 이고 지고 나르는 사람들로 꼭 장◆ 속 같았다.

논 임자가 눈치 채지 못하게 아버지는 장대로 빈 논바닥을 조심조심 쑤시고 다녔다. 흥정이 이루어지기 전에 속을 파 보는 짓을 논 임자는 엄격히 금했다. 대충 눈짐작으로 아무 데나 골라잡아야 하는 조건이기 때문에 땅 거죽으로만 보아서는 어디가 좋고 나쁜 자린지 알 도리가 없었다. 순전히 재수 나름이었다. 따라서 아버지의 그 독특한 식별 방법은 아무튼 높이 평가받을 만한 것으로 생각되었다.

◆ **토탄土炭** 땅속에 묻힌 시간이 오래되지 아니하여 완전히 탄화하지 못한 석탄.
◆ **인공人共** 인민공화국의 줄임말.
◆ **되똑** 오뚝 쳐든 모양.
◆ **부역賻役** 국가나 공공단체가 특정한 공익사업을 위하여 보수 없이 국민에게 의무적인 책임을 지우는 임무.
◆ **고대** 이제 막.
◆ **입바르다** 바른말을 하는 데 거침이 없다.
◆ **대척** 말대꾸.
◆ **장場** 시장.

드디어 흙이 얕게 덮이고 토탄층이 두껍게 깔린 좋은 자리 물색이 끝났다. 아버지는 논 임자를 불러다 흥정을 해서 한 평을 샀다. 윗옷을 벗어부치고 아버지와 나는 곧 작업에 착수했다.

우선 네 귀퉁이에 말목◆부터 지른 다음 삽으로 표토◆를 벗겨내기 시작했다. 뙤약볕 밑에서 구슬땀을 흘려 가며 열중한 보람이 있어 오래지 않아 누런 토탄층이 드러났다. 아버지가 뜨는 삽 위에 베갯덩어리만 한 토탄이 올려지는 첫 순간, 옆에 지켜 앉아 구경하던 어머니와 동생들이 일제히 환성을 올리며 손뼉까지 쳤다. 그것 보라는 듯이, 내가 뭐라고 그러더냐는 듯이 아버지는 만면에 미소를 짓고 있었다.

"역시 사람은 머리를 써야 허는 법이니!"

아닌 게 아니라 아버지는 기다란 죽창 형태의 머리를 잘 써서 결국 성공을 거둔 셈이었다. 다른 사람들이 파는 자리에 비해 얼른 알아볼 수 있게시리 표토층이 얇았던 것이다. 그렇게 땡잡는 자린 줄 까맣게 모르고 엉뚱한 데 가서 고생고생 흙을 걷어내기에 허팟살에 물집이 잡히는 불쌍한 사람들을 진정 동정하고 싶어질 지경이었다. 허허벌판 같은 논바닥에 우리 식구들만 외따로 떨어져 있는 셈이었는데, 그렇다고 외롭기는커녕 차라리 한갓지고 풍성스런 즐거움뿐이었다.

"어디 가서 당신 막걸리나 한 납대기◆ 받아 오지그려."

수건을 얼굴의 땀방울을 훔치며 아버지가 은근히 무리한 부탁을 말했다.

"삽질 조깨 허는 게 무신 베슬이다고 대낮부터 막걸리 노래는……."

어머니가 구덩이 속으로 하얗게 눈을 흘겼다. 그러나 말은 그렇게 하면서도 어머니는 한창 기분이 둥둥 뜨던 뒤끝인지라 더 이상 잔소리 없이 인근 마을을 향하고 핑하니 달려갔다.

토탄이란 참으로 묘하게 생겨먹은 종류였다. 겉에서 파내는 것들은 찰흙처럼 몽글고 물컹거리면서 시궁 썩는 냄새를 풍기는 거무죽죽한 물이 찌걱찌걱 비어져 나왔다. 그러나 구덩이 속으로 깊이 파 들어갈수록 차차로 물기가 가시면서 갈색을 띤 보송보송한 진짜 토탄이 나왔다. 틀림없이 몇 만 년은 땅 속에서 묵었을 이상야릇한 형태의 나뭇가지들이 모양도 선명하게 노출되기도 했는데, 그걸 손으로 주무르면 소리도 없이 흙덩어리처럼 부서지곤 했다. 흙도 아니고 석탄도 아닌 그 어중간이었다.

토탄을 삽으로 떠서 구덩이 밖으로 내보내는 작업은 일단 그렇게 나온 토탄을 집에까지 운반하는 수고에다 견주면 실상 아무 것도 아닌 셈이었다. 아버지를 제외한 모든 식구들이 저마다 한 개씩 토탄 자루를 메고 일렬로 서서 쨍쨍한 뙤약볕 속을 걸어 먼 길을 몇 왕복이나 하는 사이에 아주 녹초가 돼버렸다. 자루 자체가 들독◆처럼 무겁기도 하거니와 마대천◆ 사이로 스며 나오는 걸쭉한 진액과 악취가 땀띠투성이 등덜미로 흘러내리고 코를 찔렀다. 세상에 그런 고역이 어디 다시 있을까.

두 왕복을 하고 나서 나는 갑작스레 복통을 일으켜 버렸다. 그리고 그 복통은 논바닥에 남아서 아버지가 하는 일을 설렁설렁 거드는 동안에 씻은 듯이 스러져 버렸다. 아버지는 알맞게 오른 취기에 힘입어 신이야 넋이야 부지런히 삽을 놀렸다.

"쪼깨 기력이 부쳐서 그렇지 노동도 아주 못 혀먹을 노릇은 아니구나."

◆ **말목** '말뚝'의 방언.
◆ **표토表土** 토질이 부드러워 경작할 수 있는 땅 표면의 흙.
◆ **납대기** '모되'의 잘못. 네 모가 반듯하여 분량을 헤아리는 데 쓰는 그릇.
◆ **들독** 무거운 돌을 들어 올려 힘을 겨루는 놀이에 쓰였던 돌.
◆ **마대천** 황마로 성기게 짠 천.

어느새 그렇게 자신이 붙었는지 아버지는 흰소리를 늘어놓으며 한 삽 듬뿍 퍼서 올렸다. 구덩이 깊이가 벌써 아버지의 허리를 넘어 있었다. 방금 밖으로 내던져진 토탄을 무심코 내려다보다가 나는 약간 이상한 징조를 발견하고는 깜짝 놀랐다. 모르는 사이에 빛깔이 변해 있었던 때문이다. 검누른 빛을 띤 양질의 토탄층이던 것이 어느 겨를에 갑자기 끈적끈적 물기 먹은 저질의 진흙 같은 모양을 덮어쓰고 나오는 중이었다. 너무 일에만 열중한 나머지 아버지는 그와 같은 변화를 전혀 알아차리지 못하는 눈치였다. 내가 막 입을 열어 그 점을 지적하려는 참인데 때마침 논 임자가 뒷짐을 진 채 어슬렁어슬렁 다가왔다.

"이보쇼, 당신 거그서 시방 뭐 허는 게요?"

구덩이 속을 굽어다보며 논 임자가 소리를 꽥 내질렀다.

"뭐 하는 게요라니, 몰라서 묻소?"

삽자루를 세우면서 아버지는 계제에 잠시 쉴 참을 즐길 작정인 듯이 걸어오는 농담을 맞받아 튀길 만반의 자세를 갖추었다.

"내 눈엔 당최 알 수가 없구만. 남에 논 가운데다 조상님 산소라도 뫼실 작정이유? 비싼 밥 묵고 씨잘디없이 웬 구정이는 그리 짚이 파는 게요?"

"예끼, 여보슈!"

아버지는 약간 비위가 상한 표정이었다. 아버지가 다시 말했다.

"농담도 유분수지, 산소를 뫼시다니 말이나 되우? 아무리 땅 쥔이라지만 내 돈 내고 내가 산 토탄 내가 파는디 사람이 그러면 덜 좋은 법이오."

"당신 말이 옳긴 옳으요. 그래, 토탄이나 파랬지 남에 귀헌 논 바닥 흙까장 말짱 들어가랬소?"

"흙이라……."

그 순간 아버지의 시선이 구덩이 바닥으로 달팍◆ 쏟아졌다. 한 차례 심호흡인지 한숨인지 끝에 아버지는 허리를 새우등으로 만들었다. 그리고 손아귀에 진흙 한 줌을 집어 올려 요모조모로 찬찬히도 살피기 시작했다. 그것만으로도 부족해서 아버지는 양손을 싹싹 비벼보다가 코끝에 대고 냄새를 맡아보다가 필경에는 혓바닥으로 핥아 맛까지 확인해 보는 것이었다. 아버지는 결국 손에 쥔 걸 무섭게 태질◆을 치면서 바닥에 털썩 주저앉고 말았다. 정녕코 그것은 토탄이 아니었다. 의심의 여지 없는 진흙이었다.

"팔 만침 팠으면 고만 나오시오. 내년 요맘때는 봄보리가 시퍼렇허게 모가지 내밀고 섰을 땅이오."

논 임자는 다시 뒷짐을 지고서 어슬렁거리며 멀어져 갔다. 아버지는 숫제 흙반죽으로 질컥거리는 구덩이 바닥에 늘펀하게 드러눠 버렸다. 벌겋게 취기가 기승을 올리는 얼굴이었다. 도무지 말이 없는 채 아버지는 멀거니 하늘만 올려다보고 있었다. 그러는 아버지를 두고 나는 아무 말도 꺼낼 수가 없었다. 다른 자리에서 다른 사람들이 파는 분량의 겨우 삼분의 일에나 미칠까 말까 하는 수확이었다. 아버지의 머리가, 아버지의 장대가 바로 아버지 자신을 배반하고 능멸한 결과였다.

"너도 그렇다고 믿냐?"

한참 만에 아버지가 하늘을 상대루 믿도 끝도 없는 질문을 던졌다.

"이 애비가 아무짝에도 쓸모없는 어리석은 인간이라고 믿고 있냐?"

아버지는 다름 아닌 나를 상대로 묻고 있었다. 엉겁결에 나는 전에 자주 들은

◆ **달팍** 조금 힘없이 넘어지거나 주저앉는 소리.
◆ **태질** 세게 메어치거나 내던지는 짓.

풍월을 고대로 옮겨 버렸다.

"안 그래요! 시국을 잘못 만나서 운수가 불길혀서 그래요!"

"허허, 고녀르 자식!"

웃었다. 아버지가 피식 웃었다. 내가 아버지를 웃겼다. 장남인 내가 마침내 내 힘으로 아버지를 웃게 만든 것이다.

"너 욜로 좀 들어오니라. 부자지간에 어디 한번 짱짜란히 둔눠서 하늘이나 구경허자. 요렇게 네모틀 너머로 보니께 하늘이 여간만 곱들 않구나."

나는 아버지의 분부를 감히 거역할 수가 없었다. 아버지의 눈은 조금도 틀린 데가 없었다. 정말로 하늘은 고왔다. 드높이 매달린 파란 하늘을 소담한 구름덩이 하나가 한가하게 질러가고 있었다. 아버지 말마따나 네모틀 안에 가두고 바라보기 때문에 더욱더 곱게 느껴졌는지도 모른다.

"실은 말이다, 시국 탓도 운수 탓도 아니란다. 느이 애비가 아직도 사람이 덜된 탓이란다."

일차로 술냄새부터 확 다가왔다. 그리고 이차로 아버지의 음성이 귓바퀴에 소곤소곤 감겨 왔다. 등덜미를 축축이 적시는 진흙바닥에 드러누운 채로 나는 아버지의 귀엣말에 무조건 머리부터 끄덕여 보였다.

"자아, 인자 그만 이놈의 조상님 산소 자리 같은 구뎅이서 슬슬 나가보자. 별수 있냐. 손해 본 토탄은 이 애비가 무신 수로든 벌충혀야지. 까짓것 또 땔감이 떨어지는 날이면 내 몸띵이를 태워서라도 느이들을 따숩게 맹글 작정이다."

아버지가 앞장서서 구덩이 밖으로 기어 나가고 아버지의 장남인 내가 그 뒤를 바짝 따랐다. 아버지의 궁둥이가 내 코앞에서 커다랗게 얼씬거렸다. 구덩이 밖으로 나가기 위해 배비작거리는◆ 그 궁둥이의 움직임을 보고 있노라니 갑자기 목구멍이 깝북◆ 잠겨 오는 기분이 드는 것이었다.

◆ **배비작거리다** 배치작거리다. 몸을 한쪽으로 약간 배틀거리거나 가볍게 잘록거리며 계속 걷다.
◆ **깝북** 가뜩. 어떤 범위 안에 무엇이 널리 퍼져 있거나 가득한 모양.

윤흥길

尹興吉, 1942~

전라북도 정읍에서 태어난 작가 윤흥길은 전주 사범학교를 졸업하고 초등학교 교사 생활을 하였습니다. 아이들을 가르치며 소설을 습작하던 1968년 한국일보 신춘문예에 소설 〈회색 면류관의 계절〉이 당선되어 소설가로 활동하게 됩니다. 그 후 원광대학교 국문과에 진학하여 본격적인 문학 공부를 하였으며, 졸업 후에는 국어 교사로 근무했고 출판사에서 일을 하기도 했습니다.

그가 문단의 주목을 받기 시작한 것은 1973년에 발표한 〈장마〉라는 작품을 통해서입니다. 이 작품은 한국전쟁으로 인한 가족 간의 갈등이 화해되는 감동적인 과정을 그리고 있습니다. 이후 윤흥길은 산업화 과정에서 겪게 되는 서민들의 아픔과 갈등을 그린 소설을 여러 편 발표하였습니다. 그 중에서 〈아홉 켤레의 구두로 남은 사내〉는 '성장과 발전'이라는 구호 아래 소외되는 이들의 생생한 삶을 묘사함으로써 작가의 비판의식을 선명히 드러낸 작품입니다. 그리고 1980년대에 들어 발표한 소설 《완장》은 풍자와 해학의 기법으로 탐욕스러운 권력의 실체를 밝힌 작품이며 《에미》는 격동의 현대사를 살아온 여인의 수난사를 따뜻한 시선으로 형상화한 작품입니다.

윤흥길은 소설의 탄탄한 구성, 절제되고 균형 잡힌 문장으로 한국 현대사의 비극적인 순간들을 예리하게 포착한 작가로 평가되고 있습니다.

"아버지 등 뒤에 바싹 붙거라"

이 작품은 한국전쟁 직후를 배경으로 하여 세 편의 에피소드를 담은 작품으로, 가난한 집안의 가장으로서 최선을 다하려는 아버지의 모습이 감동적으로 묘사되어 있습니다.

첫 번째 이야기는 아버지와 함께 땔감을 구하는 과정이 서술되어 있습니다. '나'와 아버지는 저녁을 든든히 먹고 추운 한밤중에 지게를 지고 산으로 나섭니다. 막혀 버린 구들장을 뚫으려면 화력이 좋은 청솔가지가 필요한데 아버지는 양민증이 없어 몰래 나무를 해야 했던 것입니다. 낫질 솜씨가 좋지 않은 아버지는 이내 산감에게 발각되고 맙니다. 그러나 아버지는 산감에게 고개를 조아리기는커녕 오히려 당당하게 아들을 보내 줄 것을 요구합니다. 골짜기 아래에서 기다리던 '나'는 청솔 가지를 메고 내려오는 아버지를 만납니다. 산감을 혼내 주었다고 자랑스럽게 말하는 아버지의 지게에는 청솔 가지가 실려 있었습니다. '나'는 아버지의 등 뒤에 바짝 붙어 바람을 피하며 집으로 돌아옵니다.

두 번째 이야기는 친구들과 석탄을 훔치다가 한 친구가 열차에 깔려 죽게 되는 이야기입니다. 왕초 길봉이를 따라 처음 무개열차의 석탄을 훔치러 간 '나'는 손발이 떨리고 가슴이 두근거렸지만 횟수가 늘어감에 따라 석탄을 훔치는 솜씨도 늘었습니다. 어느 날 같은 반 지귀가 함께 석탄 도둑질에 나서게 되고, 선로가 변경될 때 발목이 물려 꼼짝없이 열차에 깔려 죽게 됩니다. 그날 밤 늦도록 아버지는 회초리로 '나'의 종아리를 때린 뒤 회초리를 '나'에게 건네주고는 자신의 바짓가랑이를 걷어 올리며 눈물을 흘렸습니다.

세 번째 이야기는 '토탄'이라는 새로운 연료를 둘러싼 에피소드입니다. 아버지는 여전히 직장을 구하지 못했고, 집안 형편은 날이 갈수록 어려워집니다. 그러던 어느 날 배산 뒤편짝 논바닥에서 토탄이라는 연료가 발견되자, 아버지는 토탄이 잘 나올 것 같은 땅을 골라 땅 한 평을 빌립니다. 이제 토탄만 많이 캐낸다면 땔감은 더 이상 걱정하지 않아도 될 것입니다. 하지만 열심히 구덩이를 파 나가던 아버지는 그 흙이 토탄이 아니라 진흙이었음을 깨닫고 바닥에 주저앉고 맙니다.

잠시 뒤, 나는 아버지와 함께 구덩이에 누워 하늘을 구경합니다. 아버지는 자신이 어리석은 사람이지만 "땔감이 떨어지는 날이면 내 몸띵이를 태워서라도 느이들을 따숩게 맹글 작정"이라고 말합니다. 집으로 돌아가는 길, 아버지의 뒷모습을 바라보던 '나'는 목이 잠기는 것을 느낍니다.

땔감의 변천사

석탄을 연료로 사용하기 이전까지 사람들은 취사와 난방 에너지를 나무에 의지해 왔습니다. 한국의 경우, 1900년경을 전후로 외국의 자본과 기술로써 국내에 매장된 석탄이나 흑연 등이 채굴되기 시작하였습니다. 본격적으로 석탄이 연료로 이용되기 시작한 것은 1950년대로, 가정용 연료인 '연탄'으로 가공되어 1980년대 중반까지 대표적인 대중연료로 판매되었습니다.

'토탄'이란 석탄의 일종으로, 얕은 호수 등에 식물이 퇴적하여 탄화한 것입니다. 황갈색 또는 갈색을 띠며 수분이 많고 발열량이 낮아서 질 좋은 연료라고는 할 수 없으나, 유기질을 함유하고 있어서 비료로 사용되기도 합니다. 〈땔감〉의 세 번째 이야기에서 아버지가 진흙을 토탄으로 착각하였던 것은 토탄이 진흙처럼 황갈색이고 수분이 많기 때문입니다.

나무하는 아이들

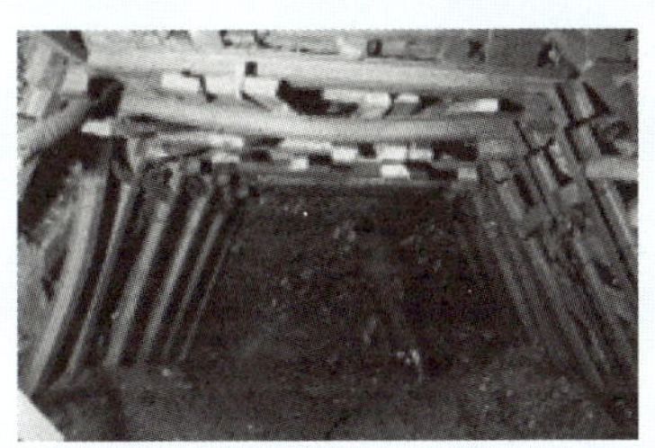
석탄광

토탄층

〈땔감〉의 세 이야기는 이러한 '땔감'을 소재로 하여 춥고 가난한 시절의 생활의 필수 연료를 구하기 위해 치러야 했던 고충을 들려주고 있습니다. 청솔 가지를 구하기 위해 한밤중에 몰래 산속으로 들어가고, 석탄을 훔치기 위해 위험하게 열차에 뛰어들기도 하고, 토탄을 캐려고 논바닥을 파헤치는 과정 등이 그러한 것입니다. 작가는 '땔감'이라는 소재를 통해 한국전쟁 이후 서민들의 애환 어린 삶을 묘사하고, 그러한 생활 속에서도 더욱 뜨거워지는 가족애를 그리고자 하였습니다.

소설의 '화자'란 누구인가

소설을 쓸 때 작가는 이야기를 어떤 시점으로 쓸 것인지를 고민하며, 그 결정에 따라 '화자'를 선택합니다. 이때 화자는 사람일 수도 있지만 동물이거나 사물이 될 수도 있습니다. 화자는 이야기를 끌어가는 주체로서 작가의 의도를 효과적으로 전달하는 역할을 합니다. 즉 화자의 말하기 방식이나 사건을 바라보는 태도에 따라 이야기의 메시지가 결정되는 것입니다.

화자는 시점(1인칭, 3인칭, 전지적 시점)에 따라 이야기 형식이 크게 달라지는데, 1인칭 시점의 경우 '나'가 사건의 중심인물이 되는 방식과 관찰자가 되어 사건을 지켜보는 방식으로 나눌 수 있습니다.

〈땔감〉은 땔감이라는 소재에 얽힌 아버지의 에피소드를 '나'가 들려주는 관찰 시점이라 할 수 있습니다. 독자는 이 화자의 눈을 따라 '아버지'를 바라보기 때문에 화자가 어떤 생각과 심정을 지니는지를 짐작할 수 있습니다. 달리 말해, 작가가 조명하고자 하는 인물(아버지)을 아들인 '나'의 시선으로 보여줌으로써 '생활력은 부족하지만 가장으로서 책임감이 강한 아버지'의 모습이 효과적으로 전달되고 있습니다.

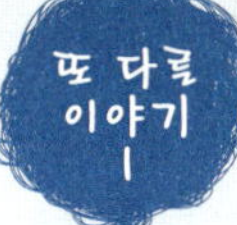

한국전쟁과 신분증명서

한국전쟁 전후 국내 질서가 혼란하고 북한에서 내려온 사람들의 신원을 파악하기 어려워지자 치안과 질서를 유지하기 위한 목적으로 신분증명서가 발급되었습니다. 양민증, 시민증, 도민증이라고 불렸던 이 신분증명서는 현재의 주민등록증이라고 말할 수 있습니다.

양민증은 가로 12cm, 세로 8cm 크기로, 이름·나이·성별·주소 등 인적 사항을 기록되고, 사진과 지문이 찍혀 있습니다. 그리고 여섯 가지의 주의 사항이 기록되어 있는데, 그 중에 양민증이 없는 자는 양민으로 취급하지 않으며, 검사를 할 때 제출하지 않는 자는 엄벌에 처한다는 규정이 있습니다. 이것은 사실상 국민으로 대접받지 못하는 상황이었던 것입니다.

당시 좌익(인민군) 또는 이와 관련이 있거나 관련이 있다고 의심을 받는 가족들은 양민증을 받지 못했습니다. 윤흥길의 〈땔감〉에서 아버지가 양민증이 없어서 한밤중에 땔감을 구하러 나선 것도 이러한 이유 때문입니다.

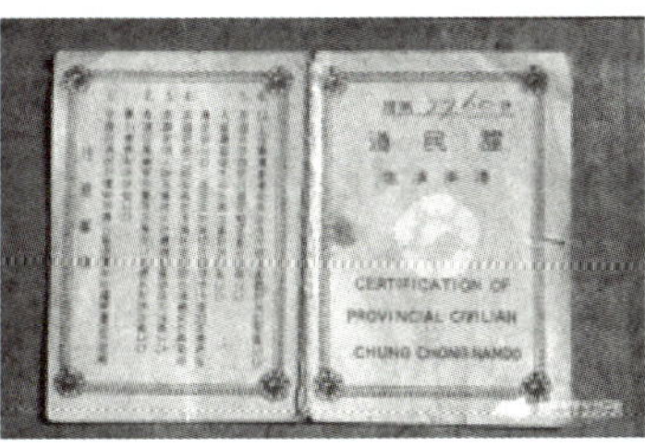

양민증(양면)

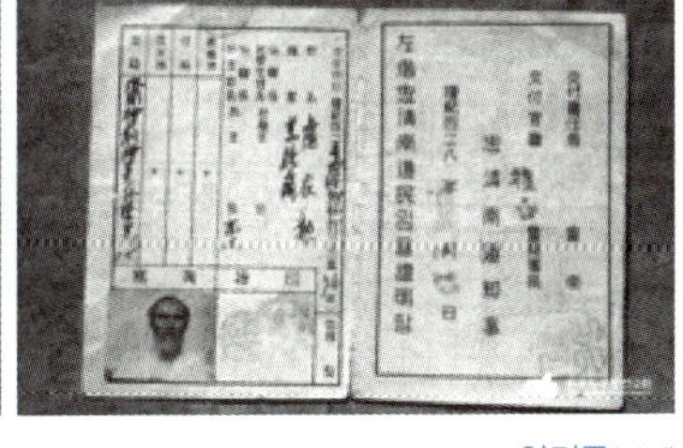

양민증(뒷면)

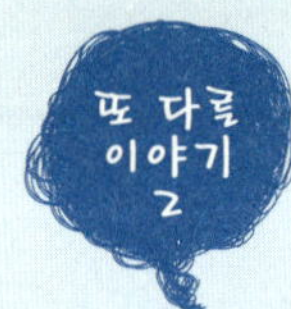

1970년대를 그리는 윤흥길의 〈아홉 켤레의 구두로 남은 사내〉

윤흥길의 〈아홉 켤레의 구두로 남은 사내〉는 1970년대 사회적 상황을 배경으로 하고 있으며, 산업화·도시화에서 소외된 소시민의 삶을 통해 사회적 모순을 비판하고 있는 작품입니다.

교사인 '나'는 성남의 고급 주택가에 어렵게 집을 마련하고 경제적으로 보탬이 되도록 방 하나를 세놓게 되는데, 이 셋방에 권 씨가 이사를 오게 됩니다. 그는 비록 가난한 살림살이지만 매일같이 열 켤레의 구두를 닦고 광을 낼 정도로 구두에 온 정성을 쏟습니다.

어느 날 이 순경이 찾아와 권 씨의 동태를 감시해 달라고 부탁을 합니다. 권 씨는 이 순경의 감시를 받고 있는 전과자였던 것입니다. 출판사 직원이었던 권 씨는 철거민 입주권을 얻어 광주 대단지에 20평을 분양받았지만 땅값, 세금 등을 감당하기 어려운 형편이었습니다. 이런 상황에서 비슷한 처지의 사람들이 집단으로 일으킨 일에 권 씨가 주동자로 몰려 징역을 살게 되었던 것입니다.

권 씨는 출판사를 그만두고 공사장에서 막노동을 하다가 '나'와 마주치게 됩니다. 그리고 그날 밤 술에 취한 권 씨는 '나'를 찾아와 자신이 전과자가 된 내력을 이야기합니다. 산모인 아내의 수술비를 빌리러 온 권 씨의 부탁을 거절한 것을 후회하던 '나'는 권 씨 모르게 수술비를 대신 지불합니다.

그날 밤 집에 강도가 침입합니다. '나'는 그가 권 씨임을 알아채고 달래려 하지만, 권 씨는 자존심에 상처를 입은 듯 도망칩니다. 그 일이 있은 뒤 권 씨는 아홉 켤레의 구두를 남긴 채 행방을 감춥니다.

● 이 작품에서 아들을 사랑하는 아버지의 마음을 느낄 수 있는 대사가 아닌 것은 무엇인가요?

① "등 뒤에 바싹 붙거라."
② "너 못할 일만 시키는갑다."
③ "이놈아, 누가 너더러 도둑질허는 자리 따러댕기라고 시키드냐?"
④ "역시 사람은 머리를 써야 허는 법이니!"
⑤ "땔감이 떨어지는 날이면 내 몸띵이를 태워서라도 느이들을 따숩게 맹글 작정이다."

● 이 작품의 세 번째 이야기를 통해 알 수 있는 사실이 아닌 것은 무엇일까요?

① 아버지는 직장을 구하지 못했습니다.
② 논 임자는 아버지가 자신의 땅에서 토탄을 캐낸 것을 부러워했습니다.
③ 나는 논 임자가 나타나기 전 이미 토탄이 진흙이라는 사실을 알고 있었습니다.
④ 아버지와 나는 땔감을 마련하기 위해 토탄을 캐내려 한 것입니다.
⑤ 아버지는 자신이 캐낸 것이 진흙임을 깨닫고 실망했습니다.

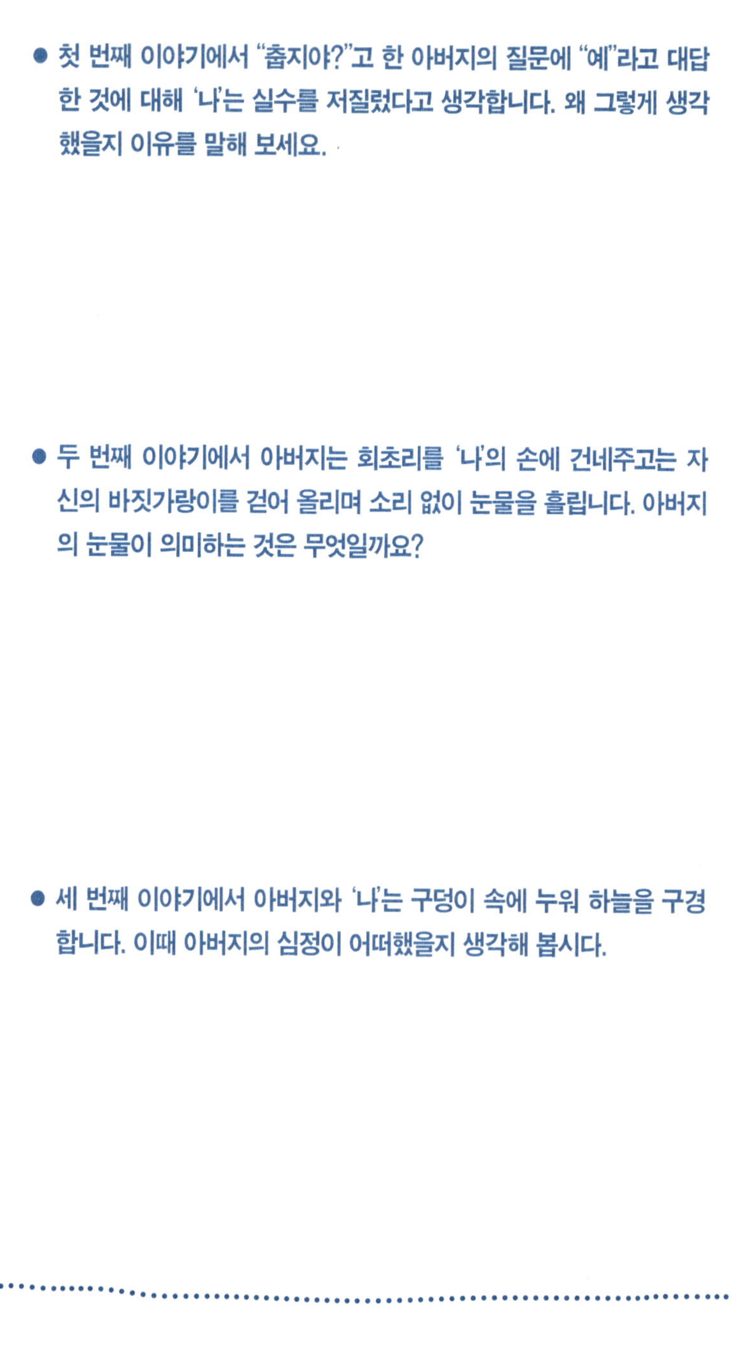

- 첫 번째 이야기에서 "춥지야?"고 한 아버지의 질문에 "예"라고 대답한 것에 대해 '나'는 실수를 저질렀다고 생각합니다. 왜 그렇게 생각했을지 이유를 말해 보세요.

- 두 번째 이야기에서 아버지는 회초리를 '나'의 손에 건네주고는 자신의 바짓가랑이를 걷어 올리며 소리 없이 눈물을 흘립니다. 아버지의 눈물이 의미하는 것은 무엇일까요?

- 세 번째 이야기에서 아버지와 '나'는 구덩이 속에 누워 하늘을 구경합니다. 이때 아버지의 심정이 어떠했을지 생각해 봅시다.

- **이 작품에서 아들을 사랑하는 아버지의 마음을 느낄 수 있는 대사가 아닌 것은 무엇인가요?**

① "등 뒤에 바싹 붙거라."

② "너 못할 일만 시키는갑다."

③ "이놈아, 누가 너더러 도둑질허는 자리 따러댕기라고 시키드냐?"

④ "역시 사람은 머리를 써야 허는 법이니!"

⑤ "땔감이 떨어지는 날이면 내 몸띵이를 태워서라도 느이들을 따습게 맹글 작정이다."

답 ④번.

- **이 작품의 세 번째 이야기를 통해 알 수 있는 사실이 아닌 것은 무엇일까요?**

① 아버지는 직장을 구하지 못했습니다.

② 논 임자는 아버지가 자신의 땅에서 토탄을 캐낸 것을 부러워했습니다.

③ 나는 논 임자가 나타나기 전 이미 토탄이 진흙이라는 사실을 알고 있었습니다.

④ 아버지와 나는 땔감을 마련하기 위해 토탄을 캐내려 한 것입니다.

⑤ 아버지는 자신이 캐낸 것이 진흙임을 깨닫고 실망했습니다.

답 ②번.

● 첫 번째 이야기에서 "춥지야?"고 한 아버지의 질문에 "예"라고 대답한 것에 대해 '나'는 실수를 저질렀다고 생각합니다. 왜 그렇게 생각했을지 이유를 말해 보세요.

아버지는 내 앞에서 바람막이가 되어 주고자 자신의 등 뒤에 바싹 붙어서 걸으라고 말합니다. '나'는 바람막이가 되어 주는 아버지의 등이 넓게 느껴집니다. 그래서 춥냐는 물음에 '안 춥다'고 말하고 싶었으나 엉겁결에 '네'라고 대답한 것을 후회한 것입니다.

● 두 번째 이야기에서 아버지는 회초리를 '나'의 손에 건네주고는 자신의 바짓가랑이를 걷어 올리며 소리 없이 눈물을 흘립니다. 아버지의 눈물이 의미하는 것은 무엇일까요?

석탄을 훔치다가 진권이가 죽은 사건으로 인해 아버지는 자책감을 느낍니다. 자신이 가난을 해결해 주지 못해 아들이 석탄을 훔치게 된 것이라고 생각한 것이죠. 아버지는 자신이 무능력하여 아들을 위험 속으로 내몰았다는 생각에 자신의 바짓가랑이를 걷어 올리고 눈물을 흘린 것입니다.

● 세 번째 이야기에서 아버지와 '나'는 구덩이 속에 누워 하늘을 구경합니다. 이때 아버지의 심정이 어떠했을지 생각해 봅시다.

집안 형편이 힘들고 어려웠지만, 양민증이 없는 아버지는 직장을 구하지 못했습니다. 구덩이 속에 누워 아버지는 세월을 한탄했을 것입니다. 그리고 자신의 무능함을 자책하며, 가장으로서 다시금 강한 책임감을 느꼈을 것입니다.

나비를 잡는 아버지

: 현덕 :

생각해 볼까요?

여러분의 잘못된 생각이나 행동을 지적하고 바로잡아 주는 사람은 누구인가요? 아마도 늘 곁에서 여러분의 일거수일투족을 알고 있는 부모님 아닐까요? 하지만 때로는 그런 부모님이 내 마음을 알아주지 않아 서운할 때도 있고, 그래서 부모님께 반항하기도 하지요. 그럴 때 한 번쯤은 부모님의 입장이 되어 생각할 필요가 있습니다. 외부 환경으로부터 자식을 보호해야 하는 부모님의 마음은 어떠할지 생각해 보면서, 〈나비를 잡는 아버지〉를 읽어 봅시다.

황혼의 종로로 방향을 돌려서

버스는 떠난다. 경쾌스럽게.

간드러진 노랫소리가 푸른 언덕을 넘어온다. 바우는 송아지를 뜯기며 밤나무 그늘에 앉아 그림 그리는 책을 펴 들었다. 송아지가 움직이는 대로 자리를 옮아 앉으며 옆으로 풀을 뜯는 송아지 모양을 그리느라 열심히 들여다보고 연필을 놀리고 하더니 잠시 멈추고 귀를 기울인다. 그리고 흥! 하고 빈정거리는 웃음을 한 번 웃고는 그 소리가 듣기 싫다는 듯 그편에 등을 대고 돌아앉는다.

'겨우 서울 가서 공부한다고 배워 가지고 온 것이 유행가 나부랭이냐. 그리고 나비 잡는 것하구.'

지난해 봄에 바우와 경환이는 한날에 그곳 소학교를 졸업을 하였다. 그리고 경환이는 서울로 상급 학교를 가고 바우 자기는 집에서 꾸벅꾸벅 땅이나 파며 있지 않으면 아니 될 때, 바우는 무척 슬퍼하고 억울해하고 따라서 경환이를 부러워도 하였다. 바우 자기가 값없이 보내는 그 하루하루에 경환이는 좋은 학교, 훌륭한 선생 아래서 날마다 새로워 가고 높아 갈 것을 생각할 때 바우는 가만히 있지 못했다. 그 상급 학교에 가지 못하는 벌충을 여기다 하려는 듯이 틈 있는 대로 그림을 그리었고 또 그것으로 즐거움이 되었다.

그리고 얼마 전에 그 경환이가 하기夏期 휴가를 하고 서울서 집에 돌아왔다. 그러나 전보다 얼굴빛이 희어지고 바지통이 넓은 양복에 흰 테두리 한 모자를 멋있게 쓴 것이 달라졌을 뿐, 서울이 얼마나 좋고 자기 다니는 학교가 얼마나 훌륭한 곳인가를 자랑하는 것과 또는 활동사진 배우 중 누구는 어떻고 누구는 어쩌고, 그리고 잡된 유행가를 부르며 동네 어린아이들을 몰고 다니며 나비를 잡는 것이 주로 하는 일이었다. 아마 경환이 자기는 이러는 것으로 전일前日 보통학교 때 늘 바우에게 성적으로 머리를 눌려 오던 분풀이를 하려는 듯이 빼기며 다니는 것이다. 바우에게는 그 꼴이 곱게 보일 수 없었다.

꽃 피는 남산으로 방향을 돌려서
버스는 떠난다. 가로수 그늘.

노랫소리는 점점 가까워 온다. 그리고 잠시 언덕 너머가 떠들썩하더니 호랑나비 한 마리가 피로한 나래◆로 갈팡질팡 날아와 밤나무 가지에 야트막하게 앉는다. 바우는 그 나비를 쉽게 잡을 수 있었다. 그리고 잠깐 그 호사스런 모양, 찬란한 빛깔을 들여다보다가 도로 날려 보내려 할 즈음 언덕 위로 동네 아이들의 머리가 불쑥불쑥 나타나며 뒤미처 경환이가 나비 잡는 채를 휘두르며 뛰어 내려온다. 경환이는 바우가 앉았는 밤나무 그늘로 들어서며

"너, 호랑나비 어디로 날아가는 거 봤니?"

하다는 바우 손에 잡혀 있는 나비를 보고는 반색◆을 한다.

"나 다우."

하고 으레 줄 것으로 알고 손을 내미는 것이나 바우는 그 손을 툭 쳐 버리고 몸을 돌린다.

"넌 무슨 까닭으로 어린애들을 몰고 다니며 애먼◆ 나비를 못살게 하는 거냐?"

"뭐?"

하고 경환이는 뜻하지 않은 말에 잠시 멍하니 바라보다는,

"누가 장난으로 잡는 거냐. 학교서 숙제를 냈어. 동물 표본을 만들어 오라구."

"장난 아니믄, 벌써 너 나비 잡기 시작한 지가 며칠이냐. 그동안에 못 잡아도 백 마리는 잡았겠구나. 거 다 동물 표본 만들고도 모자라서 또 잡는 거냐?"

"모두 못쓰게 잡았으니까 그렇지. 날개가 상하구."

하다가는 경환이는 변색◆을 하고 한 발자국 다가서며,

"넌 남이 나빌 잡건 말건 무슨 상관이냐, 건방지게."

"나두 상관할 만해서 그런다."

"무슨 상관야."

"너 때문으로 해서 담부턴 나비 구경을 못하게 되겠으니까 허는 말이다."

하고 바우는 경환이 얼굴을 마주 노리다가,

"니가 동물 표본을 만들기에 나비가 필요하다면 난 그림 그리는 데 필요한 나비야. 너만 위해서 생긴 나비는 아니지."

그러나 경환이는 흥! 하고 코웃음을 친다. 바우는 한층 음성을 높여 계속한다.

"그리고 어린아이들에게 잡된 유행가는 너 왜 가르치는 거냐. 부르고 싶으면 네나 부르지."

이 말에 매우 괘씸한 모양, 경환이는 낯을 붉히며 대든다.

"이 동네서 나 하는 거 시비할 사람 없어. 건방지게 왜 이래."

하는 그 말 속엔 분명 자기는 마름집◆

◆ **나래** '날개'를 이르는 말. '날개'보다 부드러운 어감을 준다.
◆ **반색** 매우 반가워함. 또는 그런 기색.
◆ **애먼** 일의 결과가 다른 데로 돌아가 억울하게 느껴지는.
◆ **변색變色** 놀라거나 화가 나서 얼굴빛이 달라짐.

외아들로서 지위가 높은 몸, 너 같은 소나 뜯기는 놈에게 시비를 받을 몸이 아니라는 빈정거림이 있다. 바우는 썩 비위가 상해서,

"흥!"

하고 마주 코웃음을 치고 그리고 좀 더 골을 올리려고 두 손가락에 날개를 접어 쥔 나비를, 이것 너 줄까, 하는 시늉으로 경환이 등을 향해 두어 번 겨누다는 그대로 공중으로 날려 버린다. 나비는, 방향이 없이 어지러이 한 바퀴 맴을 돌더니 언덕 아래로 높았다 낮았다 날아간다. 경환이는 갑자기 몸을 날려 그 나비를 쫓아간다. 그러다가 나비가 아래 논 가운데로 날아가자 뒤돌아서 바우를 무섭게 한 번 눈을 흘겨보고, 그리고 돌 하나를 집어 근처에서 풀을 뜯고 있는 송아지를 때리고는 언덕 아래로 달아났다.

그러나 경환이의 심술은 이것만으로 고만두지 않았다. 송아지에게 먹을 만치 풀을 뜯기고 언덕 아래로 몰고 내려와 수수밭 모퉁이를 돌아섰을 때 바우는 다시금 놀랐다. 개울 건너 바우네 참외밭에서 경환이란 놈이 나비 잡는 채를 휘두르며 날뛰고 있다. 그까짓 송장나비를 잡으려고 그러는 것이 아닐 텐데, 경환이는 그 나비를 쫓아 구두 신은 발로 지금 한창 참외가 익기 시작하는 넝쿨을 함부로 질겅질겅 밟으며 이리 뛰고 저리 뛰고 한다. 일부러 그러는 것이 분명하다. 나비를 잡는 척 참외밭으로 몰아넣고 참외 넝쿨을 결딴내는◆ 것이리라. 바우는 눈이 뒤집혔다. 더욱이 그 참외밭은 장차 햇곡식 나기 전까지의 바우 집 식구들의 식량을 거기다 예산하고◆ 있는 것이요, 바우 자기도 잘 열면 책 한 권쯤 사 달래려고 벼르고 있던 터다. 바우는 나는 듯 개울을 건너 뒤로 쫓아가 한 번 등줄기를 우리고◆ 그리고

"임마, 눈 없어? 이거 못 봐?"

하고 낭자한 그 자취를 손으로 가리키며,

"넌 남의 집 농사 결딴내두 상관없니, 임마."

그러나 경환이는,

"우리 집 땅 내가 밟았기로 무슨 상관야."

하고 기가 막힌다는 듯, 피이 하고 고개를 옆으로 돌린다. 그러나 사실 기가 막히기는 바우다.

"우리 집 땅?"

하고 허 참, 하늘을 쳐다보고 탄식하고,

"땅은 너희 집 거라두 참외 넝쿨은 우리 집 거 아니냐. 누가 너희 집 땅을 밟는대서 말야? 우리 집 참외 넝쿨을 결딴내니까 말이지."

그러나 경환이는 머리에 썼던 운동 모자를 벗으며 한 발자국 다가선다.

"너희 집 참외 넝쿨은 그렇게 소중히 알면서, 어째 남이 나비 잡는 건 훼방을 노는 거냐. 나두 장난으로 잡는 건 아냐."

"장난이 아닌지는 몰라도 넌 나비를 잡는 거고 우리 집 참외 넝쿨은 거기서 양식도 팔고◆ 그래야 할 것이거든. 그래, 나비가 중하냐, 사람 사는 게 중하냐."

바우는 팔을 저어 시늉하며 어느 것이 소중하냐고 턱을 대는데 경환이는,

"나두 거기 학교 성적이 달린 거야."

하고 '피이' 하고 업신여기는 웃음을 짓더니,

"너희 집 집안 살림을 내가 알게 뭐냐."

하고 같은 웃음으로 좌우를 돌아본다.

◆ **마름집** 지주를 대신하여 소작권을 관리하는 이의 집.

◆ **결딴내다** 어떤 일이나 물건 따위가 아주 망가져서 도무지 손을 쓸 수 없게 하다.

◆ **예산豫算** 필요한 비용을 미리 헤어려 계산하다.

◆ **우리다** 힘껏 때리다.

◆ **팔고** 곡식을 사는 것을 '판다'고 표현하기도 한다.

개울 건너 길가에 동네 아이들이 모여 섰고 그 뒤로 지게를 진 어른들도 섰다. 바우는 낯이 화끈 달았다.

"뭐, 임마."

하고 대뜸 상대의 멱살을 잡고,

"그래서 남의 참외밭 결딴내는 거냐. 나빈 우리 집 참외밭에만 있구 다른 덴 없어, 임마."

경환이는 멱살을 잡히고 이리저리 목을 저으며,

"이게 유도 맛을 보지 못해 이래. 너 다 그랬니. 다 그랬어."

하고 으르다가 날래게 궁둥이를 들이대고 팔을 낚아 넘겨치려 하나 그러나 원체 나무통처럼 버티고 섰는 바우의 몸은 호리호리한 경환의 허릿심으로는 꺾이지 않았다. 도리어 바우가 슬쩍 딴죽◆을 걸고 밀자 경환이 자신이 쿵 나둥그러졌다. 그러나 쓰러졌다가 다시 일어설 때 경환이는 손에 돌을 집어 들고 그리고 얼굴에 울음을 만들고는,

"이 자식아, 남 나비 잡는 사람, 왜 때리고 훼방을 노는 거야. 왜."

하고 비겁하게 돌 든 손을 머리 위로 쳐들어 겨누는 것이다. 결국 싸움은 이때껏 아이들 등 뒤에 입을 벌리고 서서 보고만 있던 동네 어른 하나가 성큼성큼 개울을 건너가 사이를 뜯어 놓고 그리고 경환이를 참외밭 밖으로 이끌어 나간 것으로 끝났으나, 그러나 경환이가 손목을 이끌려 가면서 연해 뒤를 돌아보며, '어디 두고보자'고 벼르던 그 말이 허사가 아니었다.

바우가 자기 집 장독간 앞에서 벌통을 들여다보고 앉았는데 경환이 집에서 부엌 심부름을 하는 계집아이가 왔다. 바우는 까닭 없이

가슴이 성큼했다.

"바우 어머니 집에 있수?"

하고 계집아이는 안방과 부엌을 가웃거리다가 마당에 섰는 바우를 보고,

"너 우리 집 서울 학생 때렸니?"

하고 쳐다보다가 대답이 없으니까,

"너 야단났다. 우리 집 아씨가 막 역정이 나서 너의 어머니 불러오래, 얘."

마침 우물에서 돌아오는 바우 어머니를 보고 계집아이는 다시 한 번 그 말을 옮겨 들리며 함께 문 밖으로 사라졌다.

'난 잘못한 거 없으니까.'

하면서 바우는 가슴이 두근거리었다. 일없이 뒤곁으로 갔다, 마당으로 나왔다 하며, 어머니가 돌아올 때를 기다리면서 조마조마해한다.

먼저 아버지가 뒷밭에서 돌아왔다. 이맛살을 찌푸린 얼굴로 아버지는 기색이 좋지 못하다. 호미를 마당 가운데 던지더니 아버지는 갑자기 큰소리를 냈다.

"참외밭에서 누구하구 싸웠니?"

바우는 벌통 앞에 돌아앉아서 말이 없다.

"너두 눈 있거든 참외밭에 좀 가봐. 넝쿨 하나고 성한 게 있나. 임마, 그 밭에 도지◆가 얼만지 아니? 벼 루 열 말야. 참외는 안 되두 낼 것은 내야지, 그리고 허구한 날 먹을 건 먹어야지. 그런 걱정은 없구, 임마, 참외밭에서 싸움이 뭐냐, 싸움이."

◆ **딴죽** 이미 동의하거나 약속한 일에 대하여 딴전을 부림을 비유적으로 이르는 말.

◆ **도지賭地** 남의 논밭을 빌려서 부치고 그 대가로 해마다 내는 벼. 도조.

바우는 벌통 앞에서 일어서며 볼멘소리로,

"누가 싸웠나, 경환이가 나빌 잡는다고 참외밭에서 막 넝쿨을 밟길래 말린 거지."

그러나 아버지는 한층 음성을 거슬렀다.

"내가 뭐랬어. 참외밭 근처서 멀리 떠나지 말고 지키랬지. 그놈의 그림책 이리 내놔라. 그것만 잡고 앉았으면 정신없다가 참외밭을 결딴내는 것두 몰랐지, 임마."

하고 그 그림책을 찾는 것처럼 두리번거리고 뒤꼍으로 가며 아버지는 혼잣말로 서울 가서 공부한 것이 나비 잡는다고 남의 집 참외밭 결딴내는 거냐고 중얼중얼 울타리에서 호박잎을 따고 있다. 아마 부러진 참외 넝쿨을 그것으로 이어 보려는 것이리라. 조금 후 아버지는 호박잎을 따 가지고 나오며,

"너의 어머니 어디 갔니?"

그러나 바우는 경환이 집에서 어머니를 불러 갔다는 말은 아니 나왔다. 묵묵히 바우는 대답이 없다. 하지만 아버지는 더 묻지 않아도 좋았다. 바로 그 어머니가 상기* 한 얼굴로 대문을 들어섰다.

어머니는 다짜고짜로 바우에게로 달려가 등줄기를 우리고는,

"자식이 어떻게 했으면 어미 망신을 그렇게 시키니. 어서 나비 잡아 가지고 가서 빌어라, 빌어."

그리고 아버지를 향하고는,

"당신도 가보우. 바깥사랑에서 부릅디다."

아버지는 어리둥절하여 바우와 어머니를 번갈아 쳐다보다가,

"어떻게 된 일야, 응."

그러나 어머니는 바우를 향해서만 또,

“남 나빌 잡거나 말거나 내버려 두지 어쭙잖게 왜 다니며 훼방을 노는 거냐.”

“누가 훼방을 놀았나. 남의 참외밭에 들어가 그러길래 못 하게 말린 거지.”

“아, 니가 밤나무골 언덕에서 손에 잡았던 나비까지 날려 보내며 뭐라구 그랬다는데 그래.”

그리고 어머니는 경환이 집 안주인이 꾸중꾸중하더라는 것, 그리고 바우가 나비를 잡아 가지고 와서 경환이에게 빌지 않으면 내년부터 땅 얻어 부칠 생각을 말라더란 말을 옮기며 또 바우에게,

“어서 나비 잡아 가지고 가서 빌어라, 빌어.”

아버지는 연해 끙끙 땅이 꺼지는 못마땅한 소리로 뒷짐을 지고 마당을 오락가락하며 무섭게 눈을 흘겨 바우를 본다. 그리고 바우는 어머니가 등을 미는 대로 부엌으로 뒤꼍으로 피하다가는 대문 밖으로 나갔다. 그러나 담 밑에 붙어 서서 움직이지 않는 바우를 어머니는 쫓아 나와 다조진다.◆

“이렇게 고집을 부리고 안 가면 어떡헐 셈이냐. 땅 떨어져도 좋겠니. 너두 소견이 있지.”

그러나 바우는 어슬렁어슬렁 길로 나가더니 우물 앞 정자나무 앞에 이르자 걸음을 멈추고, 그리고 동네 노인들이 장기를 두고 앉았는 것을 넋을 놓고 들여다보고 섰다. 장기가 두 캐가 끝나고 세 캐가 끝나고 모였던 사람이 헤어져도 바우는 자리를 뜨지 않는다. 바우는 다만 자기가 조금도 잘못한 것이 없는 것, 그러니까 누구에게든 머리

◆ **상기上氣** 흥분이나 부끄러움으로 얼굴이 붉어짐.
◆ **다조지다** 일이나 말을 섣불리 하지 못하도록 단단히 주의를 주다.

를 굽힐 까닭이 없다는 고집이 정자나무통만큼 뻣뻣할 뿐이었다.

해가 저물었다. 지붕 너머 바우 집 굴뚝에도 연기가 오르고 그리고 그 연기가 졸아든 때에야 바우는 슬슬 눈치를 살피며 대문을 들어섰다. 그러나 건넌방 쪽에 눈이 갔을 때 바우는 크게 놀랐다. 아궁지 앞에 위하던 그림 그리는 책이 조각조각 찢기어 허옇게 흩어져 있다. 바우는 그 앞에 이르러 멍청히 내려다보고 섰는데 등 뒤에서 아버지 음성이 났다.

"임마, 남은 서울 학교 다녀서 다 나비도 잡고 그러는 건데 건방지게 왜 다니며 훼방을 노는 거냐, 훼방을."

그리고 바우가 그림 그리는 것과 그것은 아랑곳없는 일일 텐데 아버지는,

"담부턴 내 눈앞에 그 그림 그리는 꼴 보이지 말어라. 네깟 놈이 그림 그걸루 남처럼 이름을 내겠니, 먹고 살게 되겠니."

하고 돌아서 문 밖으로 나가려다가 다시 돌아서며 아버지는,

"나빈 잡아 갔지?"

하고 다져 묻는다. 바우는 고개를 숙인 채 묵묵하다. 아버지는 기가 막힌 듯 잠시 건너다보기만 하다가 언성을 높였다.

"이때껏 나가서 뭐 했어. 임마, 간 봄에 늙은 아비가 땅 얻어 부치느라고 갖은 애 다 쓰던 것을 네 눈으로도 보았지. 가뜩한데◆ 너까지 말썽일 게 뭐냐. 어서 가서 빌지 못하겠어."

아버지는 담뱃대 끝으로 바우의 수그린 머리를 찌를 듯 겨눈다. 그러는 대로 바우는 무춤무춤◆ 피할 뿐 조금도 걸음을 옮기려지 않는다.

"그래도 네 고집만 셀 테냐. 그럴라거든 아주 나가거라. 아주 나가."

하고 아버지는 빗자루를 들고 나섰다. 이런 때 어머니가 방에서 나

와 그걸 빼앗아 던져 버리고,

"가서 빌기만 허면 뭘 하우. 나빌 잡아 가야지. 그리고 지금은 어두워서 잡겠수. 내일 잡아 가라지."

그리고 어머니는 바우의 등을 밀며,

"어서 올라가 저녁이나 먹어라."

하지만 아버지는 여전히 못마땅한 눈으로 흘겨보며,

"저런 놈 저녁은 먹여 뭘 해. 아주 내쫓으라니깐 그래."

하고 자기가 먼저 문 밖으로 나간다. 어머니는 그 아버지가 들어오기 전에 어서 저녁을 먹으라고 권한다. 그러나 바우는 섰는 자리에 그대로 고개를 숙이고 어머니가 달랠수록 더 짜증만 낸다. 한종일 아버지 어머니에게 애매한 미움을 받고 또 그림책을 찢기고 한 그 억울한 감이 가슴속에 벅차 다른 무엇이 들어갈 여지가 없었다.

이튿날 아침이다. 건넌방 모퉁이서 바우는 아버지와 얼굴이 마주쳤다. 아버지는 어제와 다름없는 그 얼굴 그 음성으로 부엌에서 아침을 짓는 어머니를 향해 소리쳤다.

"오늘도 저놈이 제 고집만 세우고 나빌 잡아 가지 않거든 밥 주지 말어."

그리고 바우를 향해서는,

"오늘은 나빌 잡아 가지고 가봐야 허지, 그러지 않으려거든 영 집에 들어올 생각 말어라, 인마."

그 아버지가 보이지 않는 곳에 이르자 어머니는 부엌에서 나와 작은 음성으로 바우를 달랜다.

"아버지 속상하시게 하지 말고 오늘은

◆ **가뜩한데** 지금의 사정도 매우 어려운데 그 위에 더.

◆ **무춤무춤** 놀라거나 어색한 느낌이 들어 하던 짓을 갑자기 자꾸 멈추는 모양.

나빌 잡아 가지고 가봐라. 땅이 떨어지거나 하면 너는 좋겠니. 생각해 봐라."

바우는 여전히 말이 없다. 어머니는 그것을 바우가 순종하는 뜻으로 여긴 모양, 부엌에서 아침을 차리기에 분주하였다.

"얼른 밥 차려 줄게 먹고 나가 봐."

그러나 바우는 어머니가 밥상을 날라 오기 전에 자기가 먼저 슬며시 집 밖으로 나갔다. 밥을 열 끼를 굶는 한이 있더라도 그 경환이 앞에 나비를 잡아 가지고 가서 머리를 숙이기는 무엇보다 싫었다. 아들의 그만한 체면쯤 보아줄 줄 모르고 자기네 요구만 고집하는 아버지가, 그리고 어머니까지 바우는 무척 야속했다. 노여웠다.

바우는 동구 밖 아랫마을로 가는 길가 축동, 버드나무 그늘 밑을 고개를 숙여 생각에 잠기며 걷는다. 아침부터 요란스레 매미는 울고 그리고 속상하게 눈에 보이는 것은 여기저기 풀 위로 너훌거리는 나비다. 바우는 그 나비를 피해 가는 듯 문득 걸음을 바꿔 뒷산으로 올라갔다. 거기서 바우는 일상 하던 버릇으로 풀을 베어 널고, 그 위에 벌렁 나뒹그러져 하늘을 쳐다본다. 집에서보다 갑절 어버이에게 대한 야속함과 노여움이 사무친다.

'아버지 말대로 정말 집을 나오고 말까. 그러면 아버지도 뉘우칠 때가 있겠지. 그리고 서울 같은 도회로 나가서 어떻게 고학◆이라도 해볼까.'

바우는 정말 그렇게 해볼 것처럼 벌떡 일어선다. 그리고 걸음 걸리는 대로 따라 산 아래로 내려간다. 산 중턱쯤 이르렀다. 건너다보이는 맞은편 언덕을 너머 메밀밭 두덩에 허연 사람의 그림자가 엎드렸다 일어섰다 하며 무엇을 쫓는 모양으로 움직인다.

'흥! 경환이 저놈이 또 나비를 잡는구나.'

하고 바우는 입가에 업신여기는 웃음을 짓는다. 산을 또 좀 내려와 바라볼 때 경환이로 본 그것은 어른이 분명했다.

'흥, 경환이란 놈이 저의 집 머슴을 시켜 나비를 잡게 하는구나.'

그리고 바우는 또 한번 같은 웃음을 웃는다.

바우는 산을 내려와 맞은편 언덕 위로 올라섰다. 그리고 가까운 거리에서 메밀밭을 내려다보았을 때 그는 놀라 벌린 입을 다물지 못했다. 경환이 집 머슴으로 본 사람은 남 아닌 바로 자기 아버지였다. 아버지는 농립◆을 벗어 들고 나비를 쫓아 엎드렸다 일어섰다 하며 그 똑똑치 못한 걸음으로 밭두렁을 지척지척◆ 돌고 있다.

바우는 머리를 얻어맞은 듯 멍하니 아래를 바라보고 섰다. 그러다가 갑자기 언덕 모래 비탈을 지르르 미끄러져 내려가며 그렇게 빠른 속력으로 지금까지 잠기어 있던 어두운 마음에서 벗어나, 그 아버지가 무척 불쌍하고 정답고 그리고 그 아버지를 위하여서는 어떠한 어려운 일이든지 못할 것이 없을 것 같고, 바우는 울음이 되어 터져 나오려는 마음을 가슴 가득히 참으며 언덕 아래 메밀밭을 향해 소리쳤다.

"아버지."

"아버지."

"아버지."

◆ **고학苦學** 학비를 스스로 벌어서 고생하며 배움.

◆ **농립農笠** 여름에 농사일을 할 때 쓰는 모자.

◆ **지척지척** 힘없이 다리를 끌면서 억지로 걷는 모양.

현덕

玄德, 1909~?

서울에서 태어난 작가 현덕의 본명은 현경윤입니다. 어린 시절의 그는 집안 형편이 어려워 여러 차례 이사를 다녀야 했고, 가족들과 흩어져 친척의 집에서 지내기도 했습니다.

그는 젊은 시절, 일본으로 건너가 교토, 오사카 등지에서 신문배달과 페인트공 생활을 하였습니다. 이후 몸이 쇠약해져서 한국으로 다시 돌아온 그는 문학에 뜻을 품었고, 1938년 《조선일보》 신춘문예 소설 부문에 〈남생이〉가 당선되면서 본격적으로 작가의 길을 걸었습니다. 이후 연작 동화 형식의 '노마' 시리즈를 연재하는 등 활발한 창작 활동을 펼치던 현덕은 일제 말기 절필을 하고 은둔하기도 했습니다.

1945년 해방 이후 '조선문학가동맹'에 가담하여 진보적인 문학 운동에 앞장서던 현덕은 1950년 한국전쟁이 일어나자 가족과 함께 월북을 했습니다. 북한에서 전쟁을 소재로 한 작품을 썼지만 대부분 자연주의 작풍이라는 비판을 받았습니다.

현덕의 작품에는 힘겨운 현실을 딛고 일어서고자 하는 소년 소녀 주인공이 주로 등장합니다. 스스로 러시아의 대작가 도스토예프스키의 영향을 받았다고 밝히기도 했던 그는 소설가 김유정과 우정을 나누기도 했습니다. 지은 책으로는 동화 《포도와 구슬》, 《토끼 삼형제》, 소년소설 《집을 나간 소년》, 소설집 《남생이》 등이 있습니다.

"어서 나비 잡아 가지고 가서 빌어라, 빌어."

이 작품은 상급학교에 진학하지 못한 소작농의 아들 '바우'가 아버지에 대한 사랑을 확인하게 되는 과정을 담은 이야기입니다.

지난해 봄, 바우와 경환이는 같은 소학교를 졸업했습니다. 형편이 넉넉한 마름 집 아들인 경환이는 서울의 상급학교로 진학했지만 가난한 소작농의 아들인 바우는 집안일과 농사를 도우면서 틈틈이 그림을 그립니다.

하기 휴가를 맞아 서울에서 내려온 경환이는 서울 자랑, 학교 자랑을 하면서 아이들을 데리고 나비를 잡으러 다닙니다. 바우는 녀석의 뻐기는 모습이 마음에 들지 않습니다. 그러던 중 바우는 언덕에서 호랑나비 한 마리를 잡습니다. 그때 경환이가 나타나 동물 표본을 만들어야 한다며 나비를 달라고 합니다. 빈정거리는 경환이의 태도가 마음에 들지 않아 바우는 나비를 날려 버리고, 이에 화가 난 경환이는 바우네 참외밭에 들어가 참외 넝쿨을 함부로 짓밟습니다. 결국 옥신각신하다가 바우는 경환이를 향해 주먹을 날렸습니다.

그 일로 경환이네 집에 다녀온 어머니는 나비를 잡아 가지고 가서 경환이에게 빌지 않으면 농사지을 땅을 빌릴 수 없게 된다며 바우를 나무랐습니다. 아버지 또한 바우의 그림 공부책을 찢으며 얼른 나비를 잡아 가지고 경환이네 집에 가라고 윽박질렀습니다.

이튿날 아침, 바우는 밥도 먹지 않고 집을 나왔습니다. 바우는 아들의 체면은 나 몰라라 하고 나비를 잡아 오라는 부모님이 야속하고 노여울 뿐입니다. 뒷산에 올라 집을 나가 도시로 갈까 고민하던 바우는 산 아래 메밀밭 두덩에서 웬 사람을 발견했습니다. 가까운 언덕으로 가서 보니 그는 바우의 아버지였습니다. 몸이 불편한 아버지가 나비를 잡으려고 엎드렸다 일어섰다 하는 모습을 본 바우는 갑자기 아버지가 불쌍하고 정다워지는 것을 느낍니다. 바우는 비탈길을 뛰어 내려가며 아버지를 소리쳐 부릅니다.

사회 현실에 대한 비판

이 작품은 일제강점기 1930년대 후반의 농촌을 배경으로 한 소설입니다. 당시 일제는 강압적인 방법으로 개인의 땅을 국가의 땅으로 만들어 우리나라 최대 지주가 되었습니다. 일본인 지주들은 마름에게 토지 관리를 맡겼고 수많은 농민들은 남의 땅을 빌려 농사를 짓는 소작농으로 전락하였습니다. 결국 힘없는 소작농은 마름의 이런저런 횡포를 견디며 살아야 했습니다.

〈나비를 잡는 아버지〉는 소년의 사건을 통해 마름－소작 간의 계급적 갈등을 노출하고 있습니다. 이상적인 미래를 제시하지 않고 현실을 있는 그대로 반영하였다는 점에서 〈나비를 잡는 아버지〉는 그 당시 소년소설의 수작으로 꼽히고 있습니다. 한편 가난한 소작농 아버지와 아들의 갈등이 해소되는 결말을 통해 따뜻한 감동을 전하고 있습니다.

인물 간의 갈등과 심리 변화

〈나비를 잡는 아버지〉는 주인공의 갈등을 중심으로 이야기가 펼쳐집니다. 첫번째 갈등은 바우와 경환 간의 갈등이고, 두 번째 갈등은 바우와 아버지 간의 갈등입니다. 즉 바우는 나비 때문에 경환과 다투게 되고, 그로 인해 다시 아버지와 충돌하게 됩니다. 이러한 갈등은 마지막에 아버지가 바우를 대신하여 나비를 잡는 장면에서 해소됩니다.

이러한 이야기 흐름 속에서 바우의 심리는 여러 차례 변화되고 있습니다. 순서대로 정리하면 다음과 같습니다.

이때 주인공의 심리가 가장 고조된 부분은 바로 마지막 부분, 즉 바우가 나비를 잡고 있는 아버지를 알아본 순간입니다. 즉 바우의 응어리처럼 맺혀 있던 감정이 폭발함으로써 스토리의 갈등이 해소되는 것입니다. 이렇듯 인물의 갈등 구조와 심리 변화가 조화를 이룰 때 소설은 완성도 높은 작품이 됩니다.

심리	상황
부러움	서울 상급학교에 진학한 경환이가 고향에 왔을 때
분노	바우의 나비를 얻지 못한 경환이 바우네 참외밭을 망쳤을 때
두려움	경환과 싸운 뒤에 부모님이 경환네 집에 불려갔을 때
억울함과 노여움	부모님이 나비를 잡아 가지고 경환네 집에 가서 빌라고 윽박지를 때
애틋함	아버지가 자기를 대신하여 메밀밭에서 나비를 잡는 모습을 보았을 때

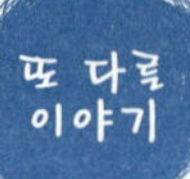

소년의 순수한 심리를 묘사한 〈하늘은 맑건만〉

현덕의 또 다른 작품 〈하늘은 맑건만〉은 〈나비를 잡는 아버지〉의 바우와 비슷한 또래인 '문기'의 이야기입니다. 어려운 집안 사정으로 삼촌댁에 사는 문기는 정육점에 심부름을 갔다가 많은 돈을 거슬러 받게 됩니다. 문기는 친구 수만의 꼬임에 넘어가 그 돈을 돌려주지 않고 공과 쌍안경을 사버린 뒤, 자신의 잘못을 감추기 위해 거짓말을 합니다.

문기는 양심의 가책을 견딜 수 없어 돈을 정육점 담장 안으로 던져 넣지만, 돈을 내놓으라는 수만의 위협에 집에서 돈을 훔치고 맙니다. 이 일로 아랫집 점순이가 범인으로 몰리게 되고, 문기는 죄책감에 괴로워하며 길을 걷다가 교통사고를 당합니다. 병원에서 삼촌에게 모든 것을 털어놓고 난 문기는 그제야 하늘을 떳떳하게 바라볼 수 있게 되었음에 기뻐합니다.

이처럼 현덕의 작품은 대부분 주인공들이 갈등을 통해 내면적으로 성숙해지는 과정을 그리고 있습니다. 이로써 올바른 가치관과 희망을 제시하는 소년 소설 작가로서 존경을 받았습니다. 우리가 사는 환경은 시대의 흐름에 따라 여러 차례 바뀌곤 합니다. 이러한 그의 소설들은 오늘날에도 널리 읽히고 교과서에도 많이 실리고 있습니다. 그는 자라나는 청소년들에게 올바른 가치관과 희망을 제시해 주려고 한 소년소설 작가였습니다.

- **이 작품에 등장하는 인물에 대한 설명으로 옳지 않은 것은 무엇인가요?**

  ① 바우 : 상급학교에 진학하지 못했지만 그림을 좋아한다.
  ② 경환 : 비겁하고 철없는 성격이다.
  ③ 아버지 : 겉으로는 표현하지 못하지만 아들을 아낀다.
  ④ 어머니 : 아들을 싫어하여 구박한다.

- **이 작품 속에서 바우가 경환이를 싫어하는 요인이 아닌 것은 무엇인가요?**

  ① 경환이가 어린 아이들을 데리고 다니며 유행가를 부르는 행동
  ② 가난한 소작농 아들과 부유한 마름집 아들이라는 차별
  ③ 건방지고 무례한 경환이의 태도
  ④ 경환이의 학교 성적이 좋지 않은 점

- **이 작품에서 주인공 바우는 감정의 변화를 겪습니다. 바우의 감정이 가장 고조된 대목은 어디인지 생각하여 직접 인용해 보세요.**

● 이 작품의 마지막 대목에서 바우의 아버지가 나비를 잡고 있는 이유는 무엇인지 설명해 보세요.

● 이 이야기에서 경환이의 비아냥거림을 참지 못하고 나비를 날려 버린 바우의 행동은 부모님까지 곤란하게 만들었습니다. 과연 바우의 행동은 올바른 것이었을까요?

- **이 작품에 등장하는 인물에 대한 설명으로 옳지 않은 것은 무엇인가요?**

① 바우 : 상급학교에 진학하지 못했지만 그림을 좋아한다.

② 경환 : 비겁하고 철없는 성격이다.

③ 아버지 : 겉으로는 표현하지 못하지만 아들을 아낀다.

④ 어머니 : 아들을 싫어하여 구박한다.

답 ④번.

- **이 작품 속에서 바우가 경환이를 싫어하는 요인이 아닌 것은 무엇인가요?**

① 경환이가 어린 아이들을 데리고 다니며 유행가를 부르는 행동

② 가난한 소작농 아들과 부유한 마름집 아들이라는 차별

③ 건방지고 무례한 경환이의 태도

④ 경환이의 학교 성적이 좋지 않은 점

답 ④번.

- **이 작품에서 주인공 바우는 감정의 변화를 겪습니다. 바우의 감정이 가장 고조된 대목은 어디인지 생각하여 직접 인용해 보세요.**

"바우는 머리를 얻어맞은 듯 멍하니 아래를 바라보고 섰다. 그러다가 갑자기 언덕 모래 비탈을 지르르 미끄러져 내려가며 그렇게 빠른 속력으로 지금까지 잠기어 있던 어두운 마음에서 벗어나, 그 아버지가 무척 불쌍하고 정답고 그리고 그 아버지를 위하여서는 어떠한 어려운 일이든지 못할 것이 없을 것 같고, 바우는 울음이 되어 터져 나오려는 마음을 가슴 가득히 참으며 언덕 아래 메밀밭을 향해 소리쳤다."

● 이 작품의 마지막 대목에서 바우의 아버지가 나비를 잡고 있는 이유는 무엇인지 설명해 보세요.

아버지는 자존심이 상한 바우의 마음을 모르는 것도 아닙니다. 억울해하는 바우의 마음도 짐작하였을 것입니다. 그러나 소작농 처지에서 마름의 비위를 거스르게 되면 불이익을 당할 것이 걱정되어 바우에게 윽박을 지른 것입니다. 하지만 바우에게 상처를 준 것에 대한 미안함 때문에 아버지는 바우 대신 나비를 잡기로 한 것입니다. 자식에 대한 애틋한 사랑이 드러난 행동이라고 할 수 있습니다.

● 이 이야기에서 경환이의 비아냥거림을 참지 못하고 나비를 날려 버린 바우의 행동은 부모님까지 곤란하게 만들었습니다. 과연 바우의 행동은 올바른 것이었을까요?

경환의 건방진 태도를 보면 바우가 나비를 날려 버린 것은 어쩌면 당연한 일인지도 모릅니다. 그러나 그 바우의 행동이 무조건 옳았다고 할 수는 없습니다. 바우의 행동으로 인해 소작농인 부모가 난처해지게 되었기 때문입니다. 바우가 좀 더 신중히 생각했더라면 좋았을 것입니다.

눈사람 속의 검은 항아리

김소진

생각해 볼까요?

초등학교 시절 여러분은 어느 동네, 어떤 집에서 살았나요? 지금과는 어떻게 다른가요? 그때를 떠올릴 때 가장 먼저 떠오르는 기억은 어떤 것인가요? 따뜻하고 행복한 기억일 수도 있고, 슬프거나 괴로운 기억일 수도 있겠죠. 아마도 그 기억들은 자신을 한 단계 성장시키는 계기가 되었을 것입니다. 어떤 체험으로 인해 자신이 어떻게 변화되었는지 떠올리며 〈눈사람 속의 검은 항아리〉를 읽어 봅시다.

내가 겸사겸사 미아리 셋집엘 한번 다녀오겠다는 말을 꺼내자 이번에는 어머니가 펄쩍 뛰었다. 그깟 돈 삼만 원 은행 온라인으로 부쳐 버리면 그만 아니냐는 거였다.

"그 집 남자가 요즘은 문짝 샤시(섀시)◆ 달러 다니는 모양이더라. 낮에 가봤자 코빼기도 구경하기 어려워서. 그 예전에 요한네 집에 세살던 오종종한◆ 해자 엄마 있지? 웃음이 헤퍼서 남자한테 그저 얻어맞고 살던 그 여자 얼굴을 꼭 닮은 그 집 여편네도 뭘 하러 쏘다니는지 갈 때마다 아이들만 둘이서 집을 지키고 있더라구."

"그 집 전화번호 있어요?"

"저기 가방 찾아보면 나오긴 나올 텐데. 늙은이 혼자 있는 듯하니깐 아주 만만히 보고 능갈을 치는데 이골이 났더라구. 두 젊은 양주가 안팎으로 말이야. 여깄다. 구. 일. 사에…… 아유 침침해."

삼만 원은 입동 무렵에 연탄에서 기름형으로 바꿔 설치한 셋집 보일러가 기습 한파에 얼었다며 손을 보려 하니 보내 달라고 셋집 사내가 기별한 것이었다.

"이 추위에 보일러가 아예 서버렸대요?"

"그런 건 아니고 온수통이 얼어서 따신 물을 못 받아서 쓴다는데 원. 지 입으로도 그러더구먼. 보일러 놓을 때 보니 그 온수통께가 허전해서 온 사람들한테 뭘로 좀 덮어야 하는 거 아니냐구 했다는 거야. 근데 요즘 같은 세상에 일 더 하기 좋아하는 이가 어딨니? 그러니깐 그 사람들이 아이구 그냥 괜찮다고 그러면서 쓱싹 바르고 시부저기◆ 가더니 그 동티◆가 났다는 거지

◆ **섀시** 철, 스테인리스강, 알루미늄 따위를 재료로 하여 만든 창의 틀.

◆ **오종종하다** 얼굴이 작고 옹졸한 데가 있다.

◆ **시부저기** 별로 힘들이지 않고 거의 저절로.

뭐. 자기도 남의 집 문짝서껀◆ 주무르러 다니는 사람이면 눈썰미가 있어서 그런 것쯤은 기술자들이 안 해줘도 스스로 알아서 재활용도 안 되는 그 흔한 누더기 짜배기◆라도 덮어 놔야지 그게 뭐야. 자기 집 아니라고 데면데면하고서는 그것 얼어붙어 따신 물 안 나온다고 돈 타령이야, 돈 타령을? 내가 자기한테 한 달에 기껏 돈 십만 원 셋 값 받아서 어느 구녕에 처바르는지 다 알면서 말이야. 지난달엔 재개발됩네 하니깐 이젠 관에서도 달라붙어서 토지세 내라 무슨 세 내라 하면서 거진 돈 삼백이 다 깨지게 생겼는데 말이야. 아주 낯이 맨질맨질한 사람들이야 생각할수록."

이 년 반 전에 성남 근처에서 일 년 계약으로 살던 신혼살림을 접어서 신도시에 들어갈 때 미아리 집에서 혼자 살던 어머니를 모셔 왔다. 말이 모셔 온 거지 집사람이 다시 직장에 나가기 위해선 아이를 봐줄 사람이 절실했다. 그 때문에 어머니는 뭔가 서운한 일이 있으면 동냥자루 타령을 하였다. 몸도 시원찮은데 애를 보자니 차라리 밥을 빌어먹는 한이 있더라도 혼자 나가서 사시겠다고 까탈 아닌 까탈을 부리곤 하였다. 어머니가 그렇게 큰소리를 낼 수 있는 배경에는 물론 그 세내준 미아리 집이 있었다. 우리가 아니래도 당신 몸 하나 거처시킬 공간은 있다고 은근히 내비치는 태였다.

"더군다나 그 보일러가 완전 새것으로 해단 건데 왜 그리 고장이 쉬난단 말이야. 얼마나 시덥잖게 다루며 썼으면 몇 달도 채 안 돼 그 지경이 됐을라구."

처음에 셋집에서 겨울을 날 기름 보일러를 달아 달라는 연락이 왔을 때 어머니는 중고품을 하나 헐값에 달 요량이었다. 재개발을 앞둔 그 동네도 길어야 일 년 안에 철거가 시작될 기세여서 일 년 쓰고 버릴 것을 굳이 돈 더 얹어 주며 새 것으로 할 게 뭐 있냐는 생각이었다. 그래서 셋집 여자한테 알아서 중고를 하나 골라 보라고 했더니 사십만 원 견적이 나왔다고 알려 왔다. 그러자 아버지 살아 계실 적부터 친하게 지내 온 석유집의 임씨 아저씨한테 전화를 걸어 시세를 알아본 어머니는 혀를 내둘렀다.

"새 것으로 해도 사십오만 원이면 뒤집어쓰고 남는다는데 뭔 말라빠진 중고가 사십만 원씩이야 응? 이놈의 집이 아주 작정을 해도 단단히 한 모양이야. 구 경계선인 한길 너머 미아동 쪽으로는 거진 철거가 끝나서 집집마다 헌 보일러가 남아돌아 너도나도 갖다 쓰라고 난리들이라고 그러더구먼."

"품삯이 많이 들잖을까요?"

"삯이 들어도 그렇지. 그놈의 집이 자기네한테 먼 인척이 되어 잘 아는 물역◆ 가게에서 들여놓겠다 그러는데 그게 바로 아삼륙◆으로 붙어먹으려는 깜깜한 심보지 뭐야. 그래서 내가 임씨 영감한테 부탁을 해서 아예 새 걸루다 달아 달라고 했어. 괜히 중고로 달면 뭐가 어쨌네 저쨌네 뒷말이 많이 나올 집구석이고 그러면 내가 이 시큰시큰한 종짓굽◆을 이끌고 그때마다 어떻게 달려가겠니? 생각 같아서는 다시 벼룩시장에다 한 줄 싣고 싶지만 또디시 몇 번 발걸음히고 도배헤 줄 생각을 하니 입맛이 써서 원."

"기왕 말 나온 김에 제가 한번 다녀와 본다니까요."

"거긴 뭐 하러?"

◆ **동티** 건드려서는 안 될 것을 공연히 건드려서 스스로 걱정이나 해를 입음. 또는 그 걱정이나 피해.
◆ **서껀** '…이랑 함께'의 뜻을 나타내는 보조사.
◆ **짜배기** '쪼가리'의 잘못. 작은 조각이라는 뜻.
◆ **물역** 집을 짓는 데에 쓰는 벽돌, 기와, 모래, 흙 따위를 통틀어 이르는 말.
◆ **아삼륙** 서로 꼭 맞는 짝을 비유적으로 이르는 말.
◆ **종짓굽** 무릎뼈가 있는 언저리.

"창이 형 만나서 이런저런 얘기도 들어 두면 좋잖아요. 그리고 셋집 연탄광 쪽에 달아 낸 작은 방에서 가져올 것도 있구요."

"뭘?"

"영정으로 썼던 아버지 사진틀도 솜이불 보따리 틈새에 아직 박혀 있을 텐데……."

"그 생각은 잊고 꿈에도 하지 마라. 그 뱀의 허물 뒤집어쓴 것처럼 아물아물한 사진은 가져다 어디다 두려고? 애 어멈이 그 형상을 보면 얼씨구나 하겠구나!"

말은 그렇게 했지만 어머니도 짐짓 내가 한번 재개발을 앞둔 그 동네를 후딱 살피고 왔으면 하는 눈치였다. 서너 달 전에 본격적으로 재개발 승인이 떨어지자 그곳 분위기가 급격히 달라졌다. 심지어는 현대부동산인가 하는 데서 어머니 앞으로도 딱지를 넘길 의향이 없느냐는 제안이 들어와 '넉 장'을 받고 매매를 하기로 전화로 약속까지 했다가 내가 말리는 바람에 취소한 적도 있었다. 마침 임씨 아저씨 아들인 창이 형이 재개발 조합에서 간사◆ 자리를 꿰차고 있다는 말을 들은 어머니는, 내가 평소 가까이 지내 온 창이 형을 만나면 그곳 분위기나 시세에 대한 정확한 정보를 얻어듣고 오지 않을까 내심 짐작하는 모양이었다.

경의선 기차를 타고 나와 신촌에서 미아리행 버스에 몸을 실었다. 광화문 네거리를 지나면서 차창 밖으로 펼쳐지는 풍경이 익숙해지면 질수록 내 머릿 속에는 그날 새벽의 모습이 좀더 선명히 어른거리기 시작했다. 혹시 그 종이처럼 얇은 기억이 나를 이렇게 사라져 가려는 동네로 밀고 가는 것이 아닐까? 정말 그런지도 모를 일이었다. 창이 형을 만나 재개발 정보를 듣거나, 아버지 영정을 다시 꺼내 오거나, 잇속◆ 빠른 셋집 사내를 만나 삼만 원을 직접 건네주며 다독거려 주려고 나선다는 것은 어쩌면 허울뿐이지 않을까. 나는 머리통에 난 혹을 더듬는 기분으로 손끝으로 옆머리를 짚으며 기억의 끈질김에 대해 새삼 진저리 치지 않을 수 없었다. 따져보니 이십 년도 더 바랜 기억이었다. 물론 지금 내가 가고자 하는 미아리 셋집에 대한 기억이 아니라 그 전에 국민학교 시절을 보낸 한 지붕 아홉 가구의 장석조네 집에 대한 기억이었다.

아마 설을 쇤 지 며칠 지나지 않은 때였을 것이다. 양말을 신은 채 부뚜막에 올라서 까치발을 하고 찬장 위에 얹어진 소쿠리 안을 휘저으면 아직도 뻣뻣하게 굳긴 했지만 부침개 쪼가리나 쉰 두부전 같은 게 손끝에 걸리곤 했다. 내가 태어나자 큰외숙모가 엄마의 산후 조리를 봐주기 위해 마른 미역을 담아 갖고 올 때 쓴 것이라고 하니, 이미 십 년은 지난 그 소쿠리는 낡을 대로 낡아 테두리가 반쯤은 빠져나갔고 군데군데 풀어진 댓개비◆들이 날카롭게 비어져 나와 자칫 맘이 급해 서둘다간 손톱 밑을 파고들거나 손등에 생채기를 내기 일쑤였다.

그 소쿠리를 더듬다가 찔린 가운데 손톱 밑의 감각이 아직 얼얼한데다 몇 해 전에 뇌졸중으로 쓰러지기까지 한 아버지가 그동안 입에 대지 않던 쇠고기 한 점을 배즙과 함께 삼켰다가 며칠째 자리보전◆을 하던 중이었으니 기껏해야 설에서 사나흘 이상 벗어나지 않았을 것이다. 어머니는 시큰한 나박김치 국물을 많이 먹으면 육식 때문에 덧이 난 아버지의 고혈압이 풀린다는 말을 어디서 듣고 왔는지 저녁이면 멕기◆ 칠이 벗겨진 양푼에 살얼음이 버석버석한 김칫국물을 담아 내왔다. 덕택에 며칠 간 기름 음식에 질린 내게 그 등골이 오싹하고 인중이 고무

◆ **간사幹事** 단체나 기관의 사무를 담당하여 처리하는 직무, 또는 그런 일을 하는 사람.
◆ **잇속** 이익이 되는 실속.
◆ **댓개비** 대를 쪼개 가늘게 깎은 조각.
◆ **자리보전** 병이 들어서 자리를 깔고 몸져누움.
◆ **멕기めっき** '도금鍍金'의 일본어.

줄처럼 늘어나도록 차가운 나박김치 국물에 국수를 한 그릇 말아먹는 맛은 별미 중의 별미였다.

그런데 밤새 장을 빠져나와 오줌보로 슬금슬금 고여 든 김칫국물이 탈이었다. 평소 같으면 한밤중이나 새벽녘이나 가리지 않고 머리맡에 놓인 사기 요강에다 볼일을 보고 따순 공기가 다 빠져나가기 전에 다람쥐처럼 이부자리 속으로 되돌아오면 그만이었을 터였다. 하지만 설부터 정월 대보름까지 보름 동안은 요강을 쓸 수가 없었다. 어머니가 금했기 때문이었다. 어머니는 자신이 시집올 때 가져온 그 난초 무늬 사기 요강에 대해 엄청난 터부◆ 의식을 갖고 있었다. 그것이 깨지거나 혹은 금이라도 가는 날이면 감당할 수 없는 커다란 동티가 생겨서 끔찍한 경우를 당할 것이라고 굳게 믿었다.

어머니가 전하는 얘기에 따르면 어렸을 적에 외할머니가 요강에 금이 간 것을 보고 걱정하시던 날 밤 소장수를 하시던 외할아버지가 실제로 뿔이 위아래로 어긋나게 솟은 검둥이 수소를 감쪽같이 도둑맞았다. 어머니의 외가 쪽으로 촌수를 따질 수 없을 만큼 멀어 그저 사돈이라고 부르는 한 집안에서는 평소 새살맞던◆ 며느리가 정초에 요강을 부시러 나왔다가 깬 뒤로 배냇병신◆을 낳고 결국 집안도 몇 년 안에 풍비박산◆이 되었다는 것이다. 그런 요강이기에 특히나 정초부터 대보름까지는 각별히 조심하는 게 제일이고 그러자니 아예 화선지로 덮어 싸서 부엌 한구석에 모셔 두고 쓰지 않는 게 상책이라고 엄마는 일러주었다.

나박김치 국물 때문에 눈을 떠보니, 아니 고개를 이불 밖으로 빼 창호지로 막은 봉창◆을 보니 아직 어스레한 새벽이었다. 사실은 진작에 깨서 이불 안에서 새우등을 한 채 꼼지락거리고 있었다. 어머니조차 깨어나지 않은 걸로 봐서 어지간히 이른 새벽이라는 걸 알고 있었다. 나는 겁이 많았다. 형을 깨울까 생각해 봤지만 새벽잠에 유달리 약한 형이 순순히 내 부탁을 들어줄 리 만무했다. 그렇다고 누나를 깨우자니 알량한 자존심이 허락을 하지 않아 진땀을 흘리며 사타구니를 꽈배기처럼 꼬고 등뼈가 부러져라 구부러뜨렸다. 오줌이 몇 방울 질금거려 허벅지를 땃땃하게 적실 때쯤 해서 나는 욕을 바가지로 얻어먹으며 어머니를 깨울 것인가. 아니면 용감하게 혼자서 아홉 가구가 딸린 기찻집의 제일 끝자락에 서 있는 변소로 갈 것인가 결정해야 했다. 나는 홀가분하게 후자를 택했다.

"어디 가니……."

"아, 아니요……."

"근데 우와기◆는 왜 껴입고…… 부뚜막 옆 밥통에 미지근한 숭냉 있다."

문간 쪽에서 모로 누워 자던 엄마가 고개를 빼 뒤로 제치며 한마디 던지고는 다시 이불을 끌어당겼다. 엄마의 입에서 하얀 입김이 뿜어져 나왔다. 아마 내가 목이 말라서 일어난 줄 아는 거였다. 이불깃 위로 대머리 진 이마만 보이는 아버지가 밭은기침을 쏟았다. 또다시 따스했다가 이내 척척해진 오줌 방울이 허벅지를 타고 흘렀다.

"예에……."

뒤꿈치가 헤진 아버지의 낡은 털신을 끌고 사개◆가 잘 맞지 않아 삐그덕거리는 부엌문을 열며 한 발짝 덜퍽 내딛자 차가운

◆ **터부** 특정 집단에서 어떤 말이나 행동을 금하거나 꺼리는 것.
◆ **새살맞다** 성질이 차분하지 못하고 가벼워 실없이 수선 부리기를 좋아하는 태도가 있다.
◆ **배냇병신** '선천 기형'을 일상적으로 이르는 말.
◆ **풍비박산風飛雹散** 엉망으로 깨어져 흩어져 버림.
◆ **봉창** 채광과 통풍을 위하여 벽을 뚫어서 작은 구멍을 내고 창틀이 없이 안쪽으로 종이를 발라서 봉한 창.
◆ **우와기うわーぎ** 내복 위에 입는 겉옷.
◆ **사개** 모퉁이를 끼워 맞추기 위하여 서로 맞물리는 끝을 들쭉날쭉하게 파낸 부분. 또는 그런 짜임새.

눈가루가 신발등 위를 덮쳤다. 간밤에 내린 눈이 기찻집의 기다란 마당을 곱게 덮어 버린 것이었다. 눈빛 때문에 사위는 생각보다 희부윰했다.◆ 오줌보를 미어뜨릴 듯하던 팽만감도 조금 너누룩해졌다.◆

나는 낡은 털신 밑에서 뽀드득거리는 소리가 나도록 성큼성큼 무릎을 들어 발걸음을 옮겼다. 그리고 아홉 가구가 함께 쓰는 변소 문을 열고 문턱에 올라 두 번씩이나 푸드덕푸드덕 몸서리를 치며 오줌을 갈겼다. 이빨을 위아래로 서너 번 맞부딪치며 뿜어 내는 오줌줄기가 원뿔형으로 딱딱하게 굳은 언 똥에 둔탁하게 달라붙는 소리가 들렸다. 곧이어 따스한 오줌 세례를 받은 언 똥이 물컹물컹하게 녹아 내리는 소리를 눈을 지그시 감고 듣다가 김이 되어 무럭무럭 콧속을 파고드는 지린내에 코를 쫑긋거리며 돌아 나온 것까지는 좋았다.

바지춤을 추스리며 김장독을 가지런히 묻어둔 곁을 어정어정 걸어 나오다가 발끝으로 눈 덮인 가마니때기 밑에서 뭔가 묵직한 것을 밟았다. 가마니때기 속에 발을 담근 채 눈을 푹 뒤집어쓰고 벽에 기대 있던 그 기다란 물체는 고개를 발딱 젖히는가 싶더니 옆으로 풀썩 쓰러졌다. 눈이 털려 나간 그 물체는 공사판에서 쓰는 빠루라는 연장이었다. 어른 엄지보다도 굵은 그 기다란 쇠뭉치는 지렛대로 쓰였는데 끝이 물음표처럼 생겼고 또 갈래가 져서 대못 같은 것을 빼는 데 아주 쓸모가 있었다. 그런데 그 빠루가 넘어지면서 하필이면 땅 속에 묻지 않고 그냥 바깥에 놔둔 조그마한 짠지 단지를 스치자 뚜껑은 두 동강이 나 떨어졌고 몸통에는 왕금이 좌악 그어졌다. 금은 갔지만 그 짠지 단지가 당장 두 쪽으로 갈라질 것 같진 않았다. 하지만 그 갈라진 틈새에서는 시금털털한 김치 냄새를 풍기는 국물이 찔끔찔끔 새어 나오고 있었다.

사태는 명백하고도 돌이킬 수가 없었다. 일어나서는 안 되는 일을 저

지른 것이었다. 나는 삭풍◆이 부는 황량한 벌판으로 변한 마당가에서서 힘이 쭈욱 빠져나간 두 어깨를 거느리며 고개를 젖혀 하늘을 바라보았다. 오오, 하느님 지금 무슨 일이 벌어진 것입니까! 그러나 무거운 눈을 밤새 다 털어 버린 새벽 하늘은 너무 높이 올라가 있어 내 혼잣소리가 도저히 닿을 수 없었다. 고개를 숙였다. 나는 시치미를 떼고 누워 있는 그 시커먼 빠루가 마치 마녀의 주문을 받아 밤새 뿌린 눈송이를 덮고 위장한 채 기다리다가 내 발길을 일부러 잡아채지나 않았는가 하는 엉뚱한 의심이 들 정도였다.

나는 어린애답지 않게 몹시 피로하다는 생각이 들었던 듯하다. 그것은 내가 그 순간 헐떡이고 있었던 이유를 적절하게 해명해 줄 수 있었다. 피로하다는 것, 이루 말할 수 없는 피로감…… 하긴 어찌 피로하지도 않고 감쪽같이 기절할 수 있겠는가. 바로 그때 내가 피로해야 하는 목적은 두 말할 나위 없이 기절하는 것이었다. 기절이라도 하고 나면 이 세상에 뭔가가 달라져 있겠지. 혹은 최소한 모면의 여지는 남겠지 하는 맹렬한 위안이 달라붙었다. 동시에 그 피로감은 어쨌든 세상에 대한 것이라는 게 명백해졌다. 변소에서 오줌보를 비우고 돌아서기까지 나는 너무나 생생했고, 빠루를 밟고 나서 갑자기 피로감을 느끼기까지 불과 십여 초가 흐르는 동안 나는 아무 일도 하지 않았다. 따라서 그 피로감이란 육체적 고단함에서 비롯된 게 아니라 정신적 흔들림에서 우러난 것이 분명했다. 그런 의미에서 그 피로감은 어른에게나 해당하는 피로였다.

한편으로는 그 피로감은 몹시 물리치기 어려운 불길함을 품고 있었다. 몇 해

◆ **희부윰하다** '희부옜다'의 잘못. 희끄무레하게 부옜다.
◆ **너누룩하다** 요란하고 사납던 날씨나 떠들썩하던 상황이 좀 수그러져 잠잠하다.
◆ **삭풍朔風** 겨울철에 북쪽에서 불어오는 찬바람.

전 길게 뺀 혓바닥 위에 거꾸로 올려놓은 박탄-D◆ 병의 밑바닥을 손으로 탁탁 두들겨가며 쥐어짠 두어 방울의 알싸한 액체로는 도저히 풀 수 없을 것이라는 확신마저 어렸다. 그리고 무엇보다도 앞으로도 오랫동안 그 피로감을 떨쳐 낼 수 없을 것이라는 지루한 예감이 그날 어슴푸레한 새벽에 덮친 절망감의 핵심이었다. 문간통에서 두 번째 집구석에 사는 술주정뱅이 고물장수 순심이 아부지의 노상 흐느적거리는 두 팔과 술 때문에 항상 짓물러져 있는 눈자위가 눈앞에 어른거렸다. 아저씨도 나처럼 피로해서 그랬을까? 돌산 밑에서 개를 끄실리다가 덴 손가락에 약국에서 사온 가제를 칭칭 감고 소독을 한답시며 이홉들이 소주를 다 따른 스뎅◆ 주발 안에 질벅질벅 담그다가 홧김에 그 소주 주발을 잡아채 박탄-D처럼 벌컥벌컥 들이켜던 순심이 아부지도 되게 피로해서 그랬을까.

그런데 그토록 피로한 사람이 왜 뒤늦게 사팔뜨기 여자는 단칸방으로 불러들여 국민학교도 다니지 못하고 실밥 따는 공장에 다니던 순심이를 말이 기숙사지 공장의 골방으로 내보내고 배추장수가 꿈이던 상준이를 이미 개가◆한 전처 집으로 억지로 떠맡겨 보내 세상살이의 피로감을 되레 가중시켰는지 모를 일이었다. 그렇게 새로 낸 살림이 채 일 년도 가지 못해 계집이 달아나 깨지고, 오도가도 못하게 된 순심이 아부지가 하필 겨울이 닥쳐 일도 안 나가고 전세 보증금을 야금야금 까먹다 또 종무소식◆이 된 걸 두고, 엄마는 새로 온 여자가 수돗가에서 스뎅 요강을 부시다 내리쳐 찌그러뜨렸기 때문이라며 끌탕◆을 했다.

엄마가 남의 딱한 사정에 어거지 비슷하게 푸념을 하며 동정의 여지를 누르는 이유는 사실 딴 데 있었다. 순심이 아부지한테 작정을 하고 거금 칠백 원을 들여 산 중고 석유곤로가 보름도 채 가지 않아 결딴이

났다. 제일 밑에 있는 연료통 바닥이 샜던 것이다. 순심이 아부지는 자기가 넘길 때는 아무런 이상이 없었다고 모르쇠◆를 딱 잡아뗐지만 엄마는 그렇게 생각하지 않았다. 습기 때문에 너덜너덜 부식한 밑바닥에 난 구멍을 임시방편으로 삐빠(사포)질로 때운 흔적이 있다는 거였다. 그 일 때문에 순심이 아부지에 대한 엄마의 감정이 되돌이킬 수 없을 만큼 상해 있었다. 엄마는 새로 끼워 넣은 하얀 심지를 꺼내 말렸고 됫병◆에 종이 깔때기를 꽂고 석유곤로에 남은 기름을 부어 넣고 병 입에 신문지를 박박이 쑤셔 넣었다. 그리고 고철 값 이백 원을 쳐서 줄 테니 자신한테 넘기라는 순심이 아부지의 말을 귓등으로 듣고 내게 누런 울릉도 호박엿으로 바꿔 먹도록 뜻밖의 승낙을 했었다.

아버지가 중풍으로 쓰러진 다음날 아침 제일 처음 들렀다가 한의원으로 가라는, 사실상의 진료 거부를 당한 신풍의원 맞은편의 동사무소 옆 골목길을 타고 꾸역꾸역 올라가다 보니 길음초등학교 담벼락을 끼고서 마을버스 종점인 콘크리트 물탱크 밑 차부까지 올라갔다. 구 경계선인 한길을 따라 걸어 내려가려니까 왼쪽으로는 임마누엘 교회 하나와 구멍가게 한 채를 빼놓고는 이미 철거가 다 끝난 폐허의 등성이 뿐이었다. 미처 챙겨 가지 못한 망가진 가재도구들이 제멋대로 누워 있는 벽돌 무더기 사이로 사람들이 자근자근 밟고 다녔을 골목길들이 호젓한 산길처럼 구불구불 뻗어나 서로 얽히고 설켜 있었다. 무너져 방구들이 내려앉은 집들은 터무니없이 작아 보였다. 사방 서너 발짝쯤이나 될까 한 장

◆ **박탄-D** 자양강장제로 판매되었던 드링크제.
◆ **스뎅** 스테인리스를 일컫는 말.
◆ **개가改嫁** 결혼하였던 여자가 남편과 사별하거나 이혼하여 다른 남자와 결혼함.
◆ **종무소식終無消息** 끝내 아무 소식이 없음.
◆ **끌탕** 속을 태우는 걱정.
◆ **모르쇠** 아는 것이나 모르는 것이나 다 모른다고 잡아떼는 것.
◆ **됫병** 한 되를 담을 수 있는 분량의 병.

방형 방 안에서 살을 맞부빈 식구들이 최소한 넷 아니면 우리처럼 여섯쯤일 수도 있었을 것이다. 이제 막 재개발이 결정된 셋집이 있는 오른편 기슭은 겉으론 아직 옛 모습 그대로인 듯했지만, 이상하게도 인적이 끊긴 듯 적조한◆ 분위기를 풍겼다. 어쩌면 벌써 방을 빼 나간 집주인도 있을지 모를 일이었다.

"어머닌 건강하시냐. 어때?"

한길가에서 구멍가게를 겸하고 있는 임씨 아저씨 집 앞을 지나는데 가게 반대쪽 터에서 귀에 익은 목소리가 들려왔다. 나는 반코트 호주머니에서 손을 빼 공손히 고개를 숙였다.

"예에…… 안녕하세요?"

머리가 허옇게 센 임씨 아저씨와 대충 얼굴은 알 만한 술꾼들 네댓이 가게 앞 철거된 집터에서 자그마하게 모닥불을 피우고 모여 앉아 있었다. 그 위에 걸친 프라이팬에서 삼겹살을 굽는 연기가 피어올랐다. 대충 짐작컨대 예전의 88이발관 자리였다. 다들 불콰한◆ 얼굴이었다. 철거하고 남은 터라 그런지 부서진 장롱, 의자 다리, 문설주 등등 모닥불에 넣을 나무 쪼가리 지천이어서 그저 안주거리만 있으면 술추렴◆을 해서 한낮 거나하게 흔전만전◆ 보내기 맞춤인 나날이었다.

"어딜 바쁘게 가?"

"아유, 아닙니다. 바쁘긴요. 그냥 한번 들렀습니다."

"그렇지. 이젠 들를 때가 되긴 됐지."

임씨는 고개를 무던하게 끄덕이다 프라이팬에서 올라온 연기에 눈가를 구기며 고기를 한 점 집어 깨소금 종지 안에 휘저었다. 옆에서는 고깃점을 양념빛이 좋은 김치에 싸서 길게 뺀 혓바닥 위에 실었다.

"형은 아랫집에 있죠?"

"지금 개 데리고 돌산에 똥 뉘러 갔을 게야. 보다시피 아래루다 말짱 바숴 놨으니깐 아무 데서나 누이라고 해도 운동 삼아 간다니 뭐. 곧 올 게야. 그건 그렇고 정 바쁘지 않다고 했으니 이리 와서 술이나 한잔 해라 너!"

"아, 예……."

방울 달린 벙거지를 쓴 사내가 엉덩이를 들었다 놓으며 모닥불 앞으로 끼어들 틈새를 열어 주는 시늉을 했다. 나는 곱은 손을 숯 잉걸◆ 앞으로 들이밀었다.

"너 우리 창이 만난 지 꽤나 된 모양이구나. 그치?"

"아 예, 그동안 제가……."

"쩝, 이따 만나서 얘기 좀 나누면 되겠지."

흔적 없이 무너져 내린 집터에서 벽돌을 엉덩이 밑에 깔거나 듬성듬성 속이 터진 비닐 소파에 뭉개고 앉아 벽돌 위에 프라이팬을 걸고 낮술을 마시는 광경이 전혀 어색하지 않고 오히려 잘 어울릴 지경이었다. 폐허와 술! 그 광경을 보지 못한 사람은 아마 어떤 허무적인 정조를 떠올릴지도 모르나 그것은 야릇하게도 정반대의 느낌을 띠었다. 묘한 활력이라고나 할까. 기름기가 자글자글 흐르는 육질◆ 안주 때문인지 술 한잔에 목을 빼고 걸근거리던◆ 꾀죄죄한 술꾼들의 얼굴이 이미 아니었다. 그들의 얼굴에 궁기◆라고는 찾아볼 수 없었다. 앞으로 한 해, 아니 길게 잡으면 두 해쯤은 재개발 경기의 훈풍이

◆ **적조하다** 서로 연락이 끊겨 오랫동안 소식이 막히다.
◆ **불콰하다** 얼굴빛이 술기운을 띠거나 혈기가 좋아 불그레하다.
◆ **술추렴** 술값을 여러 사람이 분담하고 술을 마심.
◆ **흔전만전** 조금도 아끼지 아니하고 함부로 쓰는 듯한 모양.
◆ **잉걸** 불이 이글이글하게 핀 숯덩이.
◆ **육질** 살이 많거나 살과 같은 성질.
◆ **걸근거리다** 음식이나 재물 따위를 얻으려고 자꾸 치사하고 구차스럽게 굴다.
◆ **궁기窮氣** 궁한 기색.

그들의 버즘꽃 핀 얼굴에 개기름이나마 번드르하게 발라 줄 수 있을지 모른다.

"없어. 남은 거 없어……."

내가 귀기울이지 않는 사이에 누군가 입을 쩝쩝거리며 푸념했다. 딱지 거래 얘긴가 싫어 고개를 돌렸더니 빈 소주병을 잡고 흔들었다.

"이번엔 당신이 한 두어 병 사. 이 참에 나 술장사 좀 하게."

임씨 아저씨가 농을 던지자 기다렸다는 듯 막 이발을 했는지 자를 대고 그은 듯 곧바르게 가르마를 탄 머리에 기름기가 번들거리는 사내가 호주머니에서 구깃구깃한 천 원짜리를 두어 장 꺼내 던졌다. 임씨 아저씨가 아무렇지도 않은 표정으로 챙겨 넣고는 가게로 가 소주병을 들고 돌아오며 가르마 탄 사내에게 물었다.

"웬 찍다 남은 벽루를 그렇게 많이 두고 갔어? 어제 그저께까지만 해도 애들이 벽돌 틈새를 안 뒤지나 난리들이었어."

"그럼 뭘 해? 그깟 세멘또 덩어리 짐만 되지."

그제야 나는 그 가르마 탄 사내가 88이발소 옆 담벼락 밑에 지붕이 푹 빠진 자그마한 가내 벽루 공장 사내임을 알아보았다. 불과 며칠 전에 집을 허물고 딴 곳으로 옮긴 눈치였다.

"편지가 아직 여기 허물어진 집주소로 오는감?"

"에이구 딴 건 필요 없구…… 오늘 니알 중으로 거시키 받을 게 있어서 이렇게 자리를 지키는 거여. 커어."

그만 일어나야겠다고 생각하는데 마침 개를 끌고 내려오는 창이 형이 멀찌감치 보였다.

"민홍이 왔구나!"

나는 엉거주춤한 자세로 한 손을 높이 들었다.

“형 얼굴이 많이 좋아 보이는데요. 근데 이놈 그새 많이도 늙었네요.”

“이젠 눈독 들이는 사람도 없어.”

“무슨 눈독이요? 종자 더 못 쳐요?”

그 개는 온 동네 암캐한테 흘레를 붙여 주는 종자 개였다.

“그것도 그렇고 요즘 여기 개가 흔해서 사람들이 심심찮게 개를 꼬실려 먹거든.”

“아무래도 경기가 좋아지니까 그간 입에 못 대던 개고기가 날개 돋친 듯하나요?”

“그게 아니고 저 동네 집 다 부수고 나서 임자 잃은 개도 많고 하니깐 먼저 보고 때려잡는 놈이 장땡이지. 저건 뭔 거 같니?”

“그럼 저게…….”

“헤에, 아침녘에 발발이 하나 잘못 걸려들어서 바로 매달았지. 냄새 맡아 보면 알 텐데.”

“멍멍이 고기도 돼지고기처럼 구워 먹어요?”

“그게 또 별미래. 이놈 빨리 집 안으로 들여서 묶어 놔야겠어. 같은 종족 살점 굽는 냄새 맡으니깐 흰자위가 돌아가고 뒷다리에 바들바들 힘주고 성질 부리려 드는데. 참 어머니께서 집 내놓으셨다 도로 거둬들이셨대?”

“아, 그거요? 그런 모양이던데 전 잘 몰라요. 어머니 명의로 돼 있잖아요.”

“그거 잘하셨어. 파시더라도 내년까지 최고로 오를 때까지 기달려야지. 너랑 같이 사시니깐 당장 뭐 큰돈 필요한 건 없으시지?”

“아, 예…… 그것도 그렇구요. 전 그 셋집 아저씨가 보일러 고쳤다고 어쩌구 구시렁대기도 하고 또 아버지 영정 사진도 아직 거기 골방 구석에 처박혀 있고 그래서요…… 겸사겸사."

"아암, 아무튼 좋아."

그동안 형은 몸이 골골한데다 직장 없이 가끔씩 아버지 가게에서 석유나 연탄 배달을 해주며 개나 벗삼고 지내온 지라 낼 모레 마흔 줄을 앞두고도 장가를 들지 못했다. 나는 그런 창이 형한테서 예전과 달리 풍기는 활력의 정체를 형이 따로 방을 내서 사는 데를 가보고서야 알았다. 올 봄에 내가 들렀던 사랑방 교회 위의 허름한 방이 아니었다. 형은 한길을 좀더 타고 내려가다 정육점과 슈퍼, 비디오점, 미장원이 모인 거리에 있는 연립주택의 반지하방으로 나를 이끌었다.

"형, 방 옮겼어요?

"응. 너 점심이라도 먹고 가야지."

창이 형은 성실정육점에 들러 돼지고기 한 근을 썰어 달라고 했다.

"형은 네 발 달린 고기 잘 안 먹는 등 푸른 생선파잖아요?"

"식성이란 변하게 마련 아냐. 부쩍 근력이 달려서 요즘 육질을 입에 많이 대는 편이지. 사람 입이 간사해서 자꾸 먹어 보니깐 또 먹을 만해져."

형의 뒤를 따라 현관문을 들어서는 순간 으레 코를 찌르던 쉬어 터진 홀아비 냄새가 풍기지 않았다. 그것보다 반짝반짝 빛나는 휴지통을 필두로 내 눈앞에 펼쳐진 규모 있는 살림집의 모습이 나를 잠시 당혹스럽게 만들었다. 부쩍 근력이 달린다는 형의 말이 무슨 뜻인지 알 듯했다.

"이 사람이 밥 먹고 또 자는 모양이지?"

"예에…… 아니 형, 그럼 혹시……."

"올 여름에 그냥 도둑장가 들어 버렸지 뭐 헤헤."

"왜 연락을……."

“식은 안 올리고…….”

나는 놀라움보다 반가움이 앞서서 입을 쩍 벌리며 뒤에서 형의 두 어깨를 끌어안았다. 그때 방문이 열리면서 아직 잠기가 가시지 않은 눈매를 한 여자가 부스스한 파마 뒷머리를 긁으며 원피스 잠옷 차림으로 나왔다. 나도 제법 안면이 있는 여자였다.

“형수님. 안녕하세요? 인사 올립니다.”

“어머나 챙피, 이를 어째! 오늘 아침따라 얼굴에 물칠도 못 하고……아, 누군가 했더니 저기 가겟집 할머니 막내아들 아녜요?”

“왜 아닙니까 하하, 늦었지만 두 분께 진심으로 축하드립니다.”

나는 한껏 너스레를 떨었다.

“이거 목살 썰어온 거예요. 그냥 소금구이로 해주실래요?”

깍듯한 존댓말을 붙이는 형의 얼굴에 어린애처럼 마냥 천진난만한 미소가 잠시 어렸다. 여자의 파마머리를 단발머리로 바꾸어 머릿속에 그려 보자 비로소 이름이 떠올랐다. 국희일 것이다. 미아리 셋집 옆의 구둣집 문간방에 살던 효상이 엄마의 동생. 어머니가 국희라고 대뜸 이름으로 불렀던 그 단발머리 아가씨는 처음엔 재봉사였다.

우리 집 뒤의 마당 넓은 집이 한때 바느질집을 할 때 효상이 엄마가 자신의 동생을 소개해서 효상이네 다락방에서 자면서 그 집 대문으로 한동안 들락거렸다. 땅딸막한 몸매에 얼굴도 오막오막하게 생겼지만 목덜미에 잔털이 비치도록 귀밑까지 바짝 깎아 올린 단발머리가 인상적이었다. 당시 나는 대학생이었다. 이따금 엄마의 구멍가게에 와서 새참으로 단팥빵이나 알밤케이크를 나한테 돈을 주고 사서 선 자리에서 눈만 깜짝깜짝거리며 먹곤 돌아갔다. 실밥이 잔뜩 묻은 헐렁한 면바지의 무릎은 풍덩 빠져 있었고 굵은 허리까지 내려온 옷의 밑단추가 가끔 하나씩 풀려 있었지만, 빵을 잔뜩 베문 뽀얀 양 볼따구니 밑으로는 파란 거머리 같은 실핏줄이 해맑게 비쳤다. 나는 그 볼따구니를 흘깃흘깃 훔쳐보느라 요구르트 하나 값을 계산에서 빠뜨릴 적이 많았다.

내가 미국 레이건 대통령 방한 반대 가두시위 중 종로 3가에서 연행돼 구류◆를 살고 나온 동안 그 처제는 어디론가 가고 없었다. 엄마는 내가 들을세라 말세라 어쩐지 그 입술 시퍼런 게 사내깨나 후리게 생겼더라 어쩌구 하면서 구시렁거렸다. 며칠간 동네를 세게 휘젓고 간 사건이 벌어진 모양이었다. 형부와 처제가 붙어먹었다는 내용이었다. 그 가공할◆ 풍문 덕택에 내가 데모를 하다 나흘간 유치장에 있다 나온 사건은 동네에서 흔적도 없이 휩쓸려 갔다. 나중엔 결국 정식으로 이혼을 했지만 그때 죽네 못 사네 하던 효상이네 부부도 겨우내 별거를 하더니 이듬해 봄에 다시 합방을 했다. 그 뒤로 효상이 엄마는 자기 동생이 원래 품행이 방정치 못하다고 동네방네 입에 욕을 달고 다녔다.

몇 년 뒤 내가 방위 생활을 할 때 단발머리는 돌아왔다. 아니, 긴 머리가 돼 있었다. 그리고 내가 유격 훈련을 받느라고 도시락도 싸 가지고 다니지 않던 여름철이었다.

"방우 학생, 히힛!"

그녀가 후줄근한 모습으로 부대에서 돌아오던 날 밤 날 불렀다. 알전구 빛이 짱짱하게 내비치는 호남상회 앞 나무 평상 위에 다리를 꼬고 걸터앉은 모습이었다. 석계역 앞 포장마차에서 동기들과 오백 원 빵으로 소주를 한 병쯤 걸친 취기 때문인지 그날따라 심하게 받은 피티 체조 때문인지, 아무튼 오르막에 코를 박고 오르는 호흡이 거칠었다. 신경이 곤두서 있던 나는 땅바닥에 침을 퉤 뱉는 시늉을 하며 스스럼없이 다가서서 감자와 양파가 반쯤 담긴 라면 박스를 밀치고 평상에 엉덩이를 걸

쳤다. 동네에서 오며가며 얼굴 마주칠 기회는 많았지만 서로 인사를 할 만한 숫기도 또 그럴 필요도 없었다. 그녀가 내 코앞으로 방금 딴 차가운 코카콜라 한 병을 내밀었다. 갑자기 목젖을 우그러뜨린 갈증이 나도 모르게 그 병의 잘록한 허리를 덥석 잡게 만들었던 것 같다.

"고생이 많은가 봐요."

한번 반말이면 끝까지 갈 것이지 웬 또 경어람! 그녀가 여러 남정네들을 요정◆ 냈다는 소문은 이미 듣고 있었다. 요즘 말로 하자면 꽃뱀이었다. 유부남과 붙어놓고는 돈을 뜯었다는 것이다. 나는 대꾸 없이 병을 입 속에 꽂고 난 뒤 사레가 들려 기침을 자지러지게 했다. 사실 콜라를 병째로 마시려고 시도한 건 그때가 처음이었다. 고통스런 기침이었지만 마음은 편했다. 그녀는 내 등을 시원스레 두들겨 주지도 못하고 두 손을 마주 쥔 채 어쩔 줄 몰라했다. 나는 뭔지 모르지만 재미난 기분이었다. 그녀한테 질펀한 농지거리◆라도 하고 싶은 심정이었다. 만약 그때 어깨 위에 간신히 달라붙은 줄에 매달린 얇은 윗옷을 거추장스러운 듯 걸치고 있는 두 봉긋한 젖가슴이 벌름벌름 숨을 쉬고 있지 않았고, 그래서 내 아랫도리가 불끈 천막을 치지만 않았더래도 말이다. 나는 바짓주머니에서 동전 이백 원을 꺼내 평상에 내려놓고 일어섰다. 뒤에서 욕이 튀었다.

"썅새끼!"

욕과 동시에 동전 하나가 뒤통수를 알딸딸하게 파고들었다. 나는 입술을 종그렸다.

"쐐년!"

그러나 뒤돌아보진 않았다. 슬그머니

◆ **구류拘留** 죄인을 1일 이상 30일 미만의 기간 동안 교도소나 경찰서 유치장에 가두어 자유를 속박하는 일.
◆ **가공可恐하다** 두려워하거나 놀랄 만하다.
◆ **요정了定** 결판을 내어 끝마침.
◆ **농지거리** 점잖지 아니하게 함부로 하는 장난이나 농담을 낮잡아 이르는 말.

맥이 풀어졌기 때문이다.

창이 형이 그런 사실을 모를 리가 없었다. 내가 알고 있는 것은 벌써 형이 다 알고 있는 사실일 터이고, 형이 이미 알고 있다면 그건 어떻게 달리 부를 말이 없지 않을까. 운명이라고 할밖에는. 창이 형과 나는 소금구이에 맥주를 퍼마시고 또 놀러 오라는 형수의 말을 뒤로 하고 나왔다. 형은 파출소 건너편에 있는 재개발 조합 사무실로 가기 위해 마을버스 돌산 종점으로 올라가는 길이었다.

"형, 늦은 신혼 재미가 어때요? 좋죠?"

순전히 술김이었다. 나는 돼지 기름 때문에 더부룩한 배를 쓰다듬으며 물었다.

"헹, 좋냐구? 너도 알다시피 내가 개를 오래 길러 봐서 아는데 사실은 사람도 짐승하고 크게 다르지 않을걸. 목숨이 끊어지지 않는 한 야만이면 야만인대로…… 그런데 사람한테는 어쩔 수 없이 미운 정도 있고 고운 정도 있는 거니깐 그거 한 가지 다르다고나 할까……."

나는 으스스 끝에 몰려온 현훈◆ 때문에 눈앞이 캄캄해졌다. 그 캄캄함 속에서 오래 전에 내가 깬 짠지 단지가 두둥실 떠올라 주었다. 나는 아직 다 쓰러지지 않은 길가의 전봇대에 시린 이마를 대며 중얼거렸다. 가자……!

그 한마디에 동화 속 같던 온 세상이 한순간에 흰빛 절망감의 구렁텅이로 변하던 장석조네집 마당에서 어쩔 줄 모르던 소년의 모습이 환하게 떠올랐다.

나는 깨진 단지를 눈으로 찬찬히 확인하는 순간 입술을 파르르 떨었다. 어찌 떨지 않을 수 있었을까. 그 단지의 임자가 욕쟁이 함경도 할머니임에 틀림없음에랴! 이 베락맞아 뒈질 놈의 아새낄 봤나, 하는 욕설이 귀에 쟁쟁해지자 등 뒤에서 올라온 뜨뜻한 열기가 목덜미와 정수리께를 휩싸며 치솟아 올라 추운 줄도 몰랐다. 눈을 비비고 또 비볐지만 이미 벌어진 현실이 눈앞에서 사라져 줄 리는 만무했다.

집 안팎에서 귀청이 떨어져라 퍼부어질 지청구◆와 매타작을 감수하는 게 상수◆인 듯싶었다. 아무도 밟지 않은 첫길이라고 일부러 발끝에 힘을 주어 제겨◆ 딛고 가느라 우리 집 앞 변소 앞까지 뚜렷이 파인 눈 위의 내 발자국은 요즘 말로 도주 및 증거 인멸의 가능성을 일찌감치 봉쇄하고 있는 터였다. 이미 아홉 가구의 어느 방 안에서인지 잠에서 깨어난 사람들이 내 행동을 처음부터 끝까지 지켜보기라도 한 양 두런거리는 목소리들이 들려왔다. 나는 울기 전에 최후의 시도를 하기로 맘먹었다. 우량바리나바롱나르비못다라까따라마까뿌라냐…….

손오공이 부리는 조화를 기대하며 입 속으로 주문을 반복해서 외웠다. 그러고는 고개를 홱 돌려 깨진 단지를 내려 보았다. 주문이 헛되지 않았는지 내 입가에 기쁨의 미소가 어렸다. 깨진 단지는 그 모양 그대로였지만 어떤 기발한 생각이 별똥별처럼 머릿속을 스치고 지나갔기 때문이었다. 그렇다, 눈사람이다! 나는 가슴이 터질 듯 기뻐 하늘을 향해 두 팔을 쫙 벌렸다. 일단 이 아침만큼은 별일 없이 맞이할 수 있겠지. 나는 장갑도 끼지 않은 손으로 서둘러 주위의 눈을 긁어모으기 시작했다. 마침 찰기◆가 좋은 눈이어서 손이 한번 닿을 때마다 흙알갱이가 알알이 박힌 눈덩이들이 붙어 올라왔다. 나는 우선 항아리 주변에 눈사람의 아랫부분을 뭉쳐 놓았다. 그러고는 조금 작은 눈덩이를 서둘러 올려놓았다. 그렇게 해서

◆ **현훈眩暈** 정신이 아찔아찔하여 어지러운 증상.
◆ **지청구** 꾸지람.
◆ **상수上數** 가장 좋은 꾀.
◆ **제기다** 발끝으로 다니다.
◆ **찰기** 끈기 있는 성질이나 기운.

깨진 단지를 감쪽같이 눈사람 속에 집어넣을 수 있었던 것이다.

"너 벌써부터 나와 노는구나. 부지런하구나."

바로 이웃 방에 사는 현정이 아빠가 담배를 꼬나물고◆ 변소에 가려고 내복 바람으로 나왔다.

"방학 숙제로 낼 일기를 쓰는데요. 눈사람 굴리기라도 해서 적어 넣으려구요. 앞으론 날이 따듯해서 눈사람을 만들려 해도 그러지 못할 거예요. 이것도 금세 녹을걸요."

나는 빨리 집으로 들어가지 않고 내 앞에서 밍기적거려◆ 자꾸 거짓말을 하게 만드는 그가 얄미워졌다. 그 감정을 눙친다◆고 하는 게 느닷없이 그가 보는 앞에서 눈사람의 귀때기를 조금 떼어내 입에 넣는 행위로 표출되었다. 찝찔한 것 같기도 하고 맹숭한 것 같기도 한 눈 녹은 물을 뱉으려 하자 혀 아래에 흙알갱이들이 서너 개 걸치적거렸다. 벌써 쉰줄◆에 들어선 그가 몇 해 전에 면도사 하는 젊은 마누라를 새로 후려 왔을 때 주변에서는 어떻게 다루려느냐는 시샘어린 걱정이 많았다. 하지만 베니어판을 사이에 두고 그의 옆방에 살던 꼬마인 나는 한밤중에 자신을 불현듯 깨우곤 하는 숨죽인 앓는 소리의 정체를 알고 있었다. 변소가 떠나갈 듯이 소피◆를 보고 나온 그는 내가 세운 눈사람을 힐끗 보더니 두터운 입술 새에서 담배를 꺼내 눈사람의 입가에 꽂으며 호탕하게 웃었다. 나도 따라 웃었다. 그러자 기다렸다는 듯이 부엌문들이 차례로 열리기 시작했다.

그 현장을 더 이상 지킬 수 없었던 나는 그날 하루 동안의 가출을 감행하지 않을 수 없었다. 왜냐하면 눈사람 속에 감춰진 비밀이란 영원할 수가 없어서 반나절만 지나면 오후의 찬란한 햇빛 아래 만천하에 드러나게 마련이기 때문이었다. 비밀이란 햇볕을 피해 곰팡이가 피도록 묻혀 있어야 제격인데, 기껏 푸석푸석한 눈덩이에 휩싸인 비밀이란 애초 성립하기 어려운 것이었다.

그 하루 동안 나는 주로 더러운 곳만 골라서 돌아다녔다. 개똥 천지인 돌산길을 돌아 나와, 눈이 녹아 질척거리는 시장 거리, 연탄재가 어지럽게 뒹구는 인수교회 뒤쪽의 좁은 골목들을 혼자 떠돌다 딱총용 화약이 숭숭 박힌 종이를 두 장 사서 차돌로 터뜨린 다음 콧방울을 벌름벌름하며 한껏 화약내를 맡았다. 가끔 아버지의 아티반을 사러 가는 불란서약국 뒤의 연탄가스 냄새가 눈을 찌르는 어두운 단골 만화가게에서 호주머니를 탈탈 털어 성인 만화를 보며 지금쯤 녹아내렸을 눈사람에 대해 서너 번 생각했다. 마지막 만화책을 처음부터 세 번이나 되풀이 보고 덮고 나올 때 연탄난로 위에 끓고 있는 떡볶이를 보며 후회했다.

그길로 처음 볼 땐 한복집인 줄 잘못 알았던 길음 천변의 음산한 텍사스 거리를 겁 없이 걸어 다녔다. 그런 용기를 준 것은 허기진 배와 눈사람 속에 묻힌 짠지 단지다. 텍사스 거리의 한쪽 끝에 있는 튀김집 거리를 지날 때는 싸구려 기름 냄새 때문에 뱃속의 내장들이 요동을 치다 못해 밖으로 꾸역꾸역 뛰쳐나올 듯했다. 하지만 설에도 집에 가지 못한 손톱이 긴 매춘부들이 건네주는 오징어 튀김의 유혹에 굴복하진 않았다. 나중에 떨어질 매와 꾸지람을 이겨내기 위해서라도 다른 것은 다 더럽혀져도 자존심만큼은 더럽힐 수 없었다.

그러곤 어느덧 해질녘…… 이미 비밀이 다 까발려졌을 아홉 가구 집으로 돌아갔

◆ **꼬나물다** 담배나 물부리 따위를 입에 물다.
◆ **밍기적거리다** 일을 서두르지 않고 망설이는 모양.
◆ **눙친다** 마음 따위를 풀어 누그러지게 하다.
◆ **쉰줄** 50대.
◆ **소피** '오줌'을 완곡하게 이르는 말.

다. 대문간 앞에서 나는 심호흡을 몇 번이고 했다. 엄마한테 연탄집게로 맞으면 안 되는데 싶은 생각뿐이었다. 하지만 내가 대문간 앞을 흐르는 시궁창을 가로지르는 돌다리를 건너갔지만 아무도 나를 보고 아는 체하는 사람이 없었다. 내게 일제히 안됐다는 시선을 던지며 몰려들었어야 할 사람들이 평소와 다름없이 냄비를 들고 왔다 갔다 했고, 문짝에 기대 입을 가리고 웃었으며, 수돗가에 몰려 나와 쌀을 일며 화기애애하게 얘기를 나누고 있었다. 심지어 수돗가에서 시래기를 다듬다 마주친 엄마도 너 점심 굶고 어디 갔다 왔니, 하는 지청구조차 내리지 않았다. 나는 무척 혼돈스러웠다. 사람들이 나를 더 곤혹스럽게 만들기 위해 일부러 짜고 그러는 것도 같았다. 나는 얼른 눈사람을 천연덕스럽게 세워 두었던 변소통 쪽을 돌아다보았다. 거기엔 아무 것도 없었다. 눈사람은 깨끗이 치워져 있었다. 물론 흉칙한 몰골을 드러내고 있어야 할 짠지 단지도 눈에 띄지 않았다. 도대체 무슨 일이 일어난 것일까?

나는 나를 둘러싼 세계가 너무도 낯설게 느껴졌다. 내가 짐작하고 또 생각하는 세계하고 실제 세계 사이에는 이렇듯 머나먼 거리가 놓여 있었던 것이다. 그 거리감은 사실 이 세계는 나와는 상관없이 돌아간다는 깨달음, 그러므로 나는 결코 주변으로 둘러싸인 중심이 아니라는 아슴푸레한 깨달음에 속한 것이었다. 더 이상 나를 상대하지도 혼내지도 않는 세계가 너무나 괴물스럽고 슬퍼서 싱거운 눈물이라도 흘려야 직성이 풀릴 듯했다. 하긴 눈물 서너 방울쯤 짜내는 것은 일도 아니었으니까. 난 시래기 줄기가 매달린 처마 밑에 서서 몇 방울 떨구며 소리 없이 울었다. 차라리 그 깨진 단지라도 제자리를 지키고 있었다면 혼은 나더라도 나는 혼돈스럽지도 불안해하지도 않았을 것 아닌가.

"뭘 잘했다고 소리 없이 눈물을 꼭꼭 짜니? 정초부터 에밀 못 잡아먹어서 그러니? 넉살좋게 단지를 깨뜨려 눈사람 속에 파묻을 생각은 어찌 했담."

엄마가 물에 젖은 손으로 내 볼따구니를 야무지게 잡아 비틀며 어이가 없다는 듯 픽 웃음을 지었다. 그 얼얼함이 내 균형 감각을 바로잡아 주었다. 아주머니들의 웃음소리 사이에서 나는 울음을 딱 그쳤다. 그러고는 어른처럼 땅을 쿵쾅거리며 뛰쳐나와 이 골목 저 골목을 헤집으며 어딘가를 향해 가슴이 터져라고 마구 달리고 또 달렸다. 그렇게 컸다.

"그래 딴 데는 안 들르고?"

"오다가 저기 전에 살던 기찻집이라고 있어요. 옛날 침례교회 밑에 말예요."

"으응, 있었지."

"거기 뭐 좀 볼 게 있어서 들어가려다 개조심이라고 씌어 있어서 제대로 보지도 못하고 나왔어요. 보니깐 너무 바뀌었어요. 지붕도 기와에서 슬래브로 바뀌고 마당 쪽까지 집을 새로 지어서 반지하까지 치면 이층이나 다름없대요."

형이 고개를 건성으로 주억거렸다.

"형, 조합일 보면 보수는 좀 나와요?"

"돈?"

"예."

"정식으로 받는 급료는 한 푼도 없지. 하지만 나야 큰돈을 못 만지지만 청탁이 큰 이권◆ 사업이 물렸으니 잘만 하면 떡

◆ **이권利權** 이익을 얻을 수 있는 권리.

고물깨나 묻힐 수 있는 자리지, 그 자리가. 근데 너 참 아버님 틀사진 가지러 왔다며 아랫집엔 안 들를 거니?"

"그만둘까 봐요. 대낮부터 벌겋게 술도 마시고…… 또 불쑥 찾아간다는 게 좀 그렇잖아요. 돈 삼만 원 건네주는 건데 엄마가 말한 대로 온라인 이용하는 게 낫죠 뭐."

"그건 또 그래. 그럼 나랑 같이 마을버스 타고 내려갈래? 지하철 타려면. 아니면, 나랑 조합 사무실에 들러서 커피나 마시며 이곳 돌아가는 얘기나 좀 듣고 가든지."

"듣긴요 뭘. 형이 어련히 잘 알아서 해줄까."

"내가 해주긴 뭘. 네가 딱지를 팔고 싶다든지 아니면 그냥 입주를 하겠다든지 가부간에 결정을 내리면 내가 아무튼 최고 시세로 되도록 다리는 놔줄 순 있겠지. 내 생각엔 니가 어머니를 모시고 있으니까 당장 현찰이 필요한 게 아니라면 이리저리 굴려서 분양받을 때까지 기다렸다가 처분하는 게 장땡인데."

"예…… 엄마가 결정을 할 거예요. 전 심부름이나 몇 번 하면 되겠죠 뭐."

아무래도 마을버스 종점까지 가기는 그른 모양이었다. 거기까지 간다고 해서 변소가 어서 옵쇼 하고 대령하고 있으라는 법도 없지 않은가. 나는 똥이 마려웠던 것이다. 아랫배가 이렇게 딱딱한 걸 보니 모르긴 몰라도 애들 팔뚝만 한 걸로 한 자쯤은 뽑아낼 수 있을 듯했다.

"형 먼저 가세요. 전 다음에 또 올게요."

"왜? 버스 안 타?"

"예, 뭐가 갑자기 생각나서요."

나는 미주알◆에 힘을 잔뜩 주고는 형의 등을 떼밀어 마침 출발하려고 하는 마을버스 안으로 밀어 넣었다. 그러고는 폐허 사이로 난 내리막길을 내달렸다. 반쯤 부서진 집들이 몇 채 보이자 나는 그리로 뛰어들었다. 아무리 사람이 버리고 간 집이지만 똥 눌 곳이 마땅치 않았다. 얼마 전만 해도 밥 먹고 잠 자던 부엌이나 방이라고 생각하니 선뜻 바지춤을 까 내릴 수가 없었다.

잠시 주춤거리는 새에 마침 세로로 절반쯤 깨진 큼직한 항아리가 눈에 띄었다. 그 안에는 아마 그 항아리의 반을 깨고 들어왔을 한 뼘짜리 벽돌이 들어 있었다. 크기로 봐서는 한 열 명쯤 되는 식구는 좋이 먹여 살렸을 장독 같았다. 나는 누렇게 마른 소금기 자국이 얼비치는 옹색한 항아리 안으로 엉덩이를 비집고 들어가 벽돌과 깨진 장독 쪼가리를 디디고 서서 허리띠를 풀었다. 귀밑이 달아오르도록 용을 쓰느라 기침이 터졌다. 기침이 끝나자 나는 서러운 아이처럼 입초리◆가 비죽비죽 위로 치켜져 올라가는 걸 알았다. 울고 싶은 모양이었다. 나는 구린내가 나는 두 가랑이 사이로 고개를 바짝 쑤셔 박고 굵은 김이 무럭무럭 오르는 굵은 황금빛 똥을 쳐다보았다. 왠지 모르게 뿌듯했다.

그런데 나는 왜 구린내가 진동하는 깨진 항아리 속에서 똥을 누는데 울고 싶어졌을까? 늙은 어머니와 아내 그리고 이제 막 초콜릿 맛을 안 네 살배기 아이. 이렇게 세 사람의 식솔을 거느린 가장이 비록 속눈썹이나마 이렇게 주책없이 적셔서야 되겠는가. 아아, 하지만 여태껏 나를 지탱해 왔던 기억, 그 기억을 지탱해 온 육체인 이 산동네가 사라진다는 것이 아니겠는가, 나를 이렇게 감상적으로 만드는 게. 이 동네가 포클레인의 날카로운 삽질에 깎여 가면 내 허약한 기억도 송두리째 퍼내어질 것이다. 그런데

◆ **미주알** 항문을 이루는 창자의 끝 부분.
◆ **입초리** 입꼬리.

나는 기껏 똥을 눌 뿐인데……. 그것밖에 할 일이 없는데…….

똥을 다 누고 난 나는 빈집을 나와 모래주머니를 발목에서 풀어낸 달리기 선수처럼 가뿐하게 폐허 사이로 뚜벅뚜벅 걸어 들어갔다. 뒤를 돌아다보니 냄새를 맡은 누렁이 한 마리가 내가 나온 집으로 코를 쑤셔 박고 들어가는 모습이 보였다. 나는 입술을 굳게 다물었다. 그러고는 뭔가를 잃어버린 사람처럼 주위를 계속해서 두리번거리며 걷기 시작했다.

김소진

金昭晋, 1963~1997

강원도 철원에서 태어난 작가 김소진은 어린 시절 서울 미아리 산동네로 이사하여 가난한 환경에서 성장했습니다. 그의 어머니는 삯바느질과 행상일로 중풍에 걸린 부친을 대신하여 4남매의 양육을 책임져야 했습니다. 이 시기의 경험은 김소진의 작품 세계에 큰 영향을 미치게 됩니다.

김소진은 1988년 서울대학교 영문과를 졸업한 뒤, 1990년부터 한겨레신문 기자로 활동하기 시작했습니다. 그리고 1991년 《경향신문》 신춘문예에 단편소설 〈쥐잡기〉가 당선되어 소설가로 등단했습니다. 〈쥐잡기〉는 김소진이 중학교에 입학할 무렵, 아버지가 작은 가게를 운영할 때의 경험을 토대로 쓴 소설입니다.

그 후 틈틈이 단편소설을 써서 1993년 첫 창작집 《열린 사회와 그 적들》을 출간했으며, 1995년에는 신문사를 그만두고 본격적인 창작활동에 몰두하였습니다. 그러나 안타깝게도 작가로서 활약을 펼치기도 전에 김소진은 췌장암 진단을 받고 1997년 34세로 생을 마감하였습니다.

소설가로서 활동한 6년 여 동안 김소진은 장편과 단편소설, 동화, 콩트 등 총 52편의 작품을 남겼습니다. 그는 소설을 통해 주로 사회 중심부에서 밀려난 도시 빈민층의 삶, 사회 구조의 모순, 학생운동의 경험을 지닌 지식인의 내면을 보여주고 있습니다.

대표적인 작품으로는 《열린 사회와 그 적들》, 《장석조네 사람들》, 《자전거 도둑》, 창작 동화 《열한 살의 푸른 바다》가 있습니다.

"나를 둘러싼 세계가 너무도 낯설게 느껴졌다"

1997년에 발표된 〈눈사람 속의 검은 항아리〉는 재개발을 앞둔 미아리 산동네에 찾아간 화자가 어린 시절의 기억을 떠올리며 쓸쓸함을 느끼게 되는 이야기입니다.

신도시에서 어머니를 모시고 사는 '나'는 재개발 지역이 된 미아리 산동네를 찾게 됩니다. 셋집 보일러 수리비를 전달하는 참에 창고에 처박혀 있는 아버지의 영정 사진도 챙겨 오고 재개발 조합 간사로 있는 '창이' 형을 만나 매매 시세도 알아볼 심산이었습니다.

경의선 기차를 타고 나와 신촌에서 미아리행 버스를 타고 가면서 '나'는 점차 어린 시절의 한 기억을 떠올리게 됩니다. 그것은 "국민학교 시절을 보낸 한 지붕 아홉 가구의 장석조네 집"에서의 기억이었습니다. 어린 '나'는 설 지난 며칠 뒤 새벽녘에 오줌을 누기 위해 마당의 공동화장실로 향했습니다. 그런데 화장실에서 나오던 '나'는 '빠루'라는 연장을 밟게 되고, 그 연장이 솟구쳤다가 쓰러지면서 욕쟁이 할머니의 짠지 단지를 깨뜨리고 말았습니다. 그 순간 '나'는 급격한 정신의 피로감을 느끼고, 혼이 날까 두려운 마음에 깨진 단지에 눈을 뭉쳐 눈사람을 만들어 놓습니다. 그러고선 오후의 찬란한 햇빛 아래 만천하에 드러나게 될 짠지 단지를 생각하며 하루 동안의 가출을 감행합니다. 죄책감에 주로 더러운 곳만 골라서 돌아다니다가 해질녘에서야 집으로 들어서지만 모두들 '나'의 존재를 잊은 듯 행동하는 모습에 자신은 이 세계의 중심이 아니며, 세계는 나와는 상관없이 돌아간다는 깨달음 같은 것을 느낍니다. 어머니에게 잔소리를 듣고 나서야 정신을 차린 '나'

는 집을 뛰쳐나와 어딘가를 향해 마구 달리고 또 달렸습니다.

성인이 된 '나'는 창이 형과 함께 살고 있는 국희를 보자, 다시 대학생과 군대 시절에 서로 마주쳤던 기억을 떠올립니다. 그리고 수리비도 아버지 영정사진도 뒤로 미룬 채 창이 형과 술을 마시고 헤어집니다. 산동네를 내려오던 '나'는 어느 폐가로 들어가 항아리 안에 똥을 누다가 갑자기 울음이 치밉니다. 어릴 적의 기억을 간직한 산동네가 사라지는 것에 대한 안타까움 때문입니다. "포클레인의 날카로운 삽질에 꺾여 가면 내 허약한 기억도 송두리째 퍼내어질 것" 같은 슬픔을 느끼며 '나'는 돌아옵니다.

1970년대 산동네, 1990년대 아파트

〈눈사람 속의 검은 항아리〉는 이야기(바깥 이야기-현재) 속에 또 하나의 이야기(안 이야기-과거)가 담겨 있습니다. '바깥 이야기'는 1990년대를 시간적 배경으로 하여, '나'가 어린 시절을 보낸 미아리 산동네를 다녀오는 이야기입니다. '안 이야기'는 미아리 산동네를 다녀오는 와중에 회상하게 되는 어린 시절의 이야기로, 1970년대를 배경으로 합니다.

'산동네'란 산등성이나 산비탈같이 높은 곳에 가난한 사람들이 모여 사는 동네로, '달동네'라고도 합니다. 지금은 도시 재개발 계획에 따라 거의 모든 산동네가 아파트 단지로 바뀌었고, 이 작품의 공간적 배경인 미아리 산동네도 현재는 아파트 단지로 변화되었습니다.

미아리 산동네는 작가 김소진이 다섯 살 무렵 그의 부모를 따라 이

미아리 산동네 풍경

아파트 단지로 개발된 미아리 산동네

사 온 곳으로, 그가 성장하여 결혼을 하기 전까지 살았던 지역입니다. 말하자면 〈눈사람 속의 검은 항아리〉의 공간은 작가 김소진이 성장기를 보낸 직접적인 체험의 장소라고 할 수 있습니다. 그의 자전적 소설이라 할 수 있는 《장석조네 사람들》의 공간적 배경 역시 미아리 산동네입니다.

〈눈사람 속의 항아리〉의 마지막 부분에서 "이 동네가 포클레인의 날카로운 삽질에 깎여 가면 내 허약한 기억도 송두리째 퍼내어질 것이다."라고 표현된 문장에는 어린 시절의 추억이 담겨 있는 산동네가 재개발로 인하여 사라져 가는 것에 대한 안타까움이 담겨 있습니다.

성장 소설의 의미

성장 소설이란 작중 인물이 유년기와 소년기를 거쳐 성인이 되어 가는 과정에서 겪게 되는 내면적 갈등과 정신적 성장, 자신을 둘러싸고 있는 세계에 대한 깨달음의 과정을 그린 소설입니다. 이러한 성장 소설에서는 성인이 된 인물이 어린 시절의 특정한 사건, 즉 정신적 성장의 직접적인 계기가 되는 사건을 회상하는 형식으로 쓰이는 경우가 많습니다.

〈눈사람 속의 검은 항아리〉의 경우, 미아리 산동네를 찾아간 '나'가 20여 년 전의 사건을 떠올립니다. 깨진 짠지 단지를 눈사람 속에 감추는 이 사건이 바로 정신적 성장의 직접적인 계기가 되는 사건입니다.

주인공 '나'는 눈사람 속에 깨진 항아리를 감춘 행동으로 인해 고통을 받지만 실제로는 아무 일도 없었던 것처럼 평온한 일상에 혼란스러워합니다. 이러한 혼란 속에서 자신이 살고 있는 세계가 '나'와는 상관없이 돌아간다는 것을 깨닫게 되는 것입니다. 이 깨달음의 과정을 통해서 '나'는 자신이 생각해 왔던 세계와 현실 세계가 다르다는 것을 알게 되고, 아이의 세계에서 어른의 세계로 진입하게 됩니다. 즉, 자아가 성장해서 정신적 성숙을 이루게 되는 것이죠.

요절한 작가 김소진과 그의 문학

1997년 4월 22일 34세의 나이로 세상을 떠난 김소진은 1990년대 활동작가 중에서 주목해야 할 소설가로 꼽힙니다. 당시 개인의 가벼운 상상력을 토대로 한 문학작품들이 주류를 형성해 가고 있을 때 김소진 소설은 이러한 흐름과는 구분되는 면모를 보였습니다.

1990년대 들어 한국 소설이 사회 문제나 이념의 갈등을 다루기보다는 개인의 욕망이나 자기 정체성을 탐구하는 경향이었다면, 김소진은 오히려 이전의 전통적인 글쓰기 방식인 사실주의 경향을 담고 있습니다. 예를 들어 그의 등단작 〈쥐잡기〉는 한국전쟁을 소재로 하고 있으며, 현대에 잘 사용하지 않는 토속어와 순우리말을 구사하고 있습니다.

김소진의 문학은 아버지에 대한 '기억'으로부터 출발했습니다. 그에게 아버지는 가족사의 범주를 넘어 우리 현대사와 민중의 삶을 의미하는 것이었습니다. 성장기의 작가는 월남한 아버지의 경제적 무능력을 증오했지만, '혁명'의 80년대를 지내면서 비로소 아버지의 삶을 동시대인의 아

90년대 빛낸 '사실주의 정신'

영면한 소설가 김소진의 문학과 삶

민중들 고단한 삶에 따스한 시선
풍부한 토속어로 겨레정서 대변

《한겨레》, 1997년 4월 23일자 기사

픔으로 받아들일 수 있었습니다. 또한 가난한 성장기를 보낸 70~80년대의 서울 미아리 삼양동 달동네는 그의 문학적 터전이었고, 민중의 생활과 정서를 대변하는 작품 《장석조네 사람들》을 남겼습니다

또 다른 이야기 2

유년기 내면의 상처를 이야기한 〈자전거 도둑〉

이 작품에는 세 개의 이야기가 있습니다. 신문 기자인 나의 이야기, 에어로빅 강사인 서미혜의 이야기, 영화 〈자전거 도둑〉의 이야기가 바로 그것입니다. 이 세 이야기의 공통점은 모두 유년기의 상처를 다루고 있다는 것입니다.

'나'는 어느 날, 나의 자전거를 누군가가 훔쳐 타고 있다는 사실을 알게 됩니다. 범인은 위층에 살고 있는 에어로빅 강사 서미혜였습니다. 그날 저녁, '나'는 묘한 흥분에 사로잡혀 비토리오 데 시카 감독의 〈자전거 도둑〉의 장면을 떠올립니다.

영화 〈자전거 도둑〉은 제2차 세계대전 후 로마에서 실업자인 안토니오 리치가 자전거를 잃게 된 이야기입니다. 그는 길거리에 포스터를 붙이는 일을 하기 위해 자전거를 샀으나 곧 도둑을 맞습니다. 우여곡절 끝에 자식의 자전거를 훔친 젊은이를 찾아내지만 그는 발작을 일으키며 쓰러지고, 결국 안토니오는 자전거를 되찾지 못합니다. 축구 경기장을 지나던 안토니오는 누군가 세워 둔 자전거를 훔치다가 주인에게 붙잡혀 아들 앞에서 봉변을 당하고 맙니다.

〈자전거 도둑〉을 볼 때마다 외로움을 느끼는 '나'는 어린 시절의 일을

회상합니다. 구멍가게를 하던 아버지를 따라 물건을 떼러 간 '나'는 소주 두 병이 모자란 것 때문에 혹부리 영감과 실랑이를 합니다. 며칠 후 아버지가 소주 두 병을 몰래 넣다가 들키게 되자 혹부리 영감은 아버지로 하여금 '나'의 뺨을 때리게 합니다. 그 순간 '나'는 아버지의 눈 속에서 흐르지도 못하고 괴어 있는 눈물을 보며, 애비라는 존재는 되지 말자고 다짐합니다. 그 후 혹부리 영감에게 복수하려고 '나'는 수도상회를 분탕질해 놓고, 혹부리 영감은 그 충격으로 세상을 떠납니다.

영화 〈자전거 도둑〉 포스터

에어로빅 강사 서미혜는 나에게 오빠에 관한 이야기를 들려줍니다. 그녀는 간질병 환자인 오빠에게 밥을 주지 않아 오빠를 죽게 했고, 이 일 때문에 그녀는 가출을 시작했다는 것입니다. 얼마 후 나는 그녀가 다른 사람의 자전거를 훔쳐 탄다는 사실을 알게 됩니다.

- **이 소설의 '안 이야기'의 배경은 1970년대 도시 변두리입니다. 당시 시대적·사회적 상황을 보여 주는 단어가 아닌 것은 무엇일까요?**

  ① 연탄난로 ② 딱총용 화약 ③ 만화가게 ④ 석유 곤로 ⑤ 약국

- **이 작품에서 현재의 '나'가 미아리에 간 이유가 아닌 것은 무엇인가요?**

  ① 아버지 영정을 가져오기 위해
  ② 셋집 사내에게 보일러 수리비를 전달하기 위해
  ③ 옛사랑 국희가 보고 싶어서
  ④ 창이 형을 만나 재개발 정보를 듣기 위해

- **이 작품 속 어린 시절 '나'의 집에서는 정초부터 대보름까지 요강을 쓸 수 없었습니다. 그 이유는 무엇인가요?**

- 이 작품 속의 어린 '나'는 욕쟁이 할머니의 단지를 깨뜨린 죄책감 때문에 집을 나와 더러운 곳만 골라 돌아다닙니다. 그 이유는 무엇 때문인가요?

- 이 작품에서 어린 '나'는 눈사람이 깨끗이 치워져 있는 것을 보고 눈물을 흘립니다. '나'가 눈물을 흘린 이유는 무엇인가요?

- 이 작품에서 주인공은 어린 시절의 추억이 담긴 미아리 산동네가 사라지는 것을 안타까워합니다. 이러한 일은 우리 주변에서도 자주 볼 수 있습니다. 여러분의 추억이 어린 집이나 동네 또는 장소가 있는지 생각해 보고, 그 심정을 표현해 봅시다.

- **이 소설의 '안 이야기'의 배경은 1970년대 도시 변두리입니다. 당시 시대적·사회적 상황을 보여 주는 단어가 아닌 것은 무엇일까요?**

① 연탄난로 ② 딱총용 화약 ③ 만화가게 ④ 석유 곤로 ⑤ 약국

답 ⑤번.

- **이 작품에서 현재의 '나'가 미아리에 간 이유가 아닌 것은 무엇인가요?**

① 아버지 영정을 가져오기 위해

② 셋집 사내에게 보일러 수리비를 전달하기 위해

③ 옛사랑 국희가 보고 싶어서

④ 창이 형을 만나 재개발 정보를 듣기 위해

답 ③번.

- **이 작품 속 어린 시절 '나'의 집에서는 정초부터 대보름까지 요강을 쓸 수 없었습니다. 그 이유는 무엇인가요?**

정초부터 대보름 사이에 요강이 깨지거나 금이 가면 안 좋은 일을 당한다는 어머니의 터부 의식으로 인해 요강을 쓰지 못했습니다.

- **이 작품 속의 어린 '나'는 욕쟁이 할머니의 단지를 깨뜨린 죄책감 때문에 집을 나와 더러운 곳만 골라 돌아다닙니다. 그 이유는 무엇 때문인가요?**

자신의 실수를 가리기 위해 눈사람 속에 깨진 항아리를 숨긴 행동에 대한 양심의 가책을 느꼈기 때문입니다. 이러한 자책감으로 인해 밝고 깨끗한 곳으로 가지 못하고 더러운 곳만 골라서 다닌 것입니다.

- **이 작품에서 어린 '나'는 눈사람이 깨끗이 치워져 있는 것을 보고 눈물을 흘립니다. '나'가 눈물을 흘린 이유는 무엇인가요?**

세계가 나와 상관없이 돌아간다는 깨달음, 그러므로 나는 결코 주변으로 둘러싸인 중심이 아니라는 아슴푸레한 깨달음 때문입니다. 즉 이 세계가 '나'와 상관없이 돌아간다는 것을 깨닫고 눈물을 흘리게 됩니다. 그리고 이 눈물은 아이의 세계에서 어른의 세계로 나아가는 것을 의미합니다.

- **이 작품에서 주인공은 어린 시절의 추억이 담긴 미아리 산동네가 사라지는 것을 안타까워합니다. 이러한 일은 우리 주변에서도 자주 볼 수 있습니다. 여러분의 추억이 어린 집이나 동네 또는 장소가 있는지 생각해 보고, 그 심정을 표현해 봅시다.**

우리가 사는 환경은 시대의 흐름에 따라 여러 차례 바뀌곤 합니다. 예를 들어 서울의 강남이나 잠실 같은 곳은 1960년대까지만 해도 논밭이나 과수원이 있는 농촌이었습니다. 변화의 흐름은 더욱 빨라져 지금은 몇 년 사이에 새로운 공간으로 탈바꿈되곤 합니다. 여러분이 어린 시절을 보낸 곳은 어디였으며, 지금은 어떻게 달라져 있는지 설명해 보세요.

허생전을 배우는 시간

: 최시한 :

생각해 볼까요?

지난 2011년 10월 한 언론사의 여론조사 결과에 따르면, 중고등학교의 수업 환경이 여전히 주입식 중심인 것으로 나타났습니다. 토론이나 발표를 하는 수업시간이 어느 정도인지를 묻는 질문에 '없거나 10% 미만'이라고 답한 학생이 10명 중 7명꼴이었습니다. 또 수업 시간에 질문을 '한 번도 안 한다'고 답한 학생이 4명꼴이었습니다. 여러분들의 수업시간은 어떤가요?

7월 1일

남들은 즐겁게 사는데 나만 그러지 못한다는 생각이 자꾸 든다. 그럴 만한 뾰족한 이유가 떠오르지 않으니, 어디 심하게 아프기라도 했으면 좋겠다. 나는 그렇다 치고, 똑같은 노릇을 날마다 되풀이하면서 다들 뭐가 그리도 즐거운지 모르겠다. 좌우간 즐거운 사람들 때문에 시끄럽다. 거리와 차 속을 가득 채운 유행가, 아무 데서나 터지는 방정맞은 웃음소리, 기름진 음식들을 우적우적 씹는 소리, 삼삼칠 박수 소리, 와아 하는 함성, 함성, 우우우, 너는 왜 즐거운 표정을 안 짓는 거지? ― 한 달쯤 앓고 나타나면, 나를 손가락질하며 그렇게 따지지는 않겠지. 좀 이상한 방법이긴 하지만, 즐겁지 않은데도 즐거운 척하는 것보다는 낫다.

7월 2일

K는 직접 볼 때보다 생각할 때가 더 좋다. 이름도 진짜 이름을 부르기보다는 이렇게 K라고 하는 게 마음에 든다. 실제의 K가 밉거나 싫어서가 아니다. 싫다면 왜 K라고 부르겠는가? 단둘이 앉아 얘기해 본 적이 없기 때문인지도 모르겠지만, 하여튼 말도 직접 하거나 편지에 써 보내기보다는 이렇게 중얼대기만 하는 편이 어울리는 것 같다. 바로 옆 반이니 마음만 먹으면 하루에도 몇 번씩 만날 수 있는데, 정말 이상스런 짓이다. 계속 그러다 보니, 어떤 때는 K가 머리칼이 길고 살결이 고운 이경미하고 같은 사람인지 아닌지 헷갈린다.

그래도 K, 내가 지금 부르는 이가 정작 누구든지 간에, K, 너도 가끔은 자기가 다른 무엇이 되는 게 싫지는 않겠지?

7월 3일

윤수가 운동장 조회 중간에 갑자기 쓰러졌다. 내가 양호실까지 업고 갔다. 나보다 몸집이 큰데도 어떻게 업고 갔는지 모르겠다. 옆에 있던 4반 여자애들은 소리만 지르고, 우리 반 녀석들은 멀거니 보고 있기만 한 게 화가 났던 것 같다. 윤수는 곧 깨어났다. 군인들처럼 줄지어 서서, 줄곧 하지 마라 소리나 들으면서, 뙤약볕이 내리쬐는 운동장에 너무 오래 있은 탓이다. 나나 윤수나 군인감이 못 된다.

양호실을 나오려니까 윤수는 같이 있어 달라며 내 손을 잡았다. 아주 시원한 바람이 솔솔 들어오는 양호실 안에서 한 시간 넘어 함께 있었다. 윤수는 얼마 있다가 스르르 잠들었다. 창백한 얼굴에 하얀 이불을 덮고 잠들어 있는 윤수를 지키고 있자니 이상스레 마음이 편안했다. 둘째 시간 시작종이 울려 교실로 가려니까, 윤수가 눈을 뜨며 말했다. 왠지 너하고 있으면 말을 안 더듬을 것 같은 느낌이 전부터 들곤 했다고.

셋째 시간이 끝나고 가보니 윤수는 보이지 않았다. 어머니가 오셔서 데리고 갔다고 했다. 시간을 낭비한 느낌이 들었다. 나는 그 두 시간 동안 교실에서 수학과 화학 책을 뒤적일 게 아니라 양호실에서 윤수하고 있는 편이 나았을 거다. 윤수를 지키고 있던 양호실의 그 조용함과 편안함이 그런 책 속에는 없으니까. 책에는 있는 것보다 없는 게 더 많으니까(하지만 그런 조용함이나 편안함 따위는 시험에 안 나온다).

7월 4일

그 사람은, 눈보라치는 산마루에서 잠시 걸음을 멈추었다. 그리고 이쪽을 보았다. 덥수룩한 수염, 푹 팬 볼, 무릎이 해어진 남루한 군복. 하지만 그는 키가 크고 어깨가 벌어졌으며 두 눈이 찌를 듯 빛났다. 그가 들고 있는 길고 거무스레한 총. 온몸에 탄띠◆를 감고 있어서 마치 갑옷을 입은 것 같다. 나이를 짐작할 수 없는 그는, 투사이다.

그는 험한 산길을 종일 걸어서 그 마루까지 왔다. 길은 아직도 멀다. 그의 모습 뒤로, 눈보라 속에 엄연히, 커다란 붓으로 문질러 놓은 듯한 산맥이 보인다. 그가 잠시 멈춘 것은 아직도 계곡의 눈구덩이 속을 못 빠져나온, 짐을 잔뜩 지고 거친 숨 내뿜는 말들, 어른처럼 묵묵한 소년병들, 피에 젖은 붕대가 딱딱하게 얼어붙은 부상병들, 그들의 끝없이 긴 행렬을 돌아보기 위해서다. 동료들은 또 하나의 마루를 잘 넘어설 것이다. 그가 몸을 돌려 산 너머로, 눈보라 속으로 사라진다…… 비장한 음악이 점점 커진다. 끝을 알리는 글자들이 그가 떠난 공간에 탄환처럼 박힌다.

그 장면이 자꾸만 떠오른다. 아예 머릿속에 찍혀 버린 성싶다. 묘하게도 다른 장면들은 생각나는 게 별로 없고, 그 장면을 처음 보았을 때의 떨림도 희미해 가지만, 어깨에 달린 수류탄이 몸짓에 따라 조금 움직이던 것까지 생생히 기억할 수 있다. 모든 게 어떤 심오한 상징 같다. 예수의 머리에 얹힌 가시관이나 부처의 이상스런 손가락처럼, 그 장면을 이루었던 하나하나가 다른 무엇을 말하고 있는 듯하다. 눈보라는 그의 적들 같다. 해어진 군복은 그의 상처받은 마음이다. 그렇다면 총과 탄환과 그의 빛나는 눈은 적개심이요 투쟁 정신을 뜻한다.

그런데 그 눈보라는 왜 그리도 아름다웠을까? 해어진 군복은 어째 그렇게 당당해 보였으며, 그리고 빛나는 눈, 그 눈은 한없이 슬퍼 보이기도 하지 않았던가? 아름다운—적, 상처받은 마

◆ **탄띠** 탄창을 넣은 통을 끼워서 몸에 지니는 띠.

음의—당당함, 슬픈—투쟁정신…… 말이 안 된다. 말도 안 된다.

7월 5일

남들이나 나나 모두가 억지로 살아간다는 생각에서 헤어나지 못한 하루였다. 남들은 그렇지 않은 것처럼 보이곤 했는데, 오늘은 무슨 변덕인지 모르겠다.

전부가 시들하고 지겨웠다. 선생님은 월급 때문에 수업을 하고, 학생들은 효자가 되기 위해서거나 불량학생이 되지 않기 위해 자율학습을 하는 것 같았다. '자율학습'이라니, 얼마나 웃기는 말이냐. 수업이 다 끝났는데도 학생들이 몇 시간씩이나 '자율적으로' 책상에 고개를 처박고 있다? 단 한 명의 예외도 없이, 자율대학의 졸업장을 따야만 자율적인 사람이 된다? 다들 말장난에 놀아나는 꼴이다. 이건 무엇을 세뇌하는 수용소지 학교가 아니다.

버스 안에서 이런 공상을 하였다. 억지로 운전대를 잡고 있는 기사가 노상◆ 같은 길로만 다니는 자기 자신을 도저히 견딜 수 없어 몸부림치다가, 차를 한강 속으로 밀어 넣는다. 모두 죽는다. 저승문 앞에서 기사를 만난 승객들은 반갑게 그의 손을 잡으며 이렇게 말한다. 고맙습니다. 용기가 없어 개 끌려가듯 억지로 살았는데 당신 덕에 벗어났습니다.

그 공상을 할 때는 나도 승객들 가운데 하나였다. 하지만 지금 다시 생각해 보면 무언가 서운하다. 중요한 무엇, 내가 아니면 못 하는 어떤 일이 기다리고 있고, 그래서 나는 살아났어야 될 성싶다.

다음 국어 시간에 배울 〈허생전〉을 읽었다. 숙제라서 억지로 읽었는데 점점 재미가 나 두 번이나 읽었다. 허생이 마음에 든다. 그는 대단한 실력을 가졌다. 등장인물들 가운데서 우뚝할 뿐더러 나라까지 좌우할 만한 비범한 사람이다. 그런데 그는 왜 자기가 꾸민 천당 같은 섬에서 글 아는 자들을 모두 데리고 나올까? 그는 '화근'◆을 없애기 위해서라고 말했다. 글 아는 자가 화근이 된다니 무슨 소린지 알 수 없다. 자기도 글 아는 선비이면서. 돈을 벌고, 도둑들을 천당 같은 섬에서 살게 해주고, 이완 대장을 꾸짖고 한 그 모든 일들도 자기가 글을 읽었기에 할 수 있었던 게 아닌가.

잠까지도 억지로 자는 기분은 아니다. 〈허생전〉을 읽은 덕분이다.

7월 6일

윤수가 쭈뼛쭈뼛 따라 나오더니 교문 근처에 와서야 빵을 먹으러 가지 않겠느냐고 했다. 나한테 빚을 진 사람처럼 행동하기 때문에 거절할 수가 없었다. 걔가 자진해서 입을 여는 게 흔한 일도 아니고.

빵집에서 윤수는 포크를 만지작거리며 먹는 걸 쳐다만 보더니 불쑥, 부탁이 있으니 솔직하게 말해 달라고 했다. 그러겠다고 했는데도 크림빵을 하나 더 먹도록 또 포크만 만지작거리다 입을 열었다. 나는 왜냐 선생이 굉장히 좋다, 하지만 왜냐 선생 시간은 공포의 연속이다. 국어 선생님이 좋다면서 그분 시간이 왜 공포의 연속이냐고, 나는 물으려다가 말았다. 국어 선생님이 왜냐? 왜냐? 하시면서 이 사람 저 사람 지적을 할 때면 아닌 게 아니라 겁이 나기도 했다. 윤수 같은 애야말로 무서워할 만했다. 신이 나거나 대답이 모두 시원찮아 화가 나시면 두 눈을 부릅뜨고 땀까지 흘리면서 질문을 연방 퍼부으니까. 왜냐? 이 말이 왜 나왔느

◆ **노상** 언제나 변함없이 한 모양으로 줄곧.
◆ **화근** 禍根 재앙의 근원.

냐? 조금 전에 너는 왜 그런 말을 한 거냐?

윤수는 내 낯이 간지러운 얘기들을 웃지도 않으면서 늘어놓았다. 너는 책도 많이 읽고, 교지에다 소설도 쓰고, 국어 선생님한테 귀여움도 받는 그런 애니까, 〈허생전〉 숙제를 봐달라, 솔직하게 평을 좀 해달라…… 내가 귀여움을 받는다고? 그렇게 보였을지도 모른다. 왜냐 선생은 내가 들어 있는 문예반 담당이시니까. 선생님은 언젠가 내 글을 보고 말씀하셨다. '글은 손으로 쓴다기보다 마음으로, 결국은 온몸으로 쓰는 거다.' 속뜻은 잘 모르겠지만 그 말씀이 잊히지 않는 걸 보면, 또 글을 잘 쓰고프면 무어든지 자꾸 말로 그려 내라고, 글감이란 게 어디 고상한 데에 따로 있는 게 아니라고 하신 말씀이 머리에 새겨져 있는 걸 보면, 내 얼굴에도 국어 선생님을 좋아한다고 씌어 있을 거다.

선생님은 〈허생전〉의 줄거리를 잡아 오라는 숙제를 내셨다. 그냥 말로 하는 게 좋은데, 좌우간 누구를 시킬지 모르니까 말하기가 자신 없는 사람은 써도 읽어도 좋다고 하셨다. 윤수는 가방을 뒤적거리더니 쓴 것을 내밀었다. 빠뜨린 얘기도 있고 말이 어색한 데도 있었다. 그런데 마지막 문장이 나를 놀라게 하였다. 그걸 적어 두어야 한다.

'아무도 자기를 알아주지 않아서 허생은 아무도 모르는 곳으로 가 버렸다.' 그러니까 허생은, 아내, 변부자卞富子, 이완 대장, 그리고 양민이 된 도둑들까지 모두가 자기를 알아주지 않았기 때문에 세상이 싫어서 숨어 버렸다는 거다. 그 말이 찌릿하게 가슴에 와 닿았다. 아주 엉뚱하면서도 그럴 듯한 면이 있어 윤수를 다시 봐야겠다는 느낌과 함께, 왠지 내가 정말 솔직하게 평을 해주어서는 안 될 것 같은 기분이 들었다.

"아무도 알아주지 않았다는 말은 책에 없잖아?"

"이, 이튿날 가보니 집이 텅 비었더라는 말이 끝에 있다구. 그 이유를 대야만 마, 말이 되지."

"그건 그래. 관계를 잘 따져서 조리가 서게 요약하라고 그러셨으니까. 내 말은, 아무도 알아주지 않았다는 게 좀 억지스럽단 말야. 변부자는 처음 만났는데도 허생한테 엄청난 돈을 빌려주었어. 변부자는 허생을 알아주었다구."

"변부자는 사람이 허생한테 대면, 내, 내 생각에 변부자는 돈만 많지 허생을 잘 알 수 없는 사람이라…… 허생은 외톨이거든. 아는 거하고 알아주는 건 다, 다르던가?…… 네 말이 맞을 거야. 그래, 변부자는 어쨌든 돈을 빌려주었어. 그렇다면 이완 대장도 그래. 허생이 뛰어난 사람인 걸 아, 알기는 알거든. 잘못됐어. 그걸 왜 생각 못 했을까. 그, 그럼, 뭘 어떻게 고쳐야 되지?"

그 물음에 무어라고 대답했는지는 정리가 잘 안 된다. 꼭 고쳐야 될 만큼 말이 안 되지는 않는다, 네 말을 듣고 보니 그렇게 볼 수도 있겠다, 뭐 그런 뜻을 표시한 데 불과하다. 나는 횡설수설했다. 나중에 곰곰 생각해 보니, 윤수의 그 '알아주지 않아서'라는 말에서 허생이 아니라 윤수의 마음을 읽었기 때문이었던 것 같다. 그런데 그걸 곧이곧대로 말하거나 금방 어떻게 고치라고 해서는 안 될 성싶었고, 솔직하겠다 해놓고 그러려니까 횡설수설하고 만 것이다. 정말 윤수가 남들이 알아주지 않는 애라서 〈허생전〉을, 아니 허생의 마음을 그렇게 읽은 걸까? 그렇다 하더라도 솔직하게 말해 주지 않은 게 과연 잘한 일일까? 따지고 보면 허생은 끝내 자기한테 걸맞은 대접을 받지 못한 사람이니까 윤수의 말은 단지 그걸 두고 한 말일 뿐이라 할 수 있다. 어느 쪽이든, 좌우간 나는 솔직하지 못했다. 윤수가 찜찜한 표정을 지은 건 당연하다. 말이 이상하다면서 그냥 두라고 한 셈이 되었으니까.

나하고라 그런지 윤수는 오늘 별로 더듬지 않았다. 더듬은 건 바로 나다.

윤수보다 내가 마음이 약하다. 아니다. 턱없이 강해서 제멋대로 넘겨짚고는, 제 생각에 제가 어쩔 줄 모른다.

7월 7일

〈허생전〉을 배우지 않아서 김이 빠졌다. 국어 선생님이 회의 때문에 수업을 하실 수 없었기 때문이다. 자기 짝하고 서로 번갈아 줄거리를 말해 보라는 전갈을 보내셨다. 경석이의 얘기를 듣고는 우스워서 혼났다. '허생은 가난한 사람이었는데, 아내가 돈을 못 번다고 하니까 돈을 많이 벌어서 전부 변부자한테다 주어 버리고, 이완 대장이 말을 안 들으니까 죽이려다가 도망쳤다' — 이게 '경석이의 〈허생전〉'이다. 처음에는 어이가 없어서, 나중에는 슬그머니 재미가 나서 거푸 꼬집어 댔다. 아내한테 앙갚음하려고 돈을 벌었단 말이지? 번 돈을 모두 다 변부자한테 주었다고 어디에 씌어 있니? 돈 번 얘기하고 이완 대장 혼내준 얘기는 아무 관계도 없냐?…… 좀 지나치고, 부질없는 짓이었다.

윤수의 자리 쪽이 유난히 시끄러웠다. 동철이가 윤수를 몰아붙이고 있었다. 줄거리가 적힌 공책을 보여 주지 않은 모양이었다. 동철이는 사내자식이 뭐가 부끄럽다고 계집애처럼 어쩌고 하는 심한 소리까지 했다. 윤수도 나중에는 단단히 작정한 표정으로 유난히 더 더듬으며, 네가 내 글을 보고 무어라고 할지 뻔하기 때문이다, 나야 어쩌거나 상관 말고 잘난 사람은 잘난 사람답게 자기 숙제나 잘하라고 쏘아 댔다. 어쩌다 윤수가 공부건 운동이건 제 욕심대로 돼야 직성이 풀리는 동철이하고 짝이 됐는지 모르겠다.

나중에 애들이 하는 얘기를 얼핏 들으니 왜냐 선생은 회의에 참석한 게 아니고 교장실에서 교장 선생님과 싸웠다고, 화장실에 갔다 오다 누가 보았다고 했다. 왜냐 선생님이 이겼을 거다. 왜냐 선생님의 막강한 무기는 왜냐? 그것이니까. 그 이상의 무기가 어디 있는가.

7월 8일

언제나 지하도 계단의 그 자리에서 구걸하는 둥 마는 둥 앉아 눈망울을 굴리는 그 사람. 행려병자.◆ 그 사람의 무릎이 해어진 옷 때문에 영화에서 본 투사가 다시금 떠올랐다. 같은 옷인데도 주는 느낌이 얼마나 다른가. 같은 옷을 입었는데도 사람은 또 얼마나 다르냐.

행려병자는 왜 행려병자가 될까. 투사는 어떻게 해서 투사가 되는 것일까.

아무래도 나는 행려병자에 가깝다. 열흘만 세수를 안 하고 옷도 갈아입지 않으면, 누구든지 뚜릿뚜릿◆ 마구 정면으로 쳐다보면, 졸가리◆ 없는 이 생각 저 생각을 다 팽개치고 아예 길바닥에 퍼질러 앉으면, 그러면 된다. 크로마뇽인이나 네안데르탈인처럼 벌거벗은 채 지하도 동굴과 건물들의 골짜기를 헤매다가, 쓰레기통을 뒤져 허기진 배를 채우면 된다.

K가 보고 싶다. 다 얘기하고 싶다. 안 된다. 동정 따위는, 생각만 해도 끔찍하다.

허생이 부럽다. 허생은 가난하고 이름

◆ **행려병자** 行旅病者 떠돌아다니다가 병이 들었으나 치료나 간호를 하여 줄 이가 없는 사람.
◆ **뚜릿뚜릿** 뚜렷뚜렷의 북한어. 눈을 굴리며 여기저기 살피는 모양.
◆ **졸가리** 잎이 다 떨어진 나뭇가지. 사물의 군더더기를 다 떼어 버린 나머지의 골자.

없지만 자기가 무슨 일을 해야 할지 훤히 꿰뚫고, 돈 많은 사람과 지위 높은 사람을 거뜬히 이기고, 뜻한 일을 모두 이룬다. 모두 이룬다?

하여간 허생 같은 능력을 지니기만 했다면 겉모습이야 크로마뇽인이면 어떻고 행려병자면 어떤가. 그까짓 동정 따위, 할 테면 하라지.

7월 9일

〈허생전〉을 배웠다. 한 시간이 금방 지나갔다.

인사를 마치자마자 선생님께서는 그 작달막한 체구에 잘 안 어울리는 카랑카랑한 목소리로 말씀하셨다. 왜 줄거리 잡기 숙제를 냈느냐? 아이들이 불안한 눈빛으로 킥킥 웃었다. 그건 소설의 줄기, 그러니까 핵심된 사건이 어떻게 시작되고 끝났나를 붙드는 힘을 기르기 위해섭니다. 자, 그럼 누가 먼저 얘기할까? 선생님은 교단에서 내려서셨다. 그 가뿐한 몸놀림에서 나는 선생님의 젊음을 느꼈다.

아이들마다 제각기 다른 〈허생전〉을 얘기했다. 허생이 도둑들을 데리고 간 섬이 일본이라는 식의 엉뚱한 말도 나왔지만, 거의가 그럴듯하게 들렸다. 같은 글이 그렇게 달리 읽힌다는 게 신기했다. 서너 사람의 발표를 들었을 무렵부터 걱정이 되기 시작했다. 내가 할 수 있는 얘기를 다른 애들이 벌써 다 해버린 성싶었다. 나만이 할 수 있는 얘기는커녕 남들이 한 정도의 얘기도 못 할 것 같았고, 머리가 점점 털실뭉치가 돼가는 기분인데다, 선생님을 실망시키면 어쩌나 싶어 초조했다. 그런데도 선생님은 불만스런 표정으로 우리를 둘러보셨다. 그리고 질문의 방향을 바꾸셨다.

"김동철, 허생은 왜 과일과 말총◆을 죄다 사 모았을까요?"

동철이가 일어서며 말했다.

"네. 돈을 벌기 위해섭니다."

"내 시간에는 앉아서 대답해도 좋다고 했죠? 그래, 앉아요. 돈을 벌기 위해서라…… 그럼, 돈은 왜 벌었나요?"

"돈을 벌어야 변부자한테 진 빚도 갚을 수 있고, 가난해서 도둑이 된 사람들도 도울 수 있기 때문입니다. 무슨 일을 하건 돈이 있어야 된다는 걸 허생은 잘 아는 사람이었습니다."

"그렇다면 백만 냥 가운데 오십만 냥을 바다에다 버린 게 이상하지 않습니까? 돈이 많을수록 할 수 있는 일도 많아질 텐데? 허생이 그랬다는 건 챙겨 읽었죠?"

"네. 읽었습니다. 허생은 나라가 작아 그 많은 돈을 받아들일 수 없으므로 버린다고 했습니다. 그러니까 허생은 애초에 꾼 돈이 만 냥뿐이고, 오십만 냥만 가지고 가도 일을 하기에 충분했기 때문에 버린 것입니다."

"그렇게도 볼 수 있겠군요. 그런데 왜 허생은 자기와 아내를 위해서는 돈을 남겨두거나 쓰지 않았을까요? 돈의 힘을 그렇게 잘 아는 사람이?"

동철이는 얼른 대답하지 못했다. 선생님은 기다리셨다. 잠시 후에 동철이가 드문드문 말을 이었다.

"그 당시에는, 선비는 돈을 무시해야 대접을 받으니까…… 그래도 변부자가 먹을 것은 대주니까……."

선생님은 또 기다리셨다. 동철이의 말이 더 이상 이어지지 않자 입을 여셨다.

"동철이는 나름대로 열심히 읽었어요. 하지만 허생의 행동들을 충분히, 그리고

◆ **말총** 말의 갈기나 꼬리의 털.

조리 있게 설명하는 데까지는 이르지 못했습니다. 왜 그렇게 됐는지, 누가 그 까닭을 말해 봐요."

다들 입을 다물고 있었다. 동철이도 못한 말을 어떻게 할 수 있을지 자신이 안 서기 때문인지도 몰랐다. 얼마 뒤에 맨 앞줄의 용준이가 입을 열었다.

"변부자가 먹을 걸 대준 것보다 허생이 돈을 바다에 버린 게 먼저인데, 동철이 말대로면, 허생은 변부자가 먹을 걸 대줄 걸 미리 단정하고 버렸다는 애긴데, 그건 좀 허생답지 못한 행동 같습니다."

"네, 일리가 있는 지적이에요. 행동의 앞뒤 관계를 따졌군요. 하지만 중요한 사건, 핵심적인 내용과 관계된 지적은 아니라고 봅니다. '허생답지 못하다'는 표현도 애매하고요. 사실 동철이가 허생의 행동들을 충분히 설명하지 못한 것도 근본적인, 근본적인 원인과 이유를 여러 각도에서 따져 보지 않은 까닭이라 할 수 있습니다. 만사가 그래요. 밑동을 보려고 해야 돼요. 가지 끝이나 잎사귀만 보면 혼란에 빠지기 쉽죠. 내가 동철이한테 처음에 했던 질문, 왜 과일과 말총을 죄다 사 모았느냐는 질문으로 되돌아가서, 동철이의 해석이 어째서 허생의 다른 행동들을 충분히 설명하지 못했는지 알아봅시다. 허생은 어째서 하필이면 과일과 말총을……."

그때 고개를 푹 숙이고 있던 윤수가, 여전히 고개를 숙인 채 선생님의 말씀을 자르며 말했다. 의외였다.

"선비가 도, 돈을 벌려고만 그, 그랬다고 하니까, 허생을 거, 겉 다르고 속 다른 가짜 선비로 마, 만들었……."

아이들이 와아 웃었다. 윤수의 어깨가 움찔하면서 말이 끊겼다. 나는 웃을 수 없었다. 동철이의 얼굴도 나처럼 차갑게 굳어 있었다. 개는 자존심이 상한 게 분명했다.

선생님은 얼굴을 찌푸리며 소리치셨다. 다른 사람이 말을 하는데 왜 웃나! 그러고 나서 음성을 낮추어 윤수한테 말씀하셨다. 좋은 지적인데, 말을 마저 해요.

윤수는 여전히 고개를 숙인 채 돌처럼 움직이지 않았다. 나는 그 침묵이 견딜 수 없었다. 무식하고 잔인한 놈들. 가슴이 마구 방망이질쳤다. 그때 동철이의 말이 들렸다.

"다시 생각해 보니, 허생은 자기가 잘 먹고살기 위해서가 아니라 다른 이들을 도우려고 돈을 벌었습니다. 그래서 자기 몫은 남겨두지 않은 겁니다."

잘나빠진 놈! 놈이 채뜨리지◆ 않았으면, 윤수가 말을 마무리 지을 수 있었을지도 몰랐다.

"그럼 정리해 봐요. '왜'를 넣어서, 과일과 말총 사 모으는 부분을 동철이가 요약해 봐요."

"허생은, 돈을 벌어서 가난한 이들을 도와주려고, 과일과 말총을 사 모았다……."

"그게 아니고(내 목소리가 너무 큰 것 같았다), 제 생각은, 윤수하고 비슷합니다. 동철이는 자꾸 돈 돈 그러는데, 허생을 잘못 본 겁니다. 책에, 허생 자기는, 제물 때문에 정신을 괴롭히지 않는다고 하였습니다."

선생님은 나를 똑바로 쳐다보셨다. 갑자기 몸이 주체할 수 없도록 커지는 기분이었다. 선생님은 또 똑 끊어서 말씀하셨다. 새로운 주장이, 나왔군요. 그렇게 읽는다면, 과일과 말총을 사고파는 사건은, 어떻게 요약되죠? 나름

◆ **채뜨리다** 재빠르게 센 힘으로 빼앗거나 훔치다.

대로 다시 해보세요."

"과일과 말총은 주로 양반들과 관계 있는 물건입니다. 그러니까, 허생은 과일과 말총을 사 모아서 양반들을 혼내 주었다. 그렇게 될 것 같습니다."

옆에서 경석이가 옆구리를 찔렀다. 야야, 허생한테 혼난 양반은 이완 대장이라구. 과일 땜에 혼난 양반은 없어. 나는 상관하지 않고 윤수 쪽을 보았다. 도와주지 못한 것 같았다. 아니, 선생님께서 내 대답을 흡족하게 받아들이는 눈치였으므로, 오히려 윤수가 받을 칭찬을 가로챘는지도 몰랐다. 게다가 선생님의 다음 말씀은, 내가 윤수 대신 복수를 하지도 못했다는 생각이 들게 하였다.

"양반들을 '혼내 주었다'는 말은 '비판했다'는 말로 바꾸는 게 적절하겠죠. 당시에 과일이 제사나 잔치에 주로 쓰였다는 점, 그리고 말총은 양반들이 쓰는 망건과 갓을 만드는 데 쓰였다는 점을 참고한 말입니다. 꽤 여러 모로 생각하면서 읽었어요. 그런데 양반들을 곤란에 빠뜨리고 그들로 하여금 돈을 많이 쓰게 한 것도 사실이지만, 동철이 말대로, 허생이 그런 걸 휩쓸어 사두었다가 값이 오르니까 팔아서 떼돈을 번 것도 사실이죠. 너무 돈만 생각해도 문제지만, 지나치게 그걸 무시해도 무리가 생깁니다. 허생에게 있어 돈은 목적이 아니죠. 그렇다고 해서 가난한 백성들을 돕는 수단까지 아니라고 볼 수는 없다는 말입니다."

선생님은 천천히 걸어서 교단으로 올라가셨다. 이제 질문이 그치나 보다 싶어 몰래 한숨을 내쉬는 아이들이 있었다.

"소설은, 신문 기사하고는 다릅니다. 요새는 신문의 기사글도 그럴 때가 있기는 하지만, 소설을 이루고 있는 말은 말 속에 또 말이 있죠.

그리고 그 말 곧 속뜻을 풀어내는 실마리도 소설 안에 갖춰져 있습니다. 그걸 읽어 내려면 행동의 앞뒤 관계를 따지고, 인물들의 심정을 헤아리고, 여러 가지 관련 지식과 사실들을 참고해야 합니다. 나는 금방 '읽어 낸다'는 표현을 썼는데, 달리 보면 그건 주어진 뼈대와 틀에다 독자가 '읽어 넣는다'고 할 수도 있어요. 우리가 하고 있는 게 바로 그런 일인데, 더 계속해 봅시다. 허생이 과일과 말총을 사고판 행동에 대해 양반을 비판하기 위해서라는 해석과 돈을 벌어 가난한 사람들을 돕기 위해서라는 해석이 나왔죠. 자, 그럼 그 두 가지는 전혀 다른 것인지, 아니면 서로 어떤 긴밀한 관계가 있는지 살펴봅시다. 그걸 알려면 먼저, 허생이 돈을 벌어서 어디어디에 썼나를 챙기는 게 좋을 겁니다. 그러다 보면 허생이 돈을 벌고 쓴 행동에 담긴 속뜻이 양반 또는 벼슬아치 비판과 어떤 관계에 있는지가 드러날 테니까요. 어디어디에 썼죠?"

더 적을 수가 없다. 윤수한테 신경을 쓰다가, 동남쪽의 섬이 어떻느니 이완 대장이 왜 일마다 어렵다고 했느니 등등까지 주고받은 그 뒤는 잘 듣지 않았다. 게다가 손도 아프고, 적다 보니 자꾸 무얼 꾸며 넣는 것 같기도 하다. 소설을 쓰려는 게 아닌데 말이다. 허생이란 사람이 정말 있었다면, 박지원도 〈허생전〉을 쓰면서 이랬을 거다. 자기 뜻대로 의미를 붙이고, 뭘 넣거나 빼버리고.

선생님의 마지막 말씀이 떠오른다 — "이번 시간에는 사건들, 그리고 그것이 연결되어 이루는 줄거리 중심으로 살폈는데, 다음 시간에는 허생이 누구냐, 허생이란 인물이 과연 어떤 기질과 생각을 지닌 사람이냐를 중심으로 살펴보겠습니다. 다른 인물들과 비교하면서 잘 읽고 생각해 오세요."

허생이 누구냐고? 선생님의 질문엔 끝이 없다. 이번에는 왜냐가 아니라 누구냐이다. 나도 참 병이다. 끝이 없는 질문들을 졸졸 좇아가며 베끼고 있으니 손이 아파서 더 못 쓰겠다고 그 아픈 손으로 써놓고, 그러고도 자꾸 더 쓰고 있으니. 나란 사람은 누구냐? 총이 아니라 연필을 든, 투쟁 정신으로 빛나는 눈이 아니라 신경을 너무 써서 핏발이 선 눈을 가진, 투사가 아닌 환자. 환자? 어떤 환자?

윤수가 더듬지 않았으면 좋겠다. 아니면 아예 나서서 말을 하려고 들지 않든가. 허생의 행동, 허생 읽기. 윤수의 행동, 윤수 읽기. 나의 행동, 나 읽기. 읽기는 언제나 내가 한다. 〈허생전〉 읽기는 꽤 재미가 있는데, 다른 읽기는 왜 그렇게 갈피를 잡을 수 없는지 모르겠다. 아니, 허생 읽기나 나 자신 읽기나 갈피를 못 잡기는 마찬가지다. 머릿속이 복잡한 크로마뇽인!

7월 10일

나의 K, 너는 듣고 있겠지. 긴 머릿단 속에 꿈꾸듯 숨어 있는 뽀오얀 두 귀로, 밤이 깊으니 너는 저 어둠 속에서 가만히 내 말소리에 젖기만 하렴.

K, 작고 예쁜 네 귀도 어쩔 수 없이, 낮에 학교를 가득 채웠던 그 어지러운 말들을 들었겠지? 그 얘기가 하고 싶어, 당분간 일기든 뭐든 단 한 줄도 쓰고 싶지 않았던 어제의 심경을 버리고, 이렇게 너를 불러냈다.

국어 선생님께서 오늘 또 시간에 들어오시지 않은 건 바로 그 '노동조합' 때문이었다. 교직원들이 모여서 만들었다는 그 단체 때문에 요새 날마다 신문과 방송에서 떠들어대는 걸 너도 알고 있겠지. 너희 반 국어도 왜냐 선생님 담당이니까. 아니 그러잖아도 그 문제 때문에 학교가 왈칵 뒤집혔으니까. 선생님께서 거기 가입하신 것도 알고 있을 거다.

K, 너하고 이런 얘기를 나누고 싶지 않다. 이런 번잡스런 얘기는 너한테 어울리지 않는다. 하지만 어쩌겠니? 나는 지금 누군가에게 이 답답한 심정을 쏟아 놓지 않고는 배길 수 없다. 몰인정한 사람들. 동료가 집중포화를 맞고 있는데, 다른 선생님들은 천연스레 수업을 진행하였다. 학생들도 그렇다. 학기가 끝나 가는데 진도가 어떻다느니, 선생님의 수업방식이 참고서나 대학 입시하고는 너무 거리가 있다느니 하는 엉뚱한 말들을 창피한 줄도 모르고 지껄여 댔다. 그렇다고 당장 어떻게 해야 한다는 방안을 가지고 있는 건 아니지만, 어쨌든 너무들 무관심했다.

나의 이 답답함이 남들의 무관심 때문만은 아니다. 국어 시간이었다. 담임선생님이 오셔서, 자습을 해라, 너희들은 공부만 열심히 하면 되니까 쓸데없는 관심 갖지 말고 공부나 하라는 지시를 하고 가셨다. 공부만 하면 되니까 공부나 하라…… 나는 그 말을 되씹으며 자꾸 슬퍼지는 마음을 억누르느라 〈허생전〉만 건성으로 읽고 있었다. 그런데 어느 사이엔가 교실 전체가 논쟁 마당이 되어 있었다. 논쟁의 한쪽 대장은 동철이였다. 나중에 동철이는 회장이라도 되는 양 아주 일어서서 이렇게 말했다. 교사는 노동자가 아니다, 그러니 노동조합에 가입하는 건 잘못이다, 법이 그렇고 스승에 관한 우리나라의 전통이 그렇다.

신문과 텔레비전에서 떠들던 말이어서 새로울 게 없는데도 동철이는 제 말처럼 당당하게 내뱉었다. 여러 다른 아이들 역시 처음 듣고 감동하는 듯이 고개를 끄덕이는 게 우스웠다. 앞자리의 용준이가 나섰다. 우리가 법을 알면 얼마냐 아냐, 그리고 노동에는 정신 노동과 육체 노동이 있다고 배웠는데 선생님은 정신 노동자가 아니냐, 좌우간 왜냐 선생이 무슨 나쁜 일에 나설 분은 아니니까 섣불리 입방아 찧지 말고 기다려 보자.

동철이가 이내 대꾸를 했다. 나는 왜냐 선생이 나쁜 사람이라고는 말하지 않았다, 누구든 판단을 잘못할 수는 있다, 정부에서 막고 다른 선생님들도 동의하지 않는 일을 하는 건 잘못이다, 반대하는 사람들이 우리도 다 아는 정신 노동 육체 노동을 몰라서 그럴 것 같냐?

경석이도 한마디 거들었다. 우리 아버지가 그러는데, 무슨 노동조합이든 거기에 드는 사람은 모두 빨갱이라더라.

K, 내 마음은 분명 선생님 편이지만, 선생님께서 '판단'을 잘하셨는지 잘못하셨는지, 잘했다면 왜 그런지 알 수 없어서 논쟁에 끼어들 수 없었다. 그런 문제에 대해 내가 너무 아는 게 없음을 절감하였다. 다른 애들처럼 어디서 주워 들은 이야기를 자기 것처럼 뇌까리기는 죽어도 싫고, 솔직히 말해서 그런 일이 내 주변에서 일어나는 것부터가 마땅찮았다. 선생님께서 이렇게 될 줄 모르고 조합에 가입하셨다고는 생각할 수 없다. 선생님은 왜냐 선생이니까. 그러면 알면서도 왜 그러셨을까? 선생님도 나처럼 때때로 모든 사람이 한심스럽게 보여 남들을 너무 무시하신 걸까?

논쟁이 한참 벌어지고 있는데 윤수가 내게로 왔다. 윤수는 나를 교실 뒤꼍의 라일락나무 그늘 속으로 데리고 갔다. 휴식 시간이 아닌데 그래서는 안 된다는 생각이 얼핏 들었지만, 될 대로 되라는 심정이었다. 윤수는 흥분해서 심하게 더듬거렸다. 걔의 말을 주워 모으면 이렇다. 왜냐 선생은 결국 쫓겨날 거다, 허생처럼 어디론가 사라져 버릴 수밖에 없을 거다, 자기편이 너무 없기 때문이다. 그리고 윤수는 내게 물었다. 너는 물론 왜냐 선생 편이지? 나는 그렇다고 대답했다. 그런데 물은 뜻은 그게 아니었다. 윤수는 말했다. 그렇다면 너는 왜 동철이와 싸우지 않느냐, 어서 들어가서 동철이 녀석의 주장을 꺾어라, 너처럼 글도 잘 쓰고 말도 술술 하는 애가 안 한다면 누가 하겠냐.

K, 나는 무척 곤혹스러웠다. 나 역시 왜냐 선생이 너무 외로운 처지고 어쩌면 쫓겨날지도 모른다는 생각이 들었지만, 윤수가 바라는 행동 같은 걸 하러 나서고 싶지 않았기 때문이었다. 무슨 일이 어떻게 될지, 아직 잘 모르는 상태가 아니냐. 동철이 따위하고 싸워서 이겨봐야, 무슨 소용이냐…… 나는 더듬고 있었다.

예쁘고 똑똑한 나의 K, 왜 나서고 싶지 않았느냐고 묻지 말아 다오. 나도 잘 모르기 때문이다. 나서고 싶지 않았는지 나설 수 없었는지조차 잘 모르겠다. 이유를 대라면 무어라 하기는 하겠지만, 어떤 말이든 결국은 적절치 않게 될 터이다. 이상스럽다는 듯이 윤수는, 잘 모른다니, 노동자니 빨갱이니 하는 말을 모른다는 거냐고 물었다. 나는 고개를 저었다.

"뭐, 뭘 모른다는 거야? 왜냐, 왜냐 선생이 옳다는 걸 아, 알고 있잖아?"

동철이가 집단의 질서를 들먹거리며 여전히 떠들고 있는 교실에 들어서면서, 나는 왠지 자신이 그 어느 때보다도 비참하게 여겨졌다.

K, 윤수가 말했듯이, 선생님이 학교에서 쫓겨나 정말 허생처럼 어디론가 가버리게 된다면, 우리가 사는 이 세상은 허생이 살던 그때와

다름없어지는 셈이다. 아니, 허생은 자진해서 가지만 선생님은 쫓겨서 가는 거니까 그때보다 더 어두운 세상이다. 아, 알겠다. 허생이 왜 그 천당 같은 섬에서 글 아는 자들을 모두 데리고 나왔는지. 지금 왜냐 선생님을 '화근'으로 취급하여 몰아붙이는 이들도 알고 보면 모두 글 아는 자들이 아니냐.

네 웃음소리가 들리는 것 같다. K, 나도 내가 우습다. 지금 이 판에 〈허생전〉을 따지고 있으니 말이다. 어떻든지, 선생님이 허생만 한 능력을 가지고 계셨으면 좋겠다. 아니면 이완 대장들이 모두 〈허생전〉에서처럼 황급히 뒷문으로 도망을 치거나. 나로서는 지금 그런 일이나 바랄 수밖에 없다.

이완 대장들은 왜 '안 된다'고만 하는 걸까? 세상에 이완 대장은 왜 그렇게 많을까?

아아, 그만두자 K, 말은 이제 그만 하자.

나만의 K,너의 그 뽀오얀 귀를 닫으렴. 소리가 안 들리게 잠의 달빛 속에 아주 잠가 버리렴.

7월 11일

〈허생전〉 둘째 시간. 흥분과 긴장의 연속이었다. 나는 지금 모든 걸 떠올릴 수 있다. 앞으로도 결코 잊지 못할 것이다.

선생님은 전처럼 인사를 마치자마자 교단을 내려서시며, 아무렇지도 않게 말씀하셨다. 허생이 어떤 사람이냐에 대해 살펴볼 차례지요?

아이들은 모두 선생님의 얼굴만 쳐다보았다. 다시 나타나신 게 무슨 큰 짐이라도 벗은 양 홀가분하고 기뻐서, 나도 책 펴는 걸 잊고 있었다.

"모두들 정신이 딴 데 가 있는 건, 왜냐?"

왜냐 선생님 말씀에 몇 아이가 키득키득 웃었다. 선생님도 어색하게 웃으시며 전보다 더 카랑카랑해진 성싶은 음성으로 스스로 답하셨다. 내가 그 까닭을 모를 리가 있느냐. 나는 가르치는 사람이고, 전보다 더 잘 가르칠 수 있기 위해서 하는 일이니까, 이상하게 여기거나 너무 걱정하지 말아라. 앞으로는 무슨 일이 있어도 꼭 수업에 들어올 것이다. 그리고 조금 망설이시다가 덧붙였다. 우리는 각자 자기 마음대로 걷고 있는 것처럼 여기지만, 실은 닦여진 길로 가고 있다. 우리는 때로 그 길이 어디로 향한 것인지 살펴보고, 필요하다면 새 길을 닦아야 한다.

선생님은 책을 펼쳤다. 우리도 따라 펼쳤다. 교실은 갑자기 활기로 가득 찼다.

"자, 먼저 〈허생전〉에 나와 있는 사실들을 근거 삼으면서, 허생이 어떤 사람인가를 나름대로 얘기해 봐요."

"배짱이 두두욱한 사람 같습니다."

누군가 걸찍하게 말하자 아이들이 와아 웃었다. 선생님의 얼굴이 한결 펴졌다.

"같습니다라는 표현은 될 수 있으면 쓰지 않는 게 좋아요. 생각을 잘 간추린 뒤에 자신 있게 잘라 말하는 습관을 들여야 합니다."

"장사 수완이 아주 좋은 사람입니다."

"아내를 전혀 돌보지 않는 걸 보면, 좀 매정한 데가 있습니다."

"형식에 매이지 않고 과감하게 일을 추진하는 사람입니다."

"외로운 사람입니다. 친구가 없습니다."

"가난한 사람들을 도와주는 의로운 사람입니다. 홍길동하고 비슷합니다.”

“돈과 재물을 하찮게 여깁니다.”

“아닙니다. 허생은 돈을 굉장히 중요시하는데요?”

아이들이 웅성거렸다.

“또 돈이 문제군요. 아무래도 여러분이 돈에 관해 너무 관심이 많거나, 좀 잘못된 생각을 가지고 있는 듯합니다. 지난 시간에 그 문제는 다소 정리되지 않았나요? 그 문제하고 씨름했던 동철이가 해결해 보는 게 어떨까?”

“네.”

“동철이가 일어서려다 도로 앉았다.

“허생은 돈을 벌어 가난한 백성들을 위해 썼는데, 거기에는 무능하고 허례허식에 빠진 벼슬아치들과 양반 계층을 비판하는 뜻이 담겨 있습니다. 그러니까 허생은, 돈을 중요시했다기보다…….”

“허생은 돈을 목적으로가 아니라 수단으로 중요시했던 거죠.” 선생님은 고쳐서 마저 말씀하셨다. 그리고 이어서,

“그런데 그 문제는, 각도를 달리해 보면 또 얻는 게 있습니다. 허생의 생각이나 마음도 마음이지만, 허생이 그런 방법으로 돈을 벌 수 있었다는 사실 자체를 두고 볼 때, 당시 사회의 경제 규모가 얼마나 작았고 통치자들이 백성들 살아가는 형편에 얼마나 무관심했나를 짐작할 수 있죠. 그리고 보면, 아까 누가 얘기한 것처럼. 허생의 생각이나 수완은 그 당시로서는 아주 놀랍다고 할 수 있을 겁니다.”

“그런데 선생님!”

경석이가 손을 번쩍 들며 말했다.

“이 작품은 좀 잘못된 데가 있는 것 같습……니다. 허생은 선비인

데, 선비가 그렇게 장사를 해도 됩니까?"

아이들이 야아 하고 탄성을 질렀다. 뭐 별것 아니라는 듯이 경석이는 턱을 쳐들며 눈을 게슴츠레하게 떠 보였다.

"아주 좋은 질문입니다."

선생님은 경석이한테 미소를 보내셨다.

"하지만 작품에 잘못된 데가 있다고 하기 전에, 먼저 작품을 있는 그대로 놓고 이해해 보려고 해야 됩니다. 우리가 다른 사람을 대할 때처럼 말이죠. 그럼 먼저, 같이 확인해 봅시다. 허생은 선비입니까 아닙니까?"

"선빕니다!"

다들 합창하듯이 말했다.

"자기가 선비라는 걸 강하게 내세웁니까 그러지 않습니까?"

그 물음에는 모두 잠잠했다. 그러자 선생님께서는 책을 잘 살펴보라고 시간을 주셨다. 나는 처음부터 확신했다. 그래서 조금 있다가, 돈을 되돌려주려는 변부자에게 허생이 한 말을 소리 내어 읽었다.

"재물로 해서 얼굴에 기름이 도는 것은 당신들 일이오…… 그대는 나를 장사치로 보는가?"

선생님은 나한테도 흡족한 미소를 보내셨다. 나는 선생님과 눈을 맞추고 질문을 기다렸다.

"잘 지적했습니다. 그런 말 하는 걸 보면, 허생은 자기가 선비 또는 사대부라는 걸 강하게 의식하면서 내세우고 있음을 알 수 있죠. 아까 허생이 홍길동 비슷하다는 말이 있었는데, 그럼 홍길동과 허생의 차이점은 무엇일까요?"

"홍길동은 도술을 쓰는데, 허생은 머리를 씁니다. 말하자면 허생은, 지식인입니다."

"잘 찾았군요. 그럼 내친김에 질문을 하나 더 하겠습니다. 홍길동도 가난한 이들을 돕고 허생도 그러는데, 그 돕는 행동에도 어떤 차이점이 있지 않습니까?"

나는 막막했다. 그것까지는 생각해 보지 않았다. 나는 긴장되어 손을 떨면서 그냥 떠오르는 대로 대답하는 수밖에 없었다.

"홍길동은, 일종의, 투사입니다. 홍길동은 자기 부하들이나 자기가 돕는 이들과 하나가 되어 싸우고, 끝에 가서 승리합니다. 그러나 허생은, 돕기만 할 뿐 어디까지나 선비이고, 그래서 결국 지고…… 맙니다."

허생이 누구한테 졌다고 생각한 적은 없었는데, 아니 허생은 마음만 먹으면 누구든지 이길 수 있는 사람이라 여겨 왔는데, 홍길동하고 비교하다 보니 말이 그렇게 되었다. 선생님은 주먹을 불끈 쥐어 보이며 커다란 소리로 말씀하셨다.

"지금 한 말을 잘 들었겠죠? 참말 멋진 지적입니다! 본인도 얼마쯤은 그 뜻을 알고 말했겠지만, 그 말에는 참으로 깊은 뜻이, 우리가 살아가면서 두고두고 곱씹을 만한 뜻이 담겨 있어요. 우리가 이렇게 소설을 읽고 궁리하는 건 바로 그런 진실을 발견하기 위해 섭니다.

허생은 홍길동 같은 영웅처럼 보이지만 사실 영웅답지 못해요. 경석이가 했던 질문으로 돌아가 보면, 허생은 장사해서 돈을 벌고 그걸로 가난한 백성들을 돕지만, 항상 선비로서 그러는 것입니다. 그는 한 번도 선비의 자리, 양반 사대부라는 자리를 떠난 적이 없다 그 말입니다. 허생은 장사를 하지만 장사꾼을 경멸하고, 백성을 돕고 북벌책 같은 국가 대사를 논하지만 조정에 뛰어들어 적극적으로 그것을 실천하려고는 하지 않습니다. 사농공상◆을 구별하던 당시의 규범, 때가 아니면 초야◆에 은둔한다는 선비의 처세관◆에 묶여서 거리를 두고 비판하거나 도와줄 뿐, 하나가 되어 함께 살고 책임지지는 않는 겁니다. 이 점이 바로 허생의 한계요 〈허생전〉을 지은 연암 박지원의 한계라고 할 수 있습니다. 당시 사회를 비판은 하고 있지만, 그 사회를 바로잡으려고 적극적으로 노력하지는 않았습니다. 양반 계층의 생각, 사대부가 쓰는 말을 버리지 못하고 있어요."

선생님은 질문하기를 잊으신 듯, 그런 뜻의 말씀을 오래 더 하셨다. 〈허생전〉이 한글이 아니라 한문으로 씌어진 것도 그런 한계와 관련이 있다고 하셨다. 그러고는, 공책에다 홍길동이 꾸민 율도와 허생이 꾸민 동남쪽 섬이 어떤 점에서 서로 비슷하고 다를 것 같은지, 자기 상상을 보태어 적어 보라고 하셨다.

내가 궁리 끝에 두어 가지를 생각해 내고 적으려는데, 갑자기 동철이가 벌떡 일어서며 말했다.

"허생이 졌다는 건, 누구한테 졌다는 말씀입니까? 책에는 허생이 그냥 어딘가로 가버렸다고 되어 있잖습니까? 선생님께서는 투쟁을 강조하시는데, 어떤 선입견을 가지고 보시는 것 같습니다."

아이들이 수군거렸다. 동철이의 말투에 화가 났고, 걔가 말하고픈 내용이 짐작되어 가슴이 졸아들었다. 선생님은 동철이가 서 있는 걸 그대로 둔 채 천천히 말씀하셨다.

"허생이 졌다는 말은, 허생의 행동 전체를 놓고 독자인 우리가 평가하느라고 쓴 말입니다. 허생은 확고한 이상과 탁월한 능력을 지녔지만 그걸 다 실현하지 못했고, 그러니 불만스런 현실과 그 현실을

◆ **사농공상士農工商** 전에, 백성을 나누던 네 가지 계급. 선비, 농부, 공장工匠, 상인을 이르던 말이다.
◆ **초야草野** 풀이 난 들이라는 뜻으로, 궁벽한 시골을 이르는 말.
◆ **처세관處世觀** 처세하는 데 대하여 가지는 일정한 견해.

지배하는 사람들한테 졌다고 본 겁니다. 도피했다고 할 수도 있겠죠. 그게 문학입니다. 자, 그럼 나름대로 해석해 봐요, 허생은 왜 어디론가로 가버렸느냐?"

그런 말씀을 하시는 선생님의 목소리가 이상스레 딱딱해져 갔다. 동철이 때문에 화가 나 그러시는가 했더니 그게 아니었다. 선생님께서 힐끔 보신 복도 쪽 거기, 어떤 사람 둘이 서 있었다. 한 사람은 교감 선생님이었다. 수첩에 무얼 적고 있는 다른 사람은 낯이 설었다. 감시를 하는구나. 동철이의 말이 먼 데서 들려왔다.

"허생이 어디론가 가버렸다는 말은 그다지 중요하지 않다고 생각합니다. 옛날이야기 중에도 그렇게 끝나는 게 많으니까요. 중요한 것은, 허생이 국가를 안정시키는 큰일을 실제로 많이 했다는 사실입니다. 선생님께서는 무얼 더 바라시는 것 같은데, 제가 생각하기에는 그거면 충분합니다. 허생은 영웅입니다. 나라에 큰 공을 세운 영웅 말입니다."

"말은, 실체가 아니라 하나의 도구예요. 그게 전달하는 뜻이 그 속에 고정되어 있다기보다, 어떤 입장에서 어떤 의도로 사용하느냐에 따라 그 뜻이 결정되고 변한다는 얘깁니다. 산은 언제나 산이지만, 그걸 가리키는 산이라는 말은 등산가가 쓰는 경우하고 터널 기술자가 쓰는 경우에 그 느낌과 뜻이 다른 데가 있단 얘깁니다. 지금 영웅이라는 말을 썼는데, 그런 의미라면 보기에 따라 이완 대장도 영웅일 수 있습니다. 하지만 아까 내가 허생이 영웅이 아니라고 했을 때의 영웅은……."

그때 교실 문이 요란하게 열렸다. 복도에 있던 두 사람이 안으로 들어왔다. 그들이 성큼 교단 위로 올라섰다. 나는 숨도 못 쉴 지경이었다.

선생님은 잠시 묵묵히 서 계시더니 학생들 사이에서 나와 교단으로 올라가셨다. 이제 교단 위에는 세 사람이 서 있었다. 교단이 산처럼 까마득히 높아 보였다. 그 위에서 세 사람 모두가 나만 뚫어져라 내려다보는 것 같았다.

선생님의 떨리는 음성이 들려왔다.

"오늘은 여기서 중단해야 되겠습니다. 다음 시간이 언제죠?"

"다, 다, 다음 주 워, 월요일입니다."

"박윤수, 고마워요. 오늘이 금요일이니까 사흘 뒤군요. 그날은, 〈허생전〉에 그려졌거나 그려지지는 않았어도 그 작품이 나왔던 당시의 사회 상황에 대해 살피겠습니다. 특히 실학 사상과 북벌론이 어떤 것이고 그들이 이 작품에 어떻게 반영되어 있는지를 공부해 오세요."

세 사람이 나갔다. 그들의 발소리가 복도에서 멀어져 갔다. 교실은 쥐 죽은 듯이 조용했다. 느닷없이 윤수가 동철이의 멱살을 쥐며 무어라고 외쳤다. 너무나 더듬어서 짐승의 울음소리 같았다.

7월 12일

이런 꿈을 꾸었다.

눈보라 치는 산마루에 그 투사와 허생과 왜냐 선생이 서 있었다.

뒤따르던 말과 병사들이 나타나자 투사는 그들과 함께 마루를 넘어갔다.

그 뒤에, 허리를 곧추세운 허생이 골짜기 아래쪽을 향하여 이렇게 외쳤다. 아이들을 낳거들랑 오른손에 숟가락을 쥐게 하고, 하루라도 먼저 난 사람이 먼저 먹도록 양보케 하여라! 그러고는 혼자서 훌쩍 마루 너머로 사라져 버렸다.

이제 왜냐 선생님만 남았다. 그런데 아무도 뒤따라오는 이가 없었다. 선생님은 계속 거기 서 있었다. 눈보라가 점점 거세어졌다. 선생님의 모습이 흐려져 갔다. 비장한 음악처럼, 허공에서 말소리가 울려 펴졌다. 말은 도구이다. 실체가 아니다. 말은 실체가 아니라 도구다……. 영웅…… 노동자…… 빨갱이…….

나는 슬프다 나는 슬프다 자꾸 그렇게 중얼거리면, 슬프지 않은데도 눈물이 나올까? 눈물이 나오면 그때는, 정말로 슬퍼질까?

취한 사람처럼 하루를 보냈다. K를 뒤따르다가 잃어버렸다. 어느 교회로 들어가더니 나오지 않았다.

7월 13일

교회 앞에서 오래 서성인 끝에 K를 만났다. 예배 보고 나오는 사람들 사이에서 발견한 K는, 그때 천사 같았다.

나는 무작정 뒤따라갔다. K는 얼마를 가더니 공원으로 들어갔다. 그리고 사람이 별로 보이지 않는 어디쯤에서 멈춰 섰다. 나도 멈췄다.

K가 다가왔다. 그리고 말했다. 그냥 따라오기만 하면 어쩔 참이니?

나는 웃으려고 했는데, 그저 얼굴이 찌그러지다 만 느낌이었다. 우리는 근처 나무 밑에 있는 붙박이 의자에 앉았다. 향기로운 비누냄새가 코끝을 스쳤다. 바람결에 K의 머리칼이 날렸다. 나는 머리칼에 덮인 K의 귀를 훔쳐보았다.

너는 글을 잘 쓰지? 아주 소문이 났더라. 시도 쓰니?

시는 쓰지 않는다고 말했다.

나는 연극을 좋아해. 내가 연극반인 거 알지? 시침 뗄 필요 없어. 전부터 네가 나한테 관심 있는 걸 눈치 채고 있었으니까. 그런데, 실은 나도 글을 잘 썼으면 좋겠어. 그래서 언젠가 너하고 얘기를 했으면 싶었다구. 어떻게 하면 글을 잘 쓸 수 있는 거니?

나는 글 얘기가 하기 싫어 연극반에서 무얼 맡느냐고 물었다.

응, 배우야. 가을 예술제 때 '신판 춘향전'을 공연하는데, 내가 춘향이 역으로 뽑혔어. 방학이 되면 본격적으로 연습할 거야. 엄마가 알면 공부 대신 그런 짓이냐고 난리 나겠지만.

그리고 K는 그 '신판 춘향전'이라는 것에 대해 길게 이야기했다. 춘향이는 로큰롤 음악을 무척 좋아하는 앤데, 몽룡이는 공부밖에 모르는 책벌레다. 둘이 자연농원에서 우연히 만나 사귀었는데, 나중에 대학에 붙는 건 몽룡이가 아니고 춘향이다. 몽룡이가 재수를 하는 동안 춘향이는 가수가 되어 전국을 누비는데…….

나는 듣다 말고 물었다. 그런 걸 학교에서 공연하라고 하겠니?

그러엄. 연극반 선생님이 대본을 갖고 가서 교장 선생님한테 벌써 허락 받았는걸. 그런 거라니? 너, 유치하다고 무시하는구나?

나는 부정하지 않았다. 그 얘기도 더 하고 싶지 않았다. K는 기분이 상한 듯 딴 데를 보고 있었다. 뽀오얀 목덜미가 눈부셨다.

왜냐 선생님 일을 너는 어떻게 생각하는지 알고 싶어. 그분이 너무 이상에만 빠진 걸까?

지금 왜 그런 얘길 하니? 문학을 한다는 애가!

아이들이 한낮의 햇볕 속을 뛰어다니는 게 나무들 사이로 보였다. 아침부터 아무 것도 먹지 않아서인지 현기증이 났다.

K, 오늘의 일기는 독백이나 같다. 늘 독백이었던 것 같기도 하다만,

K, 너의 이름을 지운다. 아니, 없앤다. 다 내가 하는 짓이다. 너는 없었다. 이경미가 있었을 뿐이다.

7월 14일

왜냐 선생님의 〈허생전〉 셋째 시간은 없다! 아마 그 시간은 영원히 오지 않을 것이다. 왜냐 선생님한테 배울 〈허생전〉은 영원히 다 배우지 못하는 셈이다.

아침에 등교하려니까 교문이 한쪽만 열려 있었다. 그리고 교문 주위에 교감과 교무주임 선생님, 그리고 못 보던 이들이 서성이고 있었다. 나는 설마하였다. 하지만 교실에 들어가 아이들이 입 모아 하는 얘기를 들었을 때, 그건 사실이 되었다. 왜냐 선생님이 학교에 못 들어오게 막은 것이었다.

온 학교가 술렁거렸다. 하지만 쉬는 시간만 그럴 뿐 수업 시간은 전처럼 지나갔다. 나는 무엇에 관심조차 두기가 싫고 학교에 불이라도 나서 얼른 집에 가게 되었으면 하였다. 책마다 깨알같이 박힌 글과 누가 하는 그 어떤 소리도 모두 거짓말 같고, 눈보라치는 산마루의 그 투사가 자꾸 어른거렸다. 그의 탁한 목소리가 아득히 메아리치곤 했다. 왜냐, 왜 그러는 거냐, 왜 그러고 있는 거냐…….

국어 시간에 담임선생님이 대신 들어오셨다. 선생님은 이렇게 말했다. 누구든 너무 자기 주장만 앞세워서는 안 된다, 민주주의는 다수결이다, 모든 의사 표시는 절차를 밟아 법대로 해야지 남이 어쩌잔다고 우우 거기에 쏠려서는 못쓴다.

나는 속으로 중얼거렸다. 허생이 선비의 법대로 돈벌이를 하지 않았다면 도둑들을 사람답게 살도록 해줄 수 있었을까요? 다수결이라면 그야말로 이완 대장이 좋아하는 건데, 그럼 선생님은 세력 있는 자들의 눈치나 보는 이완 대장이 옳고 그를 찌르려던 허생은 그르단 말씀입니까?

하지만 몸 속 어딘가에서 이런 소리가 들려왔다. 안 돼. 그건 네 일이 아냐. 네 일은 따로 있어. 딴 곳에 있어. 네가 이완대장의 세상을 알기는 아는 거야?

그때 선생님이 날카롭게 말했다.

"박윤수는 어디 갔지?"

나는 소스라치며 살펴보았다. 윤수의 자리가 비어 있었다. 어디가 아파 양호실에 갔는지도 몰랐다. 그런데 누군가가 말했다. 선생님, 저기 저게…….

창밖을 보았다. 땡볕이 쏟아지는 누우런 운동장 한가운데에 누가 홀로 주저앉아 있었다. 윤수였다. 무릎 앞에 무어라 적힌 종이가 세워져 있었다. 나는 온몸이 떨렸다. 그 종이에 적힌 말은 보이지 않아도 읽을 수 있었다. 아이들이 우르르 창가로 몰렸다.

"자리에 앉아라, 앉아! 저, 저 녀석이 퇴학당하고 싶어서!"

선생님이 밖으로 뛰어나갔다.

나는 일어섰다. 그리고 온몸의 움직임을 또렷이 느끼면서 복도를 지나, 운동장 가운데로 뛰기 시작했다. 윤수가 땅바닥에 누워 버리는 게 보였다. 내가 업으러 가는지 업히러 가는지 알 수 없었다.

왜냐 선생의 〈허생전〉 수업은 계속되고 있다.

최시한

崔時漢, 1952~

충청남도 보령에서 태어난 작가 최시한은 서강대 국문학과를 졸업한 뒤 같은 대학 국문과 대학원을 졸업했습니다. 1982년 《우리 세대의 문학》에 〈낙타의 겨울〉을 발표하면서 소설가로 활동하기 시작하였으며, 현재는 숙명여자대학교 국어국문학과 교수로 활동하고 있습니다.

최시한은 섬세한 언어 감각과 정교한 구성으로 따뜻한 감동을 주는 작품을 주로 발표해 왔습니다. 〈허생전을 배우는 시간〉은 일기체 형식으로 쓴 연작 소설 《모두 아름다운 아이들》 중의 한 편으로, 아이들만의 순수한 시선과 감성으로 어른들의 세계를 낯설게 보여주는 특징을 지닙니다.

최시한은 소설 창작뿐만 아니라 문학 교육에 많은 노력을 기울여 왔습니다. 특히 청소년의 주입식 문학교육을 비판하고 그 대안을 제시하는 연구서를 비롯하여 청소년을 위한 문학 독해력 학습서(《고치고 더한 수필로 배우는 글읽기》)를 출간한 바 있습니다.

이러한 저서를 통해 최시한은 그동안 우리가 경험한 문학 교육은 소설을 소설답게 읽는 방법과는 거리가 멀었다는 것을 밝히고, 소설 읽기에 관한 새로운 제안을 하고 있습니다. 예컨대 소설 읽기의 목표는 작가의 의도나 주제를 찾아내는 것이 아니라 독자가 자신의 창조적인 생각을 발견하는 것임을 강조하고 있습니다.

최시한의 소설집으로는 《낙타의 겨울》, 《모두가 아름다운 아이들》이 있습니다.

왜냐 선생님의 〈허생전〉 수업은 계속되고 있다

1992년에 발표된 〈허생전을 배우는 시간〉은 일기체 형식의 소설로, 토론 방식의 국어 수업을 통해 주입식 교육 문제를 꼬집는 동시에 1990년대 당시 사회의 쟁점이 되었던 전교조 문제를 학생의 시선으로 다루고 있습니다.

문예반 활동을 하는 '나'는 'K'라는 여학생을 짝사랑하는 고등학생입니다. 7월 초, '나'는 운동장 조회 중간에 갑자기 쓰러진 윤수를 업고 양호실로 데려다줍니다.

며칠 후 윤수는 빵집에서 '왜냐' 선생님이 내준 숙제를 봐달라고 합니다. '왜냐'는 국어 선생님의 별명으로, 수업시간에 수없이 '왜냐?'라고 물어보기 때문에 붙여진 것입니다. 숙제는 〈허생전〉의 줄거리를 요약하는 것이었습니다. '나'는 윤수의 숙제를 봐주다가 "아무도 자기를 알아주지 않아서 허생은 아무도 모르는 곳으로 가버렸다."라고 쓴 대목에서 가슴이 찌릿한 것을 느끼며, 그 후로 윤수를 다시 보게 됩니다.

국어 수업에 왜냐 선생님은 회의 때문에 들어오지 못했습니다. 아이들 말로는 왜냐 선생은 회의에 참석한 게 아니고 교장 선생님과 싸웠다고 합니다. 이틀 뒤 〈허생전〉을 배우는 첫 번째 수업 시간, 왜냐 선생님은 계속해서 '왜 그러냐?'라는 질문을 했습니다. 그러고는 소설을 읽을 때는 인물이 행동할 때의 앞뒤 관계를 따지고, 그 심정을 헤아리고, 여러 가지 관련 지식과 사실들을 참고해야 한다고 했습니다. 다음 시간에는 허생이란 인물이 어떤 기질과 생각을 지닌 사람이냐를 살펴보겠다고 하였습니다.

그다음 수업 시간, 왜냐 선생님은 또다시 들어오지 않았습니다. 교직원들이 모여서 만들었다는 노동조합 때문이라고 합니다. 담임선생님이 오셔서 "너희들은 공부만 열심히 하면 되니까 공부만 하라"며 자습을 시켰고, 반 아이들은 왜냐 선생님이 수업에 들어오지 않은 이유에 대해서 논쟁을 벌였습니다.

〈허생전〉을 배우는 두 번째 시간, 왜냐 선생님은 아무런 내색 없이 수업을 진행했습니다. 아이들은 각자 허생이 어떤 사람인가에 대한 자신의 의견을 발표했습니다. 왜냐 선생님은 작품을 잘 읽기 위해서는 있는 그대로 이해하려 노력해야 한다고 했습니다. 그때 교실 문이 열리고 웬 사람들이 왜냐 선생님을 데리고 갔습니다.

왜냐 선생님의 〈허생전〉은 영원히 다 배우지 못한 셈이 되었고, 담임선생님은 "누구든 자기 주장만 앞세워서는 안 된다"고 하셨습니다. 그런데 교실에서 사라진 윤수가 땡볕이 내리쬐는 운동장 한가운데에 주저앉아 있었습니다. '나'는 담임선생님의 뒤를 따라 운동장으로 달려 나갔습니다.

'왜냐' 선생은 어떤 교사인가

이 작품에서 학교의 자율적이지 않은 자율수업에 대해 비판적인 생각을 지니고 있는 '나'에게 '왜냐' 선생님의 국어 수업만큼은 예외입니다. 진지하고 열성적으로 토론식 수업을 진행하시기 때문입니다. 그런 국어 선생님의 수업 방식에 대해 다른 선생님들은 참고서나 대학 입시와는 거리가 멀다고 비판하면서, 곤란한 상황에 처한 국어 선생님의 처지를 나몰라라 할 뿐입니다. 주입식 교육 방식에 익숙한 담임선생님은 학생들에게 "쓸데없는 데 관심 갖지 말고 공부나 하라"고 말할 뿐입니다.

그렇다면 토론식 수업을 통해 스스로 생각하는 힘을 키우고자 했던 왜냐 선생님은 어떤 분일까요? 왜냐 선생님은 교사와 학생의 관계를 일방적으로 가르치고 배우는 관계로 보지 않으려는 분입니다. 말하자면 학생들에게 질문하고 토론을 할 수 있도록 유도하여 학생들 스스로 생각할 수 있도록 지도하려는 입장인 거죠. 이것은 지식만을 습득시키는 전통적인 주입식 교육과 달리, 학생들 스스로 깨닫고 익히는 과정을 통해 내면적인 성장을 도모하려는 취지이기도 합니다.

두고두고 다시 씌어지는 소설 〈허생전〉

박지원의 〈허생전〉은 현대의 여러 작가들에 의해 재창조되어 왔습니다. 1924년에 춘원 이광수가 동아일보에 소설 〈허생전〉을 연재하였는데, 이것은 박지원의 〈허생전〉이 문학 독자의 주목을 받게 된 계기가 되었습니다.

1946년에는 채만식도 이 작품을 소설로 패러디하였습니다. 패러디란 원작을 그대로 작품에 사용하면서 새로운 내용을 덧붙이는 방식으로, 기존의 작품에 대한 글 읽기이자 다시 쓰기라고 할 수 있습니다. 채만식의 〈허생전〉은 박지원과 이광수의 〈허생전〉뿐만 아니라 설화로 전해 내려오는 이야기를 종합 구성한 것입니다. 내용상 박지원의 소설을 기초로 하고 있지만 제주도나 강경 등과 같은 구체적인 공간을 배경으로 설정하였으며, 사실적인 소재를 다루고 있습니다.

채만식 이후에도 오영진의 희곡 〈허생전〉, 이남희의 소설 〈허생전〉 등 서로 다른 개성으로써 박지원의 고전이 재탄생되었습니다.

〈허생전〉 외에도 현대 소설가에 의해 재조명된 또 다른 고전작품으로는 〈심청전〉이 있습니다. 〈심청전〉 또한 현대 소설의 모티브로 여러 번 쓰였습니다. 대표적으로 채만식, 최인훈, 황석영 등이 있습니다.

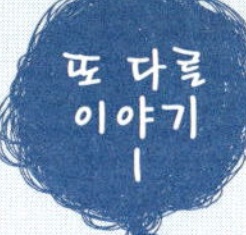

연암 박지원과 고전소설 〈허생전〉

박지원(1737~1805)은 조선 후기의 문장가이자 실학자입니다. 30세 무렵 실학자 홍대용과 사귀면서 서양의 신학문을 접하게 된 그는 44세에 청나라에 가서 실용적인 문명을 눈여겨보게 됩니다. 이후 기행문 《열하일기熱河日記》를 통하여 청나라의 문화를 소개하였고 당시 한국의 정치·경제·사회·문화 등 각 방면에 걸쳐 비판과 개혁을 논했습니다.

〈허생전〉은 연암 박지원의 《열하일기》 가운데 〈옥갑야화玉匣夜話〉에 삽화 형식으로 실려 있는 단편 소설입니다. 〈옥갑야화〉는 박지원이 북경으로부터 돌아오는 도중 옥갑이란 곳에서 만난 이들과 나눈 이야기를 옮겨 적은 것입니다. 〈허생전〉의 줄거리는 다음과 같습니다.

허생은 남산 밑 쓰러져 가는 초가집에 사는 선비로, 집안 살림을 등한히 한 채 글 읽기만 좋아했습니다. 삯바느질로 어렵게 살림을 꾸려가던 아내가 어느 날 배고픔을 하소연하자 허생은 책을 덮고 집을 나가 버립니다. 허생은 곧장 한양에서 가장 큰 부자인 변 씨를 찾아가 만 냥을 빌려 달라고 하고, 그의 대범함을 알아본 변 씨는 선뜻 돈을 빌려 줍니다. 그 돈으로 허생은 상품의 집산지인 안성으로 내려가 과일과 말총을 매점매석하여 큰 돈을 벌어들입니다.

연암 박지원의 〈허생전〉 원문

그 후 허생은 나라 안에 들끓던 떼도둑 무리를 섬으로 데려가 자신의 이상을 시험합니다. 허생이 변 씨에게 빌린 돈을 열 배로 갚자, 변 씨는 이완 대장을 소개해 줍니다. 국사를 도와 달라는 이완의 청에 허생은 세 가지 계책을 제시하지만 이완은 불가능하다는 말만 되풀이합니다. 명분만 중시하는 사대부 계층에 격분하여 허생이 크게 꾸짖자, 이에 놀란 이완은 달아납니다. 이튿날 이완이 다시 허생을 찾아가지만, 허생은 자취를 감춘 뒤였고 집은 비어 있었습니다.

박지원은 〈허생전〉을 통해 무능한 사대부 계층을 비판하고 당대 현실의 모순을 타계할 수 있는 새로운 가치관과 실천 방안을 모색하고자 하였습니다.

또 다른 이야기 2

1990년대 교육 현실을 반영한 영화

1990년대 초반, 우리의 교육 현실을 주제로 한 영화가 여러 편 제작되었습니다. 그동안 주입식의 교육에 억눌린 채 학창시절을 지낸 이들로 하여금 교육 현실에 대한 영화적 발언을 하게 만든 것입니다. 대표적으로, 1980년대 말 〈행복은 성적순이 아니잖아요〉(1989)를 시작으로 하여 〈그래 가끔 하늘을 보자〉(1990), 〈꼴찌부터 일등까지 우리반을 찾습니다〉(1990), 〈공룡선생〉(1992) 등의 작품들이 당시 교육 현실을 꼬집는 방식으로 제작되었습니다.

황규덕 감독의 〈꼴찌부터 일등까지 우리 반을 찾습니다〉는 인문계 고등학교 2학년 4반 학생들이 겪게 되는 방황과 좌절을 그리고 있습니다. 1980년 이후 두발 및 교복의 자율화, 통행금지 해제 등 주체할 수 없는 자율 속에서 청소년들은 방황하는데 어른들과 그 사회는 그들의 고민에 무관심할 뿐입니다. 당시 이 영화는 청소년들을 옭아매는 대학 입시에 대한 반성을 제기하고 청소년들의 고민에 주목했다는 점에서 좋은 평가를 받았습니다.

영화 〈꼴찌부터 일등까지 우리 반을 찾습니다〉 포스터

- **이 작품에서 허생을 "아무도 자기를 알아주지 않아서 허생은 아무도 모르는 곳으로 가버렸다."라고 평가한 윤수에 대해 '나'는 어떻게 생각했을까요?**

① 윤수는 허생이 더 많은 돈을 벌기 위해 떠난 것이라고 생각했다.
② 윤수는 책을 꼼꼼하게 읽지 않아 내용을 잘못 평가했다.
③ 윤수는 남들이 알아주지 않는 아이라서 허생의 마음을 깊이 이해했다.
④ 윤수는 허생이 전쟁을 치르지 않고 떠난 것에 대해 불만을 토로했다.

- **이 작품에서 〈허생전〉의 허생에 대한 학생들의 평가가 아닌 것은 무엇인가요?**

① 배짱이 두둑한 사람이다.
② 장사 수완이 아주 좋은 사람이다.
③ 아내를 배려하는 모습을 보니, 따뜻한 사람이다.
④ 형식에 매이지 않고 과감하게 일을 추진하는 사람이다.
⑤ 외로운 사람으로 친구가 없다.

● 이 작품에서 왜냐 선생님이 다음과 같이 '나'에게 흡족한 미소를 보낸 이유는 무엇인지 설명해 보세요.

> "자기가 선비라는 걸 강하게 내세웁니까 그러지 않습니까?"
> 그 물음에는 모두 잠잠했다. 그러자 선생님께서는 작품을 잘 살펴보라고 시간을 주셨다. 나는 처음부터 확신했다. 그래서 조금 있다가, 빌렸던 돈을 되돌려줄 때 변 부자한테 허생이 한 말을 소리내어 읽었다.
> "재물로 해서 얼굴에 기름이 도는 것은 당신들 일이오…… 그대는 나를 장사치로 보는가?"
> 선생님은 나한테도 흡족한 미소를 보내셨다.

● 이 글에서 왜냐 선생님은 학생들이 자신의 생각이나 의견을 이야기하도록 유도하고 있습니다. 왜냐 선생님의 수업 방법은 학생들에게 어떠한 효과를 주었을지 생각하여 써보세요.

● 〈허생전〉의 허생은 어떤 사람일지 여러분들의 생각을 써봅시다.

- **이 작품에서 허생을 "아무도 자기를 알아주지 않아서 허생은 아무도 모르는 곳으로 가버렸다."라고 평가한 윤수에 대해 '나'는 어떻게 생각했을까요?**

① 윤수는 허생이 더 많은 돈을 벌기 위해 떠난 것이라고 생각했다.

② 윤수는 책을 꼼꼼하게 읽지 않아 내용을 잘못 평가했다.

③ 윤수는 남들이 알아주지 않는 아이라서 허생의 마음을 깊이 이해했다.

④ 윤수는 허생이 전쟁을 치르지 않고 떠난 것에 대해 불만을 토로했다.

답 ③번.

- **이 작품에서 〈허생전〉의 허생에 대한 학생들의 평가가 아닌 것은 무엇인가요?**

① 배짱이 두둑한 사람이다.

② 장사 수완이 아주 좋은 사람이다.

③ 아내를 배려하는 모습을 보니, 따뜻한 사람이다.

④ 형식에 매이지 않고 과감하게 일을 추진하는 사람이다.

⑤ 외로운 사람으로 친구가 없다.

● 이 작품에서 왜냐 선생님이 다음과 같이 '나'에게 흡족한 미소를 보낸 이유는 무엇인지 설명해 보세요.

> "자기가 선비라는 걸 강하게 내세웁니까 그러지 않습니까?"
> 그 물음에는 모두 잠잠했다. 그러자 선생님께서는 작품을 잘 살펴보라고 시간을 주셨다. 나는 처음부터 확신했다. 그래서 조금 있다가, 빌렸던 돈을 되돌려줄 때 변 부자한테 허생이 한 말을 소리내어 읽었다.
> "재물로 해서 얼굴에 기름이 도는 것은 당신들 일이오…… 그대는 나를 장사치로 보는가?"
> 선생님은 나한테도 흡족한 미소를 보내셨다.

'나'는 작품을 있는 그대로 놓고 이해하며 감상해야 한다는 선생님의 말씀대로 작품을 감상했기 때문입니다.

● 이 글에서 왜냐 선생님은 학생들이 자신의 생각이나 의견을 이야기하도록 유도하고 있습니다. 왜냐 선생님의 수업 방법은 학생들에게 어떠한 효과를 주었을지 생각하여 써보세요.

왜냐 선생님은 일방적인 가르침의 방식이 아닌, 학생 자신이 알고자 하는 것을 스스로 발견해 내고 찾을 수 있도록 도와주는 역할을 하고 있습니다. 왜냐 선생님은 학생들에게 질문을 하여 학생들이 적극적으로 대답할 수 있도록 수업을 진행해 나갑니다. 이러한 수업을 통해 학생들은 자신의 배경 지식이나 경험을 이끌어 내어, 보다 능동적이고 효과적으로 수업 내용을 이해하게 됩니다.

● 〈허생전〉의 허생은 어떤 사람일지 여러분들의 생각을 써봅시다.

허생은 선비임에도 불구하고 장사를 하고, 큰돈을 벌고, 도적 떼를 섬으로 데리고 가서 새로운 세상을 만들었습니다. 허생은 당시로서는 획기적인 생각을 하고 있는 사람이며, 추진력을 갖춘 사람입니다.

| 작품 출전 및 수록 교과서 |

수록 작품(1권)	작품 출전	작품 수록 교과서
오월의 훈풍(박태원)	《국어시간에 소설 읽기2》, 나라말, 2001.	지학사(중3), 미래엔(중3-이)
운수 좋은 날(현진건)	《현진건 단편전집》, 가람기획, 2006.	천재, 창비, 미래엔(중3-이),
행복(이태준)	《한국 단편 소설과 만남》, 청년사, 2009.	비상(중3)
치숙(채만식)	《채만식 전집 7》, 창작과비평사, 1987.	해냄(중3)
오발탄(이범선)	《이범선 작품집》, 지식을 만드는 지식, 2010.	대교, 미래엔(중3)
땔감(윤흥길)	《장마》, 민음사, 1980.	창비(중2)
나비를 잡는 아버지(현덕)	《나비를 잡는 아버지》, 창작과비평사, 1995.	금성(중2)
눈사람 속의 검은 항아리(김소진)	《눈사람 속의 검은 항아리》, 열림원, 2006.	대교(중3-박)
허생전을 배우는 시간 (최시한)	《모두 아름다운 아이들》, 문학과지성사, 2001.	미래엔(윤, 이), 신사고, 금성(중2)

수록 작품(2권)	작품 출전	작품 수록 교과서
만무방(김유정)	《원본 김유정 전집》, 강 2007	디딤돌(중3)
배따라기(김동인)	《김동인 단편선》, 문학과지성사 2004	디딤돌(중3)
흰 종이수염(하근찬)	《한국 대표 문학》, 금성출판사, 1996.	미래엔(중2-이)
요람기(오영수)	《골드북스 한국 단편》, 하서출판사, 2006.	디딤돌(중2-이)
흑산도(전광용)	《전광용 작품집》, 지식을 만드는 지식, 2010	두산(중1)
난장이가 쏘아 올린 작은 공(조세희)	《난장이가 쏘아 올린 작은 공》, 문학과지성사, 1999.	비상, 교학사(중3-박)
시인의 꿈(박완서)	《자전거 도둑》, 다림, 1999.	지학사(중2)
금수회의록(안국선)	《한국문학전집 30》, 문학과지성사, 2007.	미래엔(중2-이), 금성